Mercedes Rosende

Krokodilstränen

Mercedes Rosende

Krokodilstränen

Kriminalroman

Aus dem Spanischen
von Peter Kultzen

Unionsverlag

Die Originalausgabe erschien 2016 bei Estuario Editora, Montevideo.
Deutsche Erstausgabe

Im Internet
Aktuelle Informationen, Dokumente und Materialien
zu Mercedes Rosende und diesem Buch
www.unionsverlag.com

Originaltitel: El Miserere des los Cocodrilos

Neptunstrasse 20, CH-8032 Zürich
Telefon +41 44 283 20 00
mail@unionsverlag.ch

Umschlagbild: Chris Barbalis (Unsplash)
Umschlaggestaltung: Peter Löffelholz
Lektorat: Anne-Catherine Eigner
Satz: Greiner & Reichel, Köln
Druck und Bindung: CPI – Clausen & Bosse, Leck
ISBN 978-3-293-00536-5

Der Unionsverlag wird vom Bundesamt für Kultur mit einem
Verlagsförderungs-Strukturbeitrag für die Jahre 2016–2020 unterstützt.

Auch als E-Book erhältlich

Abrakadabra Opfersegen

Düstere Rose, die du deinen Moschusduft verströmst,
libysche Seherin, von Epilepsien geschüttelt,
Gonk-Gonk hast du schlachtfrische Eingeweide geopfert
und Herzen nubischer Panther dazu.

Hast laszive Tragödien zur Beschwörung der Geister
des Regens postum in Szene gesetzt,
umringt von Gebeinen, lauwarmen Resten
und blonden Schöpfen gefangener Frauen.

Ein Donner ertönt. Und im letzten Abglanz
von Feuer und Blut ward der Götzen
verwirrtes Gemüt zu mystischem Schweigen besänftigt …

In knisternden Fäden fiel der Regen hernieder,
und in der Ferne lange noch seufzend vergoss,
um Vergebung flehend, das Krokodil seine Tränen.

Julio Herrera y Reissig (Uruguay, 1875–1910)

ERSTER TEIL

I

Müde sind sie. Vom frühen Aufstehen, von der Fahrt, vom Warten. Sie versuchen, die erniedrigende Einlasskontrolle zu verdrängen, beim Reinkommen sehen sie sich um, dann sehen sie sich an, messen sich mit dem Blick, aber wozu? Überall sehen die Frauen das Gleiche, das schlecht verdaute Frühstück im Magen, die Ratlosigkeit, die Armut, den Hass. Im Inneren des Besucherpavillons stehen Tische und Stühle aus Plastik, sie sind in losen Gruppen angeordnet, die neu arrangiert, umgestellt, aufgelöst werden, aufgehoben und mit lautem Getöse zu Boden gestellt. Der Raum ist ziemlich groß, etwa fünfzig mal zwanzig Meter, das Wellblechdach nicht richtig dicht. Bei jedem kleineren Schauer tropft es durch, der Boden nackter Beton, die Wände mit Namen, Fürbitten und Liedtexten beschmiert, dazu Herzen, Kreuze, Geschlechtsteile. Durch das einzige Fenster sieht man auf den ebenfalls betonierten Hof hinaus, der in den schmutzig grauen Himmel ohne Horizont übergeht. An der Nordseite sind die Toiletten, die Tür bei den Männern ist ausgehängt, lehnt seitlich am Rahmen und verdeckt den Zugang nur notdürftig. Hier riecht es besonders streng.

Am Eingang steht ein Polizist, der mit einem Stöckchen zwischen seinen Zähnen herumstochert, ab und zu spuckt er Holzstückchen oder Speisereste aus.

Germán hat sich in einer düsteren Ecke niedergelassen, so weit wie möglich von den anderen Häftlingen entfernt. Er wartet auf seinen Anwalt. Sein blauer Overall sieht ziemlich abgetragen aus, er hat graue Bartstoppeln, die Fäuste geballt und einen Kloß im Hals.

Die Frauen öffnen alte Eisdosen, in denen sich jetzt Nudelsuppe, faserige Schnitzel oder Polenta mit Tomatensauce befinden, sie holen Bananen, Mate- und Tabakpäckchen, Mandarinen, Zitronen und kleine Tüten Brausepulver aus ihren Taschen. Untermalt wird das Ganze vom dumpfen Geräusch eines Fußballs, der draußen immer wieder auf dem harten Boden aufprallt, und vom anschwellenden Stimmpegel der Unterhaltungen. »Hier drin ist die Welt noch ein bisschen beschissener«, sagt sich Germán.

Und wer kommt da angestiefelt, mit gegeltem Haar, bordeauxroter Krawatte und Ray-Ban-Brille? Doktor Antinucci. Die kleine Narbe über der rechten Braue hat er bestimmt von einem Faustschlag, die Sache muss aber lange her sein, die Haut ringsherum ist glänzend und glatt, offenbar schon seit Jahren verheilt. Der Doktor ist weder alt noch hässlich, kommt einem aber trotzdem so vor. Am auffälligsten sind seine übermäßig großen und übermäßig vortretenden, verwaschen grauen Augen unter den fleischigen Lidern. Manchmal ziehen sie sich zu kalten, schmalen Schlitzen zusammen. Das ist jetzt, hinter den dunklen Gläsern der Sonnenbrille, und erst recht im Halbdunkel des Besucherpavillons, aber nicht zu sehen. Sein Köfferchen braucht er an der Einlasskontrolle nicht zu öffnen. Nie.

»Bitte schön, Herr Doktor.«

»Danke, Jungs.«

Germán hört seine festen entschlossenen Schritte, sie kommen immer näher – es ist, als folgte Antinucci den Klängen eines Marsches, der im Inneren seines Kopfs ertönt –, Germán sieht auf, und da steht er auch schon vor ihm. Nach einem knappen soldatischen Kopfnicken schnellt zur Begrüßung seine Rechte hervor. Germán muss bei dem Anblick an ein aufklappendes Springmesser denken. Der Händedruck des Anwalts ist dagegen überraschend schlaff, eine flüchtige kalte Berührung, und sogleich zieht die Qualle sich wieder zurück. Antinucci rückt sorgfältig den Stuhl ihm gegenüber zurecht, lässt sich darauf nieder, klappt das Lederköfferchen auf, holt eine ebenfalls in Leder gebundene Mappe heraus, legt sie vor sich, richtet sie rechtwinklig zur Tischkante aus, schlägt sie auf und entnimmt ihr mehrere Blätter. »Das Mäppchen«, sagt sich Germán beim Anblick des abgewetzt fleckigen Einbands, den er bei einem früheren Besuch schon einmal gesehen hat. »Mein Ordner«, nennt ihn Antinucci. Offensichtlich hütet er ihn wie seinen Augapfel. Germán verspürt einen leisen Schauder, warum auch immer. Die getönte Ray-Ban bildet eine undurchdringliche Mauer zwischen ihnen. Germán weiß nicht, ob die Augen des Anwalts ihn ansehen oder nur damit beschäftigt sind, die Gegenstände millimetergenau anzuordnen, die er auf dem Tisch ausbreitet. Außer dem Ordner und den Blättern sind das noch ein Bleistift, ein blauer und ein roter Kugelschreiber, ein Mobiltelefon, ein Radiergummi und die Armbanduhr, die Antinucci abstreift und so am oberen Ende des Ganzen platziert, dass das Zifferblatt aufgerichtet und ihm zugekehrt ist. Germán ist der Gedanke lieber, dass der Anwalt ihn nicht ansieht. Seinerseits bemüht er sich, den Blick nicht auf dessen Brillengläser zu richten, als könnte er sich auf diese Weise den Worten entziehen, die er sich, wie er weiß, zuletzt dennoch wird anhören müssen.

Antinucci klappt das Lederköfferchen zu und stellt es genau parallel zu seinem Stuhl auf den Boden, schlägt die Beine übereinander, zieht eine Tüte Bonbons aus seiner Jackentasche, nimmt eins heraus und wickelt es bedächtig aus, steckt es sich in den Mund und faltet das Papier zweimal. »Sie sind ein Loser«, sagt er und lässt sich dabei jede Silbe auf der Zunge zergehen.

Ohne das Gesicht abzuwenden, steckt er das zusammengefaltete Bonbonpapier in die Tüte und die Tüte wieder in die Jackentasche, holt anschließend ein Päckchen Zigaretten und ein Markenfeuerzeug hervor, zündet sich eine Zigarette an, zieht mehrmals daran und bläst den Rauch in Richtung seines Gegenübers. Das Rauchverbot in öffentlichen Einrichtungen scheint bis heute an drei Orten dieser Welt nicht zu gelten – in Guantánamo, türkischen Gefängnissen und uruguayischen Haftanstalten. Germán würde gerne etwas erwidern, bringt aber außer einem Geräusch, das wie das Stottern eines alten Motors klingt, nichts heraus. Er sieht zu dem Polizisten am Eingang hinüber, der immer noch zwischen seinen Zähnen herumstochert und ab und zu ein Holzsplitterchen oder Speisereste oder beides gleichzeitig ausspuckt.

»Und dieser Sergio, mit dem Sie Santiago Losada entführt haben, lässt es sich währenddessen gut gehen, wo auch immer, auf jeden Fall mit dem Geld, das Sie dem Typen abgeknöpft haben.« Antinucci lässt die Zigarettenasche auf den Boden fallen, aber natürlich nicht auf sein Köfferchen. »Ich hab Ihnen ja gesagt, hier kommen Sie schnell wieder raus. Und ich hab mich nicht getäuscht – ich täusche mich nie. In ein paar Tagen werden Sie freigelassen.«

Germán hat den Eindruck, er müsse sich freuen, strahlend vom Stuhl aufspringen, dem anderen auf den Rücken klopfen, ihm die Hand schütteln, ihn sogar umarmen, ja, vielleicht laut loslachen, begeistert klatschen. Aber nichts davon geschieht, er verspürt nicht die geringste Freude, keinerlei Begeisterung, bloß eine leise Erleichterung, die sich langsam in ihm breitmacht. Denn hat sich die schwarze Gefängnisnacht erst einmal in einem eingenistet, kann die Sonne noch so hell scheinen, das schüttelt man nicht einfach so ab wie Staub. Selbst die bestmöglichen Nachrichten sorgen da gerade einmal für leichte Entspannung, alles andere braucht seine Zeit.

»Was Ihnen am meisten genützt hat, war die Aussage des Entführten, so seltsam es klingt. Ja, die von Losada. Er hat zum Richter gesagt, dass Sie ein Loser sind. Und dass der andere Entführer, dieser Sergio, der für Losadas Firma gearbeitet hat, sich das Ganze ausgedacht hat. Und am Ende hat er Sie reingelegt und ist einfach mit der Kohle abgehauen. Und Sie saßen währenddessen bei Losada und haben gewartet, dass er Sie abholt, stimmts?«

Während Germán überlegt, was die beste Antwort auf eine Frage sein könnte, die er nicht versteht, betrachtet er seine Hände.

Antinucci spricht weiter: »Wissen Sie was? Losada hat sogar behauptet, Sie seien eigentlich kein schlechter Kerl, und Sie hätten ihn gut behandelt, und irgendwelche körperliche Schäden hätte er auch nicht davongetragen. Und nachdem seine Frau, diese Úrsula López, dann auch noch gesagt hat, dass keinerlei Lösegeldforderungen gestellt wurden, standen Sie natürlich ziemlich gut da.«

Germán spreizt die Finger, starrt weiter seine Hände an und glaubt zu spüren, dass Antinucci ihn mit dem Blick durchbohrt und seine Gedanken zu lesen versucht.

»Komisch, wirklich … Sie haben mir doch gesagt, Sergios Plan hätte vorgesehen, dass Sie Santiago Losada entführen, um dann von seiner Frau Geld zu verlangen. Als Sie gemerkt haben, dass Ihr Partner mit dem Geld aus Losadas Auto durchgebrannt ist, warum haben Sie da nicht trotzdem Lösegeld verlangt, bloß eben allein? Die Frau war schließlich noch da, warum hätte sie nicht spuren sollen? Beziehungsweise, warum haben Sie ihren Mann drei Tage lang festgehalten, wenn nicht für Lösegeld?«

Antinucci wirft den Zigarettenstummel auf der anderen Seite seines Stuhls – dort, wo nicht sein Köfferchen steht – auf den Boden und tritt ihn aus, zermalmt ihn unter dem Absatz seines auf Hochglanz polierten Halbschuhs.

»Jetzt mal ehrlich, haben Sie Losadas Frau erpresst oder nicht? Diese Úrsula, so heißt sie doch, den Namen vergisst man nicht so leicht. Vielleicht wollte sie ja einfach nur keine Probleme mit den Behörden und hat darum nichts gesagt. Sagen Sies mir – kennen Sie sie, ja oder nein?«

Während der Anwalt auf ihn einredet, hält er eine unsichtbare Melone in den Händen. Germán möchte etwas erwidern, zögert, hält sich zurück. Hat er Angst, ist er unsicher? Es sieht so aus, als könnte er aus irgendeinem Grund nichts sagen, oder, falls doch, weiß er offenbar nicht, welche Version er seinem Anwalt erzählen soll.

Mit theatralischer Gebärde nimmt Antinucci langsam die Brille ab, legt sie vorsichtig auf die Mappe beziehungsweise den Ordner, fokussiert mit stumpfem Blick einen Punkt in Germáns Gesicht, der auf einmal einen Druck oberhalb der Nasenwurzel zu spüren meint und feststellt, dass die Augen des Anwalts sich zu zwei schmalen Schlitzen zusammengezogen haben.

»Was ich außerdem nicht verstehe, ist, dass die Polizei in dem Versteck, wo Sie Santiago Losada festgehalten haben, keine Waffe gefunden hat. Soll das heißen, Sie und Sergio hatten nicht mal eine Pistole? Also hören Sie, ich bin doch nicht von gestern ...«

Antinucci schnalzt mit der Zunge und verzieht den Mund, behält Germán dabei aber fest im Blick, sosehr der versucht, ihm auszuweichen. Für einen kurzen Augenblick zieht sich die Welt um Germán herum zurück, und mit ihr der Besucherpavillon. Ihm wird schwindlig.

»Sie sagen immer noch nichts? Wie Sie wollen, das ist Ihre Sache. Von Ihrer Haft hier wird jedenfalls nichts in den Unterlagen stehen, nur dass ein Verfahren gegen Sie eröffnet wurde. Und in ein paar Jahren gibts dann irgendwann ein Urteil, vielleicht ist die Sache bis dahin auch verjährt, würde mich zumindest nicht wundern, bei dem Zustand der Justiz hierzulande … Also stellen Sie sich schon mal darauf ein: So Gott will, kommen Sie in ein paar Tagen raus. Vorher werden Sie allerdings noch mal aufs Gericht gebracht, für eine Gegenüberstellung, Routinesache …«

»Eine Gegenüberstellung? Mit wem denn?«

»Aha, Sie können ja doch sprechen. Die Gegenüberstellung ist mit der Frau von Losada. Mit Úrsula, Úrsula López. Schöner Name, finden Sie nicht? Mir gefällt er, ich weiß auch nicht, warum. Aber wie gesagt, für Sie ist das kein Problem, sie hat ja erklärt, dass Sie nie Lösegeld von ihr verlangt haben. Ich hab da so meine Zweifel, aber wenn Sie das vor dem Richter bestätigen … Und jetzt unterschreiben Sie das Formular hier. Und das da auch.«

Was soll er dem Anwalt sagen? Dass sie natürlich eine Waffe hatten und dass er selbst nicht weiß, wie der Revolver aus der Hütte verschwunden ist, in der sie Santiago versteckt hatten? Und dass er natürlich Úrsula getroffen und Lösegeld verlangt hat, dass sie dann aber eine seltsame Zweckgemeinschaft gebildet haben? Dass sie ihm Geld angeboten hat, allerdings nicht, damit er ihren Mann frei-, sondern damit er ihn verschwinden lässt? So etwas würde ihr natürlich niemand zutrauen – doch nicht der Ehefrau eines Unternehmers wie Santiago Losada. Germán würde es auch niemals verraten, schließlich hat Úrsula sich ihm gegenüber sehr fair verhalten, und wenn er rauskommt, will er bei ihr vorbeigehen und sich bedanken.

Er versucht, an nichts zu denken und den Druck oberhalb der Nasenwurzel zu ignorieren, er sieht auf, weicht aber dem sezierenden Blick seines Gegenübers aus, betrachtet stattdessen die Decke des Pavillons, die Wände, die Leute um sie herum.

Immer noch mehr durchfrorene Häftlingsfrauen kommen herein, sie machen einen ratlosen, schicksalsergebenen, gedemütigten Eindruck. Inzwischen riecht es im ganzen

Raum nach Schmalzgebäck, feuchter Kleidung und Wohnungen ohne Dusche. Die Frauen holen Stühle heran, lassen sich nieder und fangen an, sich lautstark zu unterhalten. Dazu trinken sie Mate.

Der Aufseher an der Tür spricht in sein Mobiltelefon, lacht manchmal, stochert bei alldem weiter zwischen seinen Zähnen herum und spuckt ab und zu aus.

Germán fragt leise: »In ein paar Tagen, haben Sie gesagt?«

»Genau. Über meine Arbeit können Sie sich wirklich nicht beschweren.«

»Sobald ich kann, zahle ich Ihnen das Honorar.«

»Das wird nicht lang dauern, Germán, Sie hören von mir, schon ganz bald, heute noch, oder sonst morgen.«

Germán spürt ein Stechen im Genick, und sein Magen zieht sich zusammen. Aber jetzt geht es erst einmal darum, rauszukommen. Einen ganzen Monat ist er jetzt schon hier, sagt er sich und sieht auf den Hof hinaus, wo das vom Wind aufgehäufte Herbstlaub liegt. Die Frau von Santiago Losada hat gelogen, als sie gesagt hat, er habe kein Lösegeld verlangt, das hat sie getan, weil sie anständig ist. Trotzdem stimmt da irgendwas nicht, er ist verwirrt und hat den Eindruck, die Schuldigen und die Unschuldigen in dieser Geschichte sind nicht unbedingt die wirklichen Schuldigen und Unschuldigen.

2

Viele Jahre davor.

Sie ist nur ein verschüchtertes hungriges Mädchen. Ein Mädchen, das an der dunkelsten Stelle des Flurs reglos mit geschlossenen Augen an der Wand lehnt. Schweißtropfen stehen ihr auf der Stirn, am Hals, am Haaransatz, sie keucht, als würde sie laufen oder im Schulhof seilspringen, und ihre Hände zittern leicht. Sie ist nur ein Mädchen, und der Entschluss fällt ihr nicht leicht, aber sie hat Hunger, ständig hat sie Hunger. Schließlich beugt sie sich hinab, zieht sich geräuschlos die Lackschuhe mit den Silberschnallen aus, stellt sie vorsichtig auf den Boden und setzt sich lautlos in Bewegung. Ihre weißen Strümpfe gleiten über das frisch gewachste Parkett, ein paar Meter noch, dann bleibt sie zögernd an der Tür stehen, lauscht, drückt vorsichtig die Schwingtür auf und streckt den Kopf vor.

Von der Schwelle aus betrachtet sie den großen einladenden Raum, die Sonne scheint zwischen den Vorhängen hindurch und lässt den Eichentisch erstrahlen, sie sieht die Regale, die Gläser mit Gewürzen. Den Kühlschrank. Bei seinem Anblick läuft ihr das Wasser im Mund zusammen. Doch trotzdem bleibt sie wachsam, sie weiß, im Nebenzimmer schläft die Köchin, aufmerksam verfolgt sie ihre immer lauter werdenden Schnarchgeräusche.

Sie ist ein hungriges Mädchen, aber die Angst ist mächtig, und so traut sie sich noch immer nicht, die wohldurchdachte Ordnung, die in der Küche herrscht, zu entweihen, das verbotene Terrain, die ihr verschlossene Welt voller

Verheißungen zu betreten, über die die Köchin mit der weißen Schürze wacht, die in diesem Augenblick ihren Mittagsschlaf hält.

Bei Tag und bei Nacht denkt sie ans Essen, wenn sie aufwacht und wenn sie ins Bett geht, bevor sie sich zu Tisch setzt und während sie isst, was die Köchin oder Papa ihr aufgeben. Hat sie die kleinen Portionen verzehrt und steht auf, ist ihr Hunger noch längst nicht gestillt, und sie denkt weiterhin bloß ans Essen. Auch in der Schule und beim Fernsehen und Puppenspielen mit ihrer Schwester Luz ist das so. Luz ist schlank und darf essen, soviel sie will, meistens probiert sie aber nur wenige Bissen. Luz ist schlank, und ihr Papa sagt, sie ist schön, so schön, wie Mama war, und wenn er das sagt, sieht er immer sie an, die dann jedes Mal das Gefühl hat, dass ihr Körper viel zu viel Raum einnimmt.

Sie drückt die Tür noch ein Stückchen auf und tritt ein. Sie hat Angst, aber der Hunger ist stärker. Sie lauscht auf die tiefen regelmäßigen Atemzüge, weiter!, befiehlt ihr Magen dem Hirn, und auf Zehenspitzen durchquert sie die Küche, setzt vorsichtig einen Fuß nach dem anderen auf, zwei Schritte noch, dann steht sie vor dem Kühlschrank, ihre Hand bewegt sich wie von selbst, streckt sich aus, nähert sich dem Griff, betastet ihn unsicher, während ihre Besitzerin sich wachsam umsieht, die Finger gleiten über die verchromte Oberfläche, der Hunger wird stärker und stärker, die kleine Hand umfasst jetzt das kühle Metall, packt zu, ein Ruck. Was für ein Hunger!

Der Kühlschrank geht auf.

Sie greift nach einem Stück Huhn und führt es an den Mund, schlägt die Zähne hinein, die das Fleisch zerreißen, sie schluckt und beißt erneut zu, einmal, zweimal, nach einem Blick auf das Schälchen mit Marmelade nimmt sie ein Stück Käse, umwickelt es mit einer Scheibe Schinken und schiebt sich das Ganze in den Mund, kaut einen Augenblick darauf herum und schlingt es hinunter, ein kurzer Blick zur Tür, dann schraubt sie das Glas mit der Mayonnaise auf, steckt den Finger hinein und schleckt ihn ab, das Gleiche sofort noch einmal, dann tunkt sie ein Stück Kartoffel in die Mayonnaise und stopft es sich in den Mund, wieder ein hastiger Blick über die Schulter zur Tür, dann mit zwei Fingern in die Karamellcreme, sie schnalzt mit der Zunge und leckt und leckt, danach eine Frikadelle mit Sauce und Reis, noch eine, diesmal mit Sauce und Mayonnaise, sie leckt sich über die Lippen, dann versenkt sie den Finger in der Marmelade, lutscht genüsslich daran, wieder ein Blick zurück, gleich darauf das zweite Stück Huhn, fast unzerkaut wandert es in ihren Magen, noch mehr Karamellcreme, aber irgendetwas stört jetzt, schnell noch mal alle Finger in die Sauce getaucht, sie leckt und schleckt, lutscht und saugt – und erstarrt mit offenem Mund. Das störende Element sind Schritte, die sich nähern, sie kennt das Geräusch genau, noch sind sie im Flur.

Sie lauscht. Zittert. Wendet den Kopf.

Leise geht die Tür auf. Ein Mann steht auf der Schwelle und betrachtet das Mädchen.

»Úrsula.«

»Nein, Papa.«

Úrsula streift die kleinen Finger an ihrem Kleid ab, fährt sich mit dem Ärmel über den verschmierten Mund, drückt mit dem Hintern die Kühlschranktür zu und presst sich dann mit dem Rücken an das kühle weiße Gehäuse, in dem sie sich in diesem Augenblick am liebsten auflösen würde. »Papa, nicht … Ich tu es nie wieder.«

Der große schlanke Mann trägt einen dunklen Anzug und Krawatte, seine polierten schwarzen Schuhe verbreiten einen geradezu aggressiven Glanz. In der Rechten hält er ein goldenes Feuerzeug. Er sieht das Mädchen mit stahlhartem Blick an. »Komm her, Úrsula.«

»Ich versprechs dir, Papa.«

Sie sieht ihren Vater an, blinzelt, schließt die Augen, versucht, die Tränen zurückzuhalten, die ihr jetzt über das fettige, verklebte Gesicht laufen. Ihr ist klar, welche Strafe ihr bevorsteht, Panik steigt in ihr auf. Sie macht einen Schritt auf ihren Vater zu, weicht seinem Blick aber aus und beißt sich auf die Unterlippe, bis sie ganz weiß wird. »Nicht, Papa, bitte«, flüstert sie.

Sie fängt an zu schwitzen, ist vor Angst wie gelähmt. Sie weiß, was jetzt kommt – gleich wird sie das bekannte Geräusch hören, das leise Schaben der Sohlen auf dem glatten Boden, sie wird den schwarzen Glanz des Leders vor sich sehen, der Vater wird sie an der Schulter packen und ein Stück vor sich herschieben, dann werden sie stehen bleiben, und er wird, heftig atmend, anfangen, seine Tochter zu umkreisen. Irgendwann wird er sie am Kinn nehmen und sie zwingen, aufzusehen, er wird sich räuspern, mehrmals, sie weiß es genau. Dann wird er mit dem Feuerzeug spielen, es auf- und zuklappen lassen, die Flamme wird aufleuchten und erlöschen, immer schneller. Bei der Vorstellung fängt sie an, mit den Zähnen zu klappern.

Bis er schließlich sagen wird: »Ich tus nur für dich.«

»Ich tus nur für dich, Úrsula. Ich muss dir helfen, deine Schwächen in den Griff zu bekommen.«

Die Tränen laufen ihr über die verschmierten Wangen, fallen auf das Kleid mit den Marmeladen- und Saucenflecken. Der Vater lässt das Feuerzeug Feuerzeug sein, nimmt sie behutsam am Arm, zieht sie zu sich her, hebt ihr Kinn an, zwingt sie sanft, ihm in die Augen zu sehen. Bis über seine Brust hinaus schafft sie es jedoch nicht, zitternd senkt sie den Blick wieder zu Boden, wo er auf zwei schwarze Spiegel trifft, seine Schuhe.

»Glaub bloß nicht, deine Krokodilstränen machen mir Eindruck, Úrsula.«

»Papa, bitte …«

Sie fleht ihn an, obwohl sie weiß, dass es zwecklos ist, ihr Vater ist durch nichts zu erweichen, er hört ihr nicht einmal zu. Dafür drängt er sie jetzt mit sanfter Gewalt zur Küchentür, führt sie danach durch den Gang zu ihrem Zimmer, an ihr Bett mit der rosa Chenilledecke, dem Teddybären und den Puppen, schiebt all das behutsam zur Seite. Úrsula verfolgt, wie die Dunkelheit sich im Raum breitmacht, während ihr Vater die Fensterläden schließt, das Rollo herunterlässt und die Vorhänge mit den Feen zuzieht, sodass nicht ein Lichtstrahl von außen hereindringen kann. Alles, was ihr jetzt noch bleibt – und nur für einen kurzen Augenblick, auch das weiß sie –, ist der schmale Streifen Helligkeit, der durch den Türspalt ins Zimmer fällt.

»Leg dich hin.«

Úrsula tut, was er sagt, und rollt sich zitternd unter der Decke zusammen. Sie versucht, sich die Gebete ins Gedächtnis zu rufen, die sie immer mit ihrer Mutter gesprochen hat, das klappt nur, wenn sie Angst hat, schreckliche Angst, so wie jetzt. Angst vor dem, was ihr bevorsteht. »Bitte, Papa, ich tus nie wieder!«

Schluchzend sieht sie das ernste Gesicht ihres Vaters über sich, beleuchtet von der Flamme des Feuerzeugs, das auf- und zuspringt, die gerunzelte Stirn, die dünnen angespannten Lippen, die ganze hochgewachsene schlanke Gestalt mit den blank polierten Schuhen, deren Schwarz jetzt stumpf und glanzlos ist. Doch in ihre salzigen Tränen mischt sich ein bitterer Geschmack, der die wütende Auflehnung vorwegnimmt und sie noch heftiger zittern lässt.

Auf einmal sind andere Schritte zu hören, sie kommen aus der Küche, und dann zeichnet sich die Silhouette der Köchin im erleuchteten Türspalt ab. Ihr Gesicht kann Úrsula nicht sehen, aber sie hört ihren keuchenden Atem und presst die Augen zu. Bestimmt lächelt sie. Doch als Úrsula die Augen wieder aufmacht, ist da bloß noch ein Schatten, der sich umdreht und davongeht. Úrsula bebt vor Angst und Wut. Ihr Vater, der an diesem sonnigen Nachmittag noch am Leben ist, zieht den Schlüssel aus dem Schloss und hält dann einen Augenblick inne, als würde er überlegen – vielleicht vergibt er ihr ja doch, sagt sich Úrsula mit verzweifelter Hoffnung, vielleicht macht er das Fenster wieder auf, sodass das Licht hereinkann, und sie darf wieder aufstehen. Ja, sie spürt, dass er zögert, Papa ist gut, und sie hasst ihn nicht mehr, sie hat bloß noch ein bisschen Angst vor ihm, weil er so groß und schlank ist, der größte und schlankeste Mann auf der Welt.

»Deine Strafe dauert einen Tag, Úrsula, einen Tag ohne Essen und Licht. Die Dunkelheit macht dich stark, und das Fasten reinigt deinen Körper.«

Leise schaben die Sohlen über den Boden, und im Licht des Feuerzeugs leuchten die stahlharten Augen auf.

»Alicia bringt dir heute Abend etwas zu trinken und geht mit dir ins Bad. Wir beiden sehen uns morgen früh um acht wieder. Morgen um acht ist deine Strafzeit zu Ende.«

Der Vater schließt die Tür, und das letzte bisschen Sonne dieses Tages ist verschwunden. Úrsula hört, wie sich der Schlüssel zweimal im Schloss dreht. Sie rollt sich noch enger im Bett zusammen, macht sich ganz klein, presst das tränennasse Gesicht ins Kissen und versucht, die Dunkelheit um sie herum auszublenden, während eine Stimme ihr zuflüstert, dass irgendwann irgendwer für ihr Weinen wird bezahlen müssen.

3

Kaum irgendwo herrscht eine so dichte Atmosphäre wie im Gefängnis, kaum irgendwo befällt einen eine vergleichbare Mischung aus Herzrasen und Klaustrophobie, kein Wunder, dass dieser Ort im Häftlingsjargon auch als Grab bezeichnet wird. Schmutzige, von den unterschiedlichsten Gerüchen erfüllte Gänge und düster gähnende Gemeinschaftsräume, deren einziges Mobiliar in ein paar schiefen Stühlen, wackligen Tischen und Bildern von nackten Frauen besteht, die mit Reißzwecken an den bröckelnden Wänden befestigt sind, alles getaucht in durchdringende, klebrige Feuchtigkeit.

Und dann erst die Insassen. Manche kommen daher wie menschliche Tschernobyls, die mit jedem Atemzug, jedem Wort, jeder Handlung ein unsichtbares, tödliches Gift verströmen. Beim Anblick dieses bis ins Mark verdorbenen Ricardo etwa möchte Germán jedes Mal am liebsten schlagartig die Flucht ergreifen. Gerade schlurft er wieder durch den leeren Gang auf ihn zu, Germán sieht sich verzweifelt um, aber er weiß, es gibt keinen Ausweg. Er spürt, wie die Übelkeit in ihm aufsteigt, Schwindel befällt ihn, manchmal wird er bei solchen Gelegenheiten ohnmächtig, das Letzte, was ihm in der Gegenwart dieses Typen passieren darf.

Ricardo – Spitzname »el Roto«, »der Kaputte« – lächelt ihn an und lässt den Kaugummi, auf dem er herumbeißt, zwischen den Zähnen hervorsehen. Bei Germán angekommen, umkreist er ihn einmal mit wiegendem Oberkörper, fast wie ein Boxer, der seinen Gegner umtänzelt, um dann die

Hemdsärmel hochzukrempeln und seine Tätowierungen zu präsentieren, diverse Namen, Totenschädel mit glänzenden Augen, Blutstropfen, die scheinbar an ihm hinunterlaufen.

Roto hat die unangenehme Gewohnheit, seinem Gegenüber beim Sprechen den Mund fast aufs Ohr zu pressen.

»Du hast ganz schön Dusel, Cosita«, flüstert er kauend, und der Sabber läuft ihm aus dem Mund, »bis jetzt hast du hier echt Dusel gehabt.«

Germán bewegt den Kopf ein winziges Stück zur Seite, gerade so viel, dass er den Würgreiz unterdrücken kann. El Roto riecht nach fauligem Wasser, Schweiß und ungewaschenem Geschlechtsteil. Mit angehaltenem Atem erwidert Germán: »Ja, Roto. Und das hab ich dir zu verdanken.«

Roto spuckt den Kaugummi auf seine ausgebreitete Handfläche und betrachtet ihn, auch als er weiterspricht – er spricht zu dem Kaugummi: »Ich hab dir ja erklärt, wie das mit dem Zellenboss läuft, er ist für alles zuständig, was mit Geld zu tun hat, er sammelt von jedem die Miete ein, kauft den Stoff und verteilt ihn auch.«

»Ich hab ihm alles gegeben, was sie mir gelassen haben, die ganze Kohle ist an ihn gegangen.«

Roto ergreift den Kaugummi jetzt mit zwei seiner blutwurstdicken Finger und drückt ihn ans Fenster, presst so lange mit dem Daumen dagegen, bis er sich in eine hauchdünne, annähernd kreisrunde Scheibe verwandelt hat. »So gehört sichs auch, Cosita.«

»Ja, Roto, na klar.«

»Eins musst du außerdem wissen, schließlich bist du noch neu hier: Du kannst von Glück sagen, dass dein Boss den Caramelero fickt. Aber Vorsicht, ewig geht der Spaß mit dem Caramelero nicht, und du bist eben der Neue.« Roto sieht zur Decke, kräuselt die Lippen, saugt Luft ein, tut, als steckte ihm etwas zwischen den Zähnen, fährt mit der Zunge im Mund herum.

Germán gibt sich geschlagen, wie immer. »Also wenn du mir da helfen kannst, wär ich echt dankbar …«

»Mit einem Dankeschön erreichst du hier nichts, Cosita. Ich habs dir ja gesagt, so viel Dusel gibts nicht für umsonst, da musst du schon was springen lassen.« Kopfschüttelnd greift Roto sich in die Hosentasche, zieht eine Zigarette hervor, steckt sie sich zwischen die Lippen, zündet sie an und schüttelt die ganze Zeit weiter den Kopf. »Da muss schon was für mich rausspringen, Cosita.«

»Ich hab aber kein Geld, das hab ich alles ihm gegeben …«

»Verarsch mich nicht. Hier drin gibts nichts für umsonst, das weißt du genau.«

Germán verzieht erschrocken das Gesicht. »Ich sag ja nicht …«

»Willst du dich aufspielen, Milchbart? Meinst du, dein Arsch interessiert mich?« Er schreit fast, spuckt ihm ins Ohr. »Wichser, wenn ich will, bums ich dich jetzt sofort hier auf'm Klo.«

Germán versucht, ihn zu beruhigen. »Ich mein doch bloß …«

»Du regst mich echt auf, Schwachkopf!«

»Was soll ich denn tun? Sags mir, bitte.«

El Roto sieht ihn mit blutunterlaufenen Augen und mahlenden Kiefern an, als wäre er ein Pitbull, bereit, sich im nächsten Augenblick auf Germán zu stürzen.

Dann verzieht sich sein Gesicht plötzlich zu einem Lächeln, und er fasst Germán sanft am Arm. Dem verschwimmt vor Angst die Sicht.

»Und, war der Anwalt gut, den ich dir besorgt hab?«

Mühsam holt Germán Luft. »Ja, ja.«

»Erzähl doch mal.«

»Ich hab mich schon zweimal mit ihm unterhalten, und …«

»Doktor Antinucci ist einfach der King. Du kommst bald raus, stimmts?«

»Nächste Woche, hat er gesagt, und …«

»Dann bist du ja bloß ganz kurz bei uns. Schön für dich, Cosita, na wunderbar!« Er tätschelt Germán die Schulter, kichert. Offensichtlich hat er sich wieder beruhigt.

Genau das verunsichert Germán hier drin am meisten. Nicht die Enge, nicht die Gewalt, nicht die Schlägereien und die gefährlichen Typen, sondern das ständige Hin und Her, die abrupten Stimmungswechsel, die totale Willkür. Nie bleibt irgendwas länger als zwei Minuten gleich, alles hängt von irgendwelchen schizophrenen Gestalten ab, die von einem Moment zum anderen außer Rand und Band geraten können.

»Und wenn du draußen bist, kannst du schon ganz bald deine Schulden begleichen, du brauchst dann bloß was für mich zu erledigen, alles klar?«

»Worum geht es denn?«

»Du bist vielleicht ein Arsch – worum es geht, ist völlig egal. Du schuldest mir dein Leben, Alter!«

»Gut, Roto, ganz wie du willst.«

»Das hört sich doch gleich viel besser an.«

Ricardo drängt ihn zu einer Tür – mit dem bloßen Blick, er braucht Germán nicht zu berühren –, die auf einen Hof führt, eine eisige Betonwüste, auf deren Boden ein Träumer oder Zyniker mit weißer Farbe die Linien eines Basketballfelds gemalt hat, aus dem nie etwas wurde. An der rechten Seite steht eine graue Bank, genau darüber befindet sich eine riesige, durch ein Drahtgitter geschützte Uhr, auf der es seit Ewigkeiten halb sechs ist. Um die Bank herum drängt sich etwa ein Dutzend pickliger Jungs mit Gesichtern voller Narben, die beim Lachen ihre löchrig braunen Zähne zur Schau stellen. Alle tragen umgedrehte Basecaps als Akt ästhetischer Rebellion und Sneaker mit üppiger Luftpolstersohle. Ein

Pulk Zombies, der bereit ist, im nächsten Augenblick über den Planeten herzufallen.

»Hallo Jungs.«

»Hi Roto. Wer ist das denn?«

»Das ist Cosita, er ist beim Boss und beim Caramelero auf der Zelle. Er ist'n Freund, okay?«

»He, Cosita, lass mal 'ne Telefonkarte rüberwachsen, meine is alle.«

»Tut mir leid, ich hab keine.«

»Dann eben 'n bisschen Dope, oder was auch immer.«

»Hör auf mit dem Scheiß, du Idiot, hast du nicht gehört? Cosita hat nix.«

»Ist ja gut, hab dich nich' so, Roto. Is das dein Schätzchen, oder was?«

Die Kumpel des Wortführers reißen ihre Münder mit den zernarbten Lippen auf und präsentieren wiehernd ihre löchrigen gelben, grünen oder schwarzen Zähne, das windschiefe Gelächter des Elends.

Roto legt Germán eine Pranke auf die Schulter und drängt ihn weiter. »Los, gleich erklär ichs dir, da drüben, diese Arschkriecher sollen nicht mithören.«

Ein ziemliches Stück entfernt bleiben sie stehen. El Roto, dessen Hand immer noch auf Germáns Schulter liegt, packt ihn jetzt mit der anderen am Kinn, kneift die Augen zusammen und streckt den Kopf vor wie eine Schildkröte. Speicheltröpfchen fliegen in Germáns Richtung. Er kneift ebenfalls die Augen zusammen und hält den Atem an.

»Hör mal, Kleiner, ich seh bis heute die Feldwege bei uns auf'm Dorf vor mir, und den Geruch nach aufgewärmtem Hammeleintopf hab ich auch noch in der Nase. Weißt du, warum ich dir das erzähle, Cosita?«

»Nein.«

»Klar, wie auch. Weil ich nie wieder arm sein will, kapiert?«

»Ja.«

»Wenn ich hier rauskomm, werd ich reich, das ist die Gelegenheit, und ich will sie auf jeden Fall nutzen. Es geht um 'ne große Sache, richtig groß, die Planung kommt von ganz oben, und der Boss und ich brauchen dich, du musst uns was helfen.«

Es ist kalt, aber Germán fängt an zu schwitzen. Er sieht Rotos scheußliche Tätowierungen. Übelkeit, Fluchtreflex, Brechreiz. »Und was muss ich tun?«

»Was bist'n du für 'ne Memme, Alter? Ich hab ja noch nicht mal angefangen.«

»Nee, ich mein ja bloß.«

»Also, pass auf, Cosita, hör gut zu und schalt dein Hirn ein.«

»Alles klar, Roto.«

»Es geht um einen Überfall auf einen Geldtransport, du hilfst beim Säcke wegschleppen, das ist alles. Zuerst schiebst du Wache, dann packst du bei den Säcken mit an, und am Abend spazierst du gemütlich mit deinem Anteil nach Hause.«

»Und wer organisiert das Ganze? Machst du das, von hier aus?«

»Nein, Schwachkopf. Für solche Dinger fehlt mir das Equipment. Aber frag nicht so viel, später sag ich dir, wer der Boss ist. Zuerst klär ich dich über ein paar Details auf. Komm mal ein bisschen näher, Schätzchen.«

Rotos Pranke zieht ihn noch fester zu sich heran, dann presst er wieder den Mund auf sein Ohr und bläst ihm seinen fauligen Atem hinein.

»Caramelero hätte mir helfen sollen, aber es hat Probleme gegeben, der Wichser hats total verkackt.«

»Wieso verkackt?«

»Er hat geglaubt, er kann mich verarschen, er wollte mich übers Ohr hauen, mit Kohle, die eigentlich für Stoff gedacht war. So was mag der Boss überhaupt nicht. Das kommt den Scheißkerl teuer zu stehen, das schwör ich dir.« El Roto legt den Daumen quer über den ausgestreckten Zeigefinger und küsst das so gebildete Kreuz. »Ich schwörs, dafür bezahlt er.«

Germán nickt. Zittert. Jetzt bloß nicht ohnmächtig werden. Er presst mit aller Kraft die Lippen aufeinander, kämpft gegen den Ekel an, vor Angst bekommt er weiche Knie. Und trotz des eisigen Winds, der von Norden her bläst, schwitzt er, als wäre Hochsommer.

Zu dieser Jahreszeit wird es schnell dunkel, fast wie in den Tropen oder bei einer Sonnenfinsternis – *sudden death*.

Ein gutes Stück entfernt, im Stadtzentrum, rutscht Kommissarin Leonilda Lima unruhig auf ihrem Stuhl herum. Für sie liegt es an Saturn, dass sie sich so unwohl fühlt, er bildet heute eine sehr ungünstige Konstellation mit dem Steinbock.

El Roto verkündet währenddessen mit lauter Stimme gewichtige Dinge, leiser wird er erst, als es um den Namen des Auftraggebers geht, dann stellt er ein paar Fragen und Forderungen, und Germán sagt zu allem Ja. Als sie fertig sind, sieht Germán, immer noch schwitzend, zu der Uhr hinüber – da fällt ihm wieder ein, dass es hier drin immer gleich spät ist.

4

Sieht ganz so aus, als hätte Úrsula eine schlechte Nacht hinter sich. Sie hat dunkle Ringe unter den Augen, und wenn sie mit diesem Gesichtsausdruck im Hausflur erscheint, ziehen die Nachbarn es jedes Mal vor, kein Gespräch mit ihr zu beginnen, ja, nicht einmal zu grüßen. Als sie sich dem Aufzug nähert und feststellt, dass er nicht funktioniert – schon wieder nicht –, entfährt ihr ein obszöner Fluch, den zum Glück niemand hört. Doch was unter anderen Umständen ein eher harmloses Ärgernis darstellt – sie würde dann womöglich beschließen, erst später das Haus zu verlassen, oder an diesem Tag einfach gar nicht auf die Straße gehen –, erweist sich heute als Tragödie, da sich ihr Aufbruch keinesfalls verschieben lässt, im Gegenteil. Es ist schon spät, sie wird sich also den Tatsachen stellen und die fünf Stockwerke zu Fuß hinuntergehen müssen. Den beängstigenden Gedanken, wie sie anschließend wieder hinaufkommen soll, verschiebt sie auf den Moment ihrer Rückkehr.

Sie hat es eilig, und trotzdem macht sie sich nicht überstürzt an den Abstieg, setzt vielmehr vorsichtig einen Fuß vor den anderen, während sie Stufe um Stufe hinabklettert, und hält sich entschlossen am Geländer fest, ja, klammert sich geradezu daran.

Zweifellos ruft sie sich dabei, so wie immer, warnend ins Gedächtnis, dass ihr Übergewicht sie nur zu leicht aus dem Gleichgewicht beziehungsweise ins Stolpern bringen kann, woraufhin sie womöglich bis ins Erdgeschoss die Treppe hinunterkugelt. Durchaus denkbar, dass sie vor sich sieht, wie ihr Kopf beim Abwärtsrasen gegen die ausgetretenen Marmorstufen und das schmiedeeiserne Geländer schlägt. Nicht auszuschließen, dass sie innerlich sogar das Geräusch hört, das ihr wabbeliges, schlaffes Fleisch hervorruft, wenn es im Erdgeschoss aufprallt – was klingt, wie wenn ein Schnitzel mit dem letzten entscheidenden Schlag endgültig flach geklopft wird, woraufhin ihr malträtierter blutiger Körper für immer alle viere von sich streckt. Und auch wie die neugierigen Straßenpassanten sich daraufhin die Nasen an der Glaswand der Eingangshalle platt drücken, sieht sie vor sich. Sie wollen sich nichts von dem Schauspiel entgehen lassen, auch nicht den roten Fleck, der sich langsam auf dem Marmorboden ausbreitet, so sind die Leute nun einmal, auf jedes noch so blutrünstige Schauspiel versessen, egal ob es sich um Krankheiten, Schmerzen oder den Tod handelt. Oder um Sex.

Da meldet sich die mahnende Stimme ihres Vaters: »Sei bloß vorsichtig beim Runtergehen, Úrsula, so dick, wie du bist, darfst du dir keine körperlichen Eskapaden erlauben, bei deinem Übergewicht bekommst du schnell einen Herzinfarkt.« – »Komm mir jetzt bloß nicht mit so was, Papa, ich bin in Eile, und ich hab jede Menge zu tun.« – »Höchste Zeit, dass du abnimmst, Úrsula, denk an deine Gesundheit!« – »Sei still, ich sag doch, ich kann jetzt nicht. Und vergiss nicht: Ich bin kein kleines Mädchen mehr, Papa.«

Ärgerlich schüttelt sie den Kopf und steigt weiter Stufe um Stufe die Treppe hinab – Papa weiß genau, wann er sie anquatschen muss, um ihr Selbstbewusstsein auf die Größe einer Linse zu reduzieren.

Im zweiten Stock bleibt sie auf dem Treppenabsatz stehen, vielleicht will sie ein bisschen ausruhen, Atem holen, aber dann wendet sie sich auf einmal nach rechts und geht zügig auf die erste Tür in dem Flur zu. Sie trägt die Nummer 201, dahinter wohnt ein Studentenpärchen, vielleicht sind sie auch Bankangestellte, sie ist sich nicht sicher. Geräuschlos presst sie das Gesicht an die Tür, zuerst den Mund, dann die Backe, dann das Ohr, offenbar versucht sie zu lauschen. Eine Weile steht sie reglos da, sie wird aber schwerlich etwas zu hören bekommen – die zwei Bewohner sind schon vor einer Weile weggegangen. Úrsula gibt sich jedoch nicht so schnell geschlagen, jetzt versucht sie es mit dem anderen Ohr, und erst eine ziemliche Zeit danach setzt sie, offensichtlich noch verdrossener, den Abstieg fort. Und entgegen ihrer eigenen Erwartung erreicht sie zuletzt tatsächlich heil und unversehrt das Erdgeschoss, wo sie die Eingangshalle durchquert und der Haustür entgegenstrebt. Der nervöse Lärm der Außenwelt, das Tosen der Altstadt, dringt nur gedämpft ins Innere des alten Gebäudes, das etwas von einem schützenden mütterlichen Schoß hat.

Seit gut einem Monat folgt Úrsula einer selbst auferlegten militärischen Routine – früh schlafen gehen, um sechs aufstehen, duschen, frühstücken und dann Abmarsch zu dem Haus der anderen Úrsula, wo sie Wache steht, bis diese aus der Tür tritt, um ihre morgendliche Joggingrunde zu absolvieren. Manchmal folgt sie ihr, manchmal sieht sie ihr auch nur hinterher und wartet, bis sie zurückkehrt. Alles nach einem genau bemessenen Zeitplan, dem Zeitplan ihrer Rache.

Auch heute Morgen geht sie zunächst wieder hastig die Calle Sarandí entlang bis zur Plaza Matriz, umgeben von Kunsthandwerkverkäufern und Touristen, Yuppies mit Kleidern, die sie unübersehbar als Anwalt, Banker oder Manager ausweisen, Bettlern mit viel zu großen Jacken und verbeulten Mützen, Händchen haltenden Schwulenpärchen, sorgfältig geschminkten strebsamen Fremdsprachensekretärinnen, Fast-Food-Lieferanten, fröstelnden Prostituierten und Kindern in Schuluniform. Und wie immer fangen um Punkt acht die Glocken der Kathedrale an zu läuten.

Woraufhin sie jedes Mal wie angewurzelt stehen bleibt, muss sie bei dem Geräusch doch verstört daran denken, dass ihr Vater immer genau um diese Uhrzeit ihre Zellentür aufschloss. Úrsula weiß allerdings, dass sie sich so viel Empfindsamkeit nicht leisten kann, manche Dinge verschließt man besser in einem Holzkästchen und dieses in einem zweiten, etwas größeren Kästchen und das Ganze in einem Metallsafe, an dem man mehrere Bleigewichte befestigt, bevor man ihn im Meer versenkt.

Irgendwann wird sie genug Geld haben, um die Altstadt hinter sich zu lassen und ein Haus in dem eleganten Stadtteil Carrasco zu kaufen, mit Pool und Hausmädchen, und dazu eine dicke Limousine, und dann kann sie ihre ganze Geschichte endgültig begraben, Papa, zum Beispiel, und ihre Wohnung, die bis in den hintersten Winkel mit Erinnerungen angefüllt ist. Eigentlich könnte sie das Haus in Carrasco ja längst besitzen, und noch viel mehr dazu, wäre da nicht diese Frau. Hass, Rache. Aber in diesem Augenblick darf sie nicht darüber nachdenken, sie verliert sich sonst im Labyrinth ihrer Erinnerungen, weshalb sie sich zwingt, weiterzugehen.

Heute ist einer dieser blass sepiabraunen Tage, an denen sie schon beim kleinsten Anlass in Tränen ausbrechen könnte. Obwohl ein kalter Wind bläst, schwitzt sie im Nacken, hat riesige Flecken unter den Achseln und verspürt ein hartnäckiges Stechen zwischen den Rippen.

Sebastián kommt ihr entgegen, der junge Buchhändler, der ihr die Garage für ihr Auto vermietet, auch er hat es eilig, und so belassen sie es beim Austausch eines kurzen freundlichen Grußes und verschwörerischer Blicke. Ein netter Kerl, dieser Sebastián, er schuldet ihr mehrere Gefallen – irgendwann wird er sich erkenntlich zeigen.

Úrsula hastet weiter, die Stadt gleitet wie eine geisterhafte Kulisse an ihr vorüber. Den Platz überquert sie, ohne ihn wahrzunehmen, biegt kurz darauf rechts ab in die Calle Bacacay und setzt ihren Weg fort, als folgte sie einem inneren

Mechanismus – sie würde selbst mit verbundenen Augen ans Ziel finden. Von hier aus kann man das Teatro Solís und einen Teil der Plaza Independencia sehen – *könnte* man, aber nicht Úrsula, die, am Ende der Straße angekommen, wie blind erneut um die Ecke biegt, genau in dem Moment, in dem der Bus angefahren kommt, der sie an ihren Bestimmungsort bringen soll. Sie gibt dem Fahrer ein Zeichen, der Bus hält an, sie steigt ein. Ihr Auto lässt sie lieber in der Garage, sie möchte in der Gegend, die sie ansteuert, so wenig Spuren wie möglich hinterlassen – sie hat an alles gedacht, wirklich an alles, glaubt wenigstens Úrsula selbst.

Wie immer setzt sie sich ganz nach hinten, um die Uhrzeit fährt kaum jemand in diese Richtung, und die wenigen Fahrgäste, die zusammen mit ihr unterwegs sind, starren gebannt auf ihre superintelligenten Telefone. Úrsula verdeckt ihre Mundpartie mit dem Schal, die Augen mit einer Sonnenbrille und zieht die Mütze tief in die Stirn.

Lange wird die Fahrt nicht dauern, es gibt kaum Verkehr, und ihr Ziel ist nicht besonders weit entfernt, in gerade einmal fünfzehn oder zwanzig Minuten wird sie an der Kreuzung Calle 21 de Setiembre und Calle Ellauri aussteigen und das kleine Stück bis zur Calle Vázquez Ledesma gehen, die am Park entlangführt. Bis zur zweiten oder dritten Kreuzung in Richtung Rambla Gandhi wird sie auf der bebauten Seite bleiben und erst dann den gegenüberliegenden Parque Villa Biarritz betreten, wo sie sich auf einer Bank niederlassen wird, die weder nah bei ihrem eigentlichen Ziel steht noch weit davon entfernt ist. Sie wird tief durchatmen – den Geruch nach Eukalyptus, Eiche, See-Kiefer, Chiletanne, frischer Erde und Hundekacke einsaugen – und warten, bis es so weit ist, die Tür aufgeht und die Frau erscheint, wegen der sie hier ist.

Die Appartements in dem Haus, aus dem die Frau kommen wird, könnte man fast als Luxusappartements bezeichnen. Das Portal des Gebäudes prunkt mit polierten

Bronzebeschlägen, man erreicht es durch eine Vorhalle mit glänzendem Marmorboden, in dem ein Portier in Uniform steht, den die Frau vor dem Hinausgehen in halb gleichgültigem, halb sarkastischem Tonfall gegrüßt haben wird – nicht frei von Anmaßung, wie zu der Zeit, als sie noch in einem Haus mit Swimmingpool, Köchin, Hausmädchen, großem Garten mit exotischen Bäumen und eigenem Gärtner in Carrasco wohnte. Die Frau wird mit flinken Schritten die Stufen, die zur Straße führen, hinabsteigen, sie wird teure Sportkleidung tragen, das Haar von einer schicken Spange zusammengehalten, sie wird einen Blick auf ihre teure Armbanduhr werfen, sich die Hörstöpsel in die Ohren stecken und die Straße überqueren. Dann wird sie anfangen, langsam durch den Park zu traben. Úrsula wird ihr nur mit Mühe und in einigem Abstand bis zur Rambla folgen, wo die Frau das Tempo erhöhen und sich bis zum nächsten Tag von ihr entfernen wird. Oder aber Úrsula wird auf der Bank sitzen bleiben und über das Lösegeld nachdenken, das diese Frau ihr für die Freilassung ihres entführten Mannes Santiago in Aussicht gestellt hatte, über die Lügen, die die Verräterin ihr damals erzählt hat, darüber, wie sie von ihr reingelegt worden ist. Sie hat ihr geglaubt und sah schon ihr neues Haus und den Swimmingpool und das Auto dazu vor sich – heute hat sie von alldem bloß ihre Wut.

Doch wer weiß, was Úrsula an diesem Tag noch alles empfinden wird, während sie auf der Parkbank sitzt, von der aus sie die Frau bereits seit einem Monat überwacht. Wer weiß, was alles in ihr aufsteigen wird, während sie zum wiederholten Mal Polizist oder Detektiv spielt. Manchmal hat sie nämlich ihren Verstand nicht ganz im Griff. Manchmal muss sie feststellen, dass die Wut sich seiner bemächtigt, das rasende Tier in ihrem Inneren, das ihr unaufhörlich ins Gedächtnis ruft, dass diese andere Úrsula López, diese Frau, die genauso heißt wie sie, sie betrogen hat.

5

Ein starkes, buntes, leuchtendes Bild, wie aus einer Illustrierten. Das fast schon winterliche Morgenlicht wird beim Durchqueren des Kirchenfensters in seine Spektralfarben zerlegt, die den im Betstuhl knienden Mann mit dem grauen Anzug und dem gegelten Haar in eine Vielzahl von Rot-, Blau-, Violett- und Gelbtönen tauchen. Es ist kurz vor sieben, der Herbst geht dem Ende entgegen, draußen ist es sehr kalt. An den Seitenwänden hängen Darstellungen der Kreuzwegstationen, und eine sakrale Musik, vielleicht Bach, säuselt zwischen den Bänken, Gängen und Altären, bevor sie sich in den Himmel über der Pfarrkirche der Schwestern vom Herz Jesu in der Calle Ellauri erhebt.

Doktor Antinucci leistet die ihm wenige Minuten zuvor von Pater Ismael auferlegte Buße und betet ein Vaterunser, ein Ave-Maria und ein Gloria, um Gottes Vergebung dafür zu erlangen, dass er Seinen Namen missbraucht und dreimal sündige Gedanken in Bezug auf seine Sekretärin gehabt hat. Von dem bunten Farbenspiel des Lichts bekommt er dabei nichts mit, weil er die Augen fest geschlossen hält und sich ganz der Bekundung seiner Reue hingibt. Wenn er sich so ins Gebet versenkt, vergisst er die niederträchtige und verdorbene Welt um ihn herum vollständig, nicht einmal die leise schlurfenden Schritte der Zuspätkommenden nimmt er wahr, die erst erscheinen, als Pater Ismael kurz davorsteht, mit seiner Kasel bekleidet vor den Altar zu treten und die Messe zu beginnen.

Allzu viele Gläubige finden sich um diese Uhrzeit allerdings nicht ein. Außerdem scheinen sie sich zu kennen –

wenn die Blicke der bereits Sitzenden und der auf Zehenspitzen zwischen den Bankreihen Dahinhuschenden sich begegnen, nicken sie einander kaum merklich zu und deuten ein Lächeln an.

Antinucci beendet sein Gebet und bekreuzigt sich mit weitgreifenden Bewegungen vom Scheitel bis tief hinab in die Nähe des Bauchnabels und von einem Punkt in der Leere jenseits der linken Schulter zu einem ebensolchen Punkt auf der rechten Seite. Dann blickt er seufzend auf, stößt erleichtert den angehaltenen Atem aus und mit ihm die abgegoltene Schuld. Anschließend füllt er seine Lungen mit frischer, heiliger, nach Weihrauch und Reinheit riechender Luft.

Was er nicht sieht, ist, dass sein bis vor wenigen Augenblicken bunt gescheckter Körper durch die jetzt durch die gelben Gläser des Fensters scheinende Sonne wie von Gold überzogen wirkt. Fiele es einem der anderen Kirchenbesucher auf – was unwahrscheinlich ist, sind sie doch alle mit ihren eigenen Sünden beschäftigt –, hielte er den Doktor womöglich für einen Erzengel oder Propheten oder wenigstens Heiligen, in jedem Fall aber für einen über das Maß der Normalsterblichen mit Gottes Gnade gesegneten Menschen.

Nach Ableistung der verdienten Strafe und damit frei von aller Sünde richtet Antinucci sich auf und macht es sich auf der Bank bequem. Selbstzufrieden lächelnd, öffnet er einen Knopf seines grauen Anzugs, zupft an seinen Hosenbeinen und atmet erneut tief durch. Er fühlt sich gut, getröstet, wieder in die Schar der braven Christen aufgenommen, er weiß, dass der Herr sein Hirte ist und ihm nichts mangeln wird. Und in der Tat hat er immer alles, was er braucht. Wohlgefällig lässt er den Blick über die ihm so vertrauten Kreuzwegbilder wandern, der Menschensohn trägt sein Kreuz, fällt erschöpft zu Boden, stürzt insgesamt drei Mal. Sein Lieblingsbild bewahrt er sich für zuletzt auf. Der schöne, vollständige, leuchtende, energiegeladene Auferstandene herrscht die in seinem Grab nach ihm Suchenden an: »Was sucht ihr den Lebenden bei den Toten? Er ist nicht hier, er ist auferstanden.«

Pater Ismael kommt herein, und obwohl das Kircheninnere von Sonnenlicht durchflutet ist, wird die Beleuchtung eingeschaltet und die Musik lauter gestellt. Antinucci folgt der Messe ehrerbietig, mit leicht geneigtem Kopf, aber wenig aufmerksam, da mit eigenen Gedanken beschäftigt. Erst das eucharistische Hochgebet holt ihn eine halbe Stunde später aus seiner Versunkenheit, und er macht sich bereit, den Leib des Herrn zu empfangen. Er bewegt die Lippen, murmelt die entsprechenden rituellen Worte, senkt die fleischigen Lider und wird gleich aufstehen und sich in die Schlange stellen. Und alles wird so sein wie schon während seiner Kindheit, wie vor dem Konzil und dessen Brüchen mit zweitausendjährigen Traditionen, schließlich ist diese Gemeinde nicht in der Hand irgendwelcher Kommunisten, Guerilleros und anderer Weltverbesserer, die dem erstbesten Gemeindemitglied die Hostien zum Verteilen in die Hände drücken. Nein, hier bei den Schwestern vom Herz Jesu macht das der Priester noch selbst, und er legt den Gläubigen die Hostie selbstverständlich unmittelbar auf die Zunge, nicht dass das allerheiligste Sakrament auf dem Weg dorthin in irgendeiner Weise befleckt wird.

Antinucci steht jetzt auf, betritt das Mittelschiff, stellt sich mit gesenktem Blick, die Arme vor der Brust gekreuzt, ans Ende einer Schlange aus drei oder vier alten Mütterchen, rückt langsam vor, stets auf Abstand bedacht, bis die Reihe an ihm ist und man ihm die Hostie auf die Zunge legt. Anschließend kehrt er zu seinem Platz zurück, kniet sich wieder hin, senkt den Kopf auf die gefalteten Hände und betet, bis die Hostie sich in seinem Speichel aufgelöst hat, bis auch kein noch so kleiner Krümel mehr in seiner Mundhöhle zu spüren ist. Suchend fährt er mit der Zunge über den

Gaumen, das Zahnfleisch, die Zwischenräume zwischen den Backenzähnen – Christi Leib hat sich spurlos davongemacht. Erleichtert seufzt er auf.

Wenige Minuten später verlässt er den nach Weihrauch und Desinfektionsmittel riechenden Raum und begibt sich hinaus in die Kälte, die noch heftiger geworden ist, bereit, sich den Herausforderungen der Welt zu stellen.

Am Ausgang recken ihm die Bettler die stumpfen Gesichter und ausgestreckten Hände entgegen, Antinucci teilt hastig ein paar Münzen aus, wendet den Blick ab und steuert sein etwa hundert Meter entfernt parkendes Auto an.

Er fühlt sich frei von Sünde, im Frieden mit sich selbst.

Da unterbricht das Klingeln des Mobiltelefons seine Seligkeit. Mit einem Ruck zieht er den Apparat aus der Tasche, betrachtet den aufleuchtenden Bildschirm, und seine Miene verdüstert sich.

»Hallo. Ja, ja. Ich hab doch gesagt, nächste Woche muss alles so weit sein. Was verstehst du nicht? Wir können nicht länger warten, mach dich sofort an die Arbeit, hörst du? Dass Germán mit von der Partie sein soll, hab ich dir auch schon gesagt. Ja, genau, in ein paar Tagen kommt er raus. Er ist mir was schuldig, und so kann er das gleich gutmachen. Der Caramelero muckt auf? Das hab ich dir schon letztes Mal erklärt, ich hab den Typen so was von dick – also, was den angeht, weißt du ja, was du zu tun hast.« Hier beendet Antinucci das Gespräch.

Er öffnet die Tür seines Audi A6, steigt ein, streicht liebevoll mit der Hand über die Sitzbezüge aus Leder, schnuppert genüsslich daran, scheint ein leicht obsessives Verhältnis zu diesem Material zu haben. Dann steckt er den Zündschlüssel ins Schloss und schaltet die Musikanlage an, woraufhin sich im Inneren des Wagens sanfte Klänge vernehmen lassen – Vivaldis *Miserere* beruhigt ihn, erfüllt ihn mit Frieden, gibt ihm seine ursprüngliche Reinheit wieder.

6

Nur mit Mühe hat er in den Schlaf gefunden, die ständige Anspannung abgestreift, die verkrampften Glieder gelockert. Nur mit Mühe hat er sich von der Erschöpfung durch so viele im doppelten Wortsinn durchwachte Nächte überwältigen lassen. Es ist ihm schwergefallen, doch jetzt spürt er, wie er in einen dunklen, aber warmen Abgrund stürzt. Wie in Zeitlupe verschwindet er in einem schwarzen Loch, lässt die übrigen Pritschen, die Zellentür, das Geräusch der Schritte des Aufsehers auf dem Gang, all das Grauen, das er bis jetzt im Gefängnis erlebt hat und noch vor sich sieht, hinter sich.

Er hat lange gebraucht, um sich zu beruhigen, seinen Atem dem Rhythmus seines Herzschlags anzupassen, jetzt löscht die Schläfrigkeit allmählich seine Gedanken aus, taucht ihn in einen leisen Dämmer, der ihm vielleicht nur wie Ruhe vorkommt, aber doch immerhin wie Ruhe. Und obwohl die Nachricht von der bevorstehenden Freilassung seine angsterfüllte Wachsamkeit eher noch erhöht hat, gelingt es Germán zuletzt, sich von alldem zu lösen und dem Schlaf hinzugeben.

Doch als er kurz davor ist, tatsächlich einzuschlafen, erschreckt ihn ein Geräusch, das gar kein richtiges Geräusch ist, eigentlich nur eine Art leises Kratzen, als würde ein Insekt die Flügel aneinanderreiben oder eine Hand sacht über eine raue Oberfläche gleiten. Er unterbricht den begonnenen Tauchgang in den Schlaf, öffnet die Augen, sieht sich suchend um, aber in der Dunkelheit ist nichts zu erkennen. Er lauscht mit angehaltenem Atem.

Das Gefängnis ist ein Ort voller Geräusche und unerwarteter Ereignisse. Er ist sich sicher, in der Nähe seiner Pritsche etwas wahrgenommen zu haben – *eigentlich* ist er sich sicher, aber wer weiß, die Angst und die Müdigkeit spielen einem hier des Öfteren einen Streich. Er hebt erneut den Kopf, wendet den Hals, versucht, die Dunkelheit zu durchdringen. Nichts. Er lässt den Kopf wieder auf den Arm sinken – ein anderes Kissen hat er nicht. Ihm ist kalt, er würde sich die Decke gerne bis zum Kinn hochziehen, aber so kurz, wie sie ist, lägen dann seine Füße frei.

Doch er hat nicht geträumt, nein, da ist das Geräusch wieder, es sind Schritte – ja, Schritte, kein Zweifel –, jetzt allerdings nicht mehr so nahe an seiner Pritsche, sie bewegen sich auf die am weitesten von ihm entfernte Wand zu. Er überlegt, wie lange es noch dauert, bis der Tag anbricht. Dann gibt er sich selbst die Antwort – hier drinnen steht die Zeit still, hier drinnen gibt es die Zeit nicht.

Er spannt die Muskeln an, tastet nach der Klinge, die Ricardo ihm gegeben hat, umklammert sie, macht sich bereit. Reglos liegt er da und versucht, geräuschlos zu atmen.

Von hinten, in der Nähe der Wand, ist mit kurzen Unterbrechungen weiterhin das Geräusch zu hören. Derjenige, der es verursacht, scheint sorgsam darauf bedacht, den Lichtstreifen zu meiden, der unter der vergitterten Zellentür durchschlüpft.

Germán nimmt nun auch einen neuen, unbekannten Schweißgeruch wahr, er unterscheidet sich von all den sauren Ausdünstungen, die er bisher hier kennengelernt hat, wenn er stundenlang wach lag. Er kommt aus derselben Richtung wie das Geräusch der Schritte und scheint wie losgelöst in der Dunkelheit herumzustreichen.

Dann spürt er die Anspannung auch auf den übrigen Pritschen, dort werden ebenfalls winzige Bewegungen ausgeführt, kratzen Nägel leise über Metall, wird der Atem angehalten. Selbst das dumpfe Knacken der Gelenke der anderen kann Germán hören.

Längst ist er hellwach und versucht, sich zu beruhigen, er darf sich von der Angst nicht überwältigen lassen, aber vor seinem inneren Auge sieht er ein Paar nackte Füße mit dreckigen Zehennägeln und einen Blick voller Gewalt oder dumpfer Beschränktheit oder schierer Verzweiflung.

Draußen setzt heftiger Wind ein. Germán zittert unter seiner zu kurzen Decke, ihm wird immer kälter, er umklammert die Klinge jetzt mit beiden Händen, drückt sie, als wollte er eine Frucht auspressen.

Die Schritte werden schneller, lauter, kommen näher, erbarmungslos, sind schon fast bei ihm, neben der Pritsche, in der er liegt. Germán richtet sich auf, und die Decke rutscht zu Boden. Er möchte schreien, aufspringen, davonlaufen, aber der Schwindel lässt es nicht zu, er kann sich nicht rühren, bringt keinen Ton hervor. Im knappen Lichtschein, der unter der Türe durchdringt, zeichnet sich an der Wand zu seiner Rechten die Silhouette einer Hand ab, die ein Messer hält.

Gleich darauf gellt ein Schrei durch die Zelle. Die Silhouette bewegt sich in rasendem Tempo auf und ab, noch zwei schreckliche Schreie sind zu hören, dann aufgeregtes Gemurmel, hektische Atemzüge, und zuletzt eisiges Schweigen.

Bis nach ewigen Sekunden im Gang Schritte näher kommen, schwere Stiefel, deren Absätze auf den Boden knallen, die Tür wird entriegelt, springt auf, das Licht wird eingeschaltet, Germán schließt geblendet die Augen.

»Alle an die Wand, verdammte Scheiße, an die Wand, sofort!«

Germán nimmt einen säuerlich eisenhaltigen Geruch wahr, öffnet mühsam die Augen und erblickt die Blutlache am Boden sowie eine verkrampfte Hand am Ende eines von einer Pritsche herabhängenden Arms, der zu einer leblos daliegenden Gestalt gehört.

»Der Caramelero«, hört er die anderen sagen, »es ist der Caramelero.«

»Los, an die Wand, wirds bald«, brüllt ein Aufseher und stößt Germán in die Rippen.

Der klettert aus dem Bett und spürt gleich darauf die klebrig warme Flüssigkeit an den Füßen, sie dringt ihm zwischen die nackten Zehen. Entsetzt tritt er zur Seite. In einem kurzen Augenblick der Klarheit schafft er es, unbemerkt die Klinge, die er noch in der einen Hand verborgen hält, abzuwischen und in einem Wandspalt verschwinden zu lassen. Dann stellt er sich neben die anderen, sieht ihre Augen voller Angst, Hass, Unruhe, wendet den Blick ab, richtet ihn auf die feuchte, bröckelige Wand gegenüber, bemüht, dem grellen Deckenlicht auszuweichen und gleichzeitig genau zu tun, was die Aufseher anordnen.

Aber da ist der Schwindel wieder, alles um ihn herum gerät in kreisende Bewegung. Was hatte Roto noch mal über den Caramelero gesagt? Er versucht, sich an die Worte zu erinnern, und spürt, dass seine Knie weich werden.

»Raus jetzt, alle, los, mit erhobenen Händen. Du auch, verdammt, na, mach schon, raus mit dir!«

Mittlerweile haben sich sechs Aufseher eingefunden, und die Geräusche aus dem Gang lassen erkennen, dass noch mehr auf dem Weg hierher sind. Germán taumelt aus der Zelle, in einem Pulk mit den anderen.

»Sie haben den Caramelero kaltgemacht.« Die geflüsterte Nachricht wandert von Mund zu Mund.

Mit vorgehaltenen Waffen, Tritten, Hieben, Schlägen werden die Häftlinge durch den Gang getrieben, bis sie sich irgendwann, vor Kälte und Angst zitternd, erneut nebeneinander an einer Wand aufreihen müssen.

Nur wenige Kilometer und gleichzeitig Lichtjahre von hier entfernt erwacht unterdessen Úrsula López langsam in ihrer Wohnung in der Altstadt von Montevideo.

Im Gefängnis wiederum betrachtet Germán die roten Spuren, die seine nackten Füße hinterlassen haben, und spürt, wie das Blut an seinen Sohlen kalt wird und feine Krusten bildet.

Wenigstens ist es nicht sein Blut.

7

Kommissarin Lima öffnet den Ordner, blättert eine Weile darin, trinkt noch einen Schluck von dem mittlerweile abgestandenen und sauren Kaffee, seufzt oder gähnt, liest geistesabwesend ein paar Absätze, blickt auf und betrachtet das Nichts der rußgeschwärzten Wand gegenüber ihrem Bürofenster, denkt an die Rückfahrt nach Hause, den Fußweg am Ende durch kalte dunkle Straßen, überlegt, was sie wohl noch im Kühlschrank hat. Dann senkt sie den Blick wieder und versucht, sich auf den Inhalt der vor ihr liegenden Seiten zu konzentrieren. Verhörprotokolle, psychiatrische Gutachten, eine Auflistung von Telefonaten, Aussagen, Berichte von Aufsehern, Untersuchungen von Fingerspuren, Fotos, Papier, Papier, Papier.

Als Leonilda Lima bei der Polizei anfing, hatte sie etwas anderes erwartet, das war nicht das Leben, das sie sich erträumt hatte, aber das Leben ist schließlich nie so, wie wir es uns erträumen. Die Kommissarin, die ihren vierzigsten Geburtstag inzwischen hinter sich hat, weiß das längst, auch wenn sie sich immer noch nach etwas anderem sehnt.

Dass die Kommissarin eine schöne Frau wäre, kann man nicht behaupten, sie schielt leicht, und ihr gewelltes Haar scheint nie die richtige Form zu finden, aber andererseits, was ist, von ein paar Klischees und schematischen Vorstellungen abgesehen, eine schöne Frau? Auf ihre Weise ist die Kommissarin eben doch schön, mit ihren dunklen, gelb gesprenkelten Augen, die glänzen wie Katzenaugen und sich nicht immer nur stur parallel bewegen, und ihrem widerspenstigen Haar, das ein Eigenleben zu führen scheint. Dies ist nicht das Leben, das sie sich erträumt hat, und so sucht sie Trost in ihrer Arbeit. Die Sprache, in der die Berichte abgefasst sind, gibt ihr Sicherheit, Ruhe, das Gefühl, am richtigen Platz zu sein – *der Verdächtige, der Angeklagte, die Tat, das Opfer, der Verstorbene, der Leichnam, die Schusswaffe, die Stichwaffe, die Einschussstelle* – all diese Begriffe vermitteln ihr eine Art Geborgenheit. In ihrer Gesellschaft kommt sie sich nützlich vor, wie jemand, der tut, was getan werden muss.

Sie liebt es, sich durch diese mit Fachausdrücken gespickten Texte zu kämpfen. Inmitten dieser ihr so vertrauten Bürokratie sieht sie sich als unscheinbare, doch umso ehrenvollere Heldin, die dafür sorgt, dass sich die Moral der Geschichte erfüllt und die Übeltäter ihrem gerechten Urteil zugeführt werden, mag der Weg dahin noch so labyrinthisch sein. Denn so desillusioniert Leonilda Lima auch ist und so viele Enttäuschungen sie in beruflicher wie persönlicher Hinsicht bereits hat wegstecken müssen, eines verliert sie sicherlich nie: ihren Glauben an die Gerechtigkeit.

Nach der dritten Tasse Kaffee kann sie sich endlich konzentrieren, sie blättert zum Anfang des Ordners zurück und liest die ersten Berichte noch einmal, folgt den simplen Sätzen voller altbekannter Begriffe, zu entschlüsselnder Details, herausfordernder Fragestellungen. Und sosehr ihr all dies seit Langem zur Routine geworden ist, lässt sie sich deshalb trotzdem nicht zu einfachen, automatischen Schlussfolgerungen verleiten, im Gegenteil, bis heute hat sie sich die Fähigkeit bewahrt, sich eine eigene Meinung zu bilden.

Es ist schon nach zehn, als sie schließlich den Ordner zuklappt. Sie hat sich einen Überblick verschafft, ein paar Notizen gemacht und Ermittlungsoptionen sowie einen Arbeitsplan für die kommenden Tage zurechtgelegt. Ihr Ärger darüber, dass man ihr diesen eher bedeutungslosen Fall zugewiesen hat – ursprünglich war Kommissar Leonardo

Borda dafür vorgesehen, doch der musste sich dringend einer Hämorrhoidenoperation unterziehen –, ist verflogen. Klar hätte sie sich eigentlich viel lieber mit dem Fall eines mörderischen Krankenpflegerduos beschäftigt, das offenbar Todesengel spielen wollte und, so wie es aussieht, mehrere Dutzend, wenn nicht an die hundert Patienten des Maciel-Krankenhauses ins Jenseits befördert hat. Aber jetzt erscheinen ihr die Rätsel um die Ermordung eines gewissen Juan Carlos Lencina, alias el Caramelero, im Santiago-Vázquez-Gefängnis als eine durchaus spannende Herausforderung, der sie sich unbedingt gewachsen zeigen will. Nichts wäre schlimmer, als ihrem Kollegen irgendwann ihr Scheitern eingestehen und die Lösung seiner überlegenen Kombinationsfähigkeit überlassen zu müssen.

Im vorliegenden Fall gibt es einen mit äußerster Brutalität begangenen Mord, eine unauffindbare Tatwaffe, und obendrein scheinen unterschiedliche Interessen im Spiel gewesen zu sein. »Hinter jedem geplanten Verbrechen«, sagt sich Leonilda, »steckt zuallererst ein Hirn, das sich das Ganze ausgedacht hat.« Und dessen Besitzer muss sie ausfindig machen, das ist ihre Aufgabe, klären, wer so viel Staub aufgewirbelt hat, um sich selbst dahinter verschwinden zu lassen.

Sie betrachtet die Fotos vom Tatort: eine Gefängniszelle mit dicht nebeneinanderstehenden Pritschen, eine von Messerstichen durchlöcherte Leiche, ein Meer von Blut – das reinste Gemetzel. Das Opfer scheint niemals einer geregelten Tätigkeit nachgegangen zu sein, sich vielmehr zeitlebens mit Taschendiebstählen in Bussen, Raubüberfällen auf ältere Damen und ähnlichen Delikten durchgeschlagen zu haben. Um einen ernst zu nehmenden Kriminellen scheint es sich bei dem blutigen Fleischklumpen, den die Fotos zeigen, jedenfalls nicht gehandelt zu haben.

Und für so einen Hühnerdieb ein solches Maß an Raserei und Gewalt, eine derart riskante Unternehmung, die nicht ohne Mithilfe anderer durchgeführt worden sein kann? »Was kann den Täter angetrieben haben?«, fragt sich Kommissarin Lima und zählt auf: »Eifersucht, Geldgier, Neid, Rachedurst, sexuelle Frustration. Wut.«

8

Halb drei am Morgen.

Beide Flügel von Úrsulas Fenster sind geöffnet, der Vorhang ist zur Seite gezogen, das Rollo halb heruntergelassen. Der Raum liegt im Dämmerlicht, und Úrsula befestigt gerade das Fernrohr auf dem Stativ, das sie kurz zuvor aufgestellt hat. Fünf Stockwerke tiefer rumpelt ein Taxi die Calle Sarandí entlang, während ein Obdachloser, gefolgt von einem humpelnden Straßenköter, einen Einkaufswagen aus einem Supermarkt vor sich herschiebt. Von ihrem improvisierten Wachturm aus sieht Úrsula ihnen hinterher. Improvisiert? Mehr oder weniger. Sie steht nicht zufällig zu dieser Uhrzeit am Fenster, und ihr kleines Observatorium hat sie weder zum ersten noch zum letzten Mal aufgebaut. Eigentlich stellt sich die Frage, warum sie nicht schlafen kann und mitten in der Nacht aufsteht, welchen Zweck ihr nächtliches Tun verfolgt. Aber dafür müsste sie in längst vergangene Zeiten zurückkehren, und das ist unmöglich. Úrsula mag es überhaupt nicht, in ihrer Vergangenheit rumzuwühlen, das schafft sie nicht einmal in Gesellschaft ihres Psychoanalytikers.

Beim Ausspähen ihrer Nachbarn durchläuft sie regelmäßig drei Phasen. Zunächst hat sie schlechte Laune wegen all der umständlichen Vorbereitungen, die dafür nötig sind: das Rollo runterlassen, das Fernrohr aus seinem Aufbewahrungsort hervorholen und aufbauen, später das alles wieder abbauen und verstauen. Dann packt sie eine maßlose Erregung beim heimlichen Teilnehmen am Leben der anderen.

Und anschließend die Schuldgefühle, die weinerliche Reue – unweigerlich sagt sie sich dann, dass sie nie wieder so weit gehen darf, dass das das letzte Mal war. Dabei weiß sie, oh ja, dass das bloße Krokodilstränen sind, dass sie rückfällig werden, wieder ein schlechtes Gewissen haben und sich irgendwann erneut ans Ausspähen machen wird.

Doch noch befindet sich Úrsula in Phase eins, ist entnervt von der Aufbauprozedur, das Fernrohr steht zwar einsatzbereit da, den Platz davor hat sie aber noch nicht eingenommen.

Jetzt löscht sie das Licht vollständig, rückt noch einmal den Stuhl zurecht, setzt sich – weder lässt sie sich ganz vorne an der Kante nieder, noch rutscht sie bis an die Lehne zurück –, greift nach der Stellschraube an dem Gerät mit der Aufschrift *Carl Zeiss Jena,* das sie von ihrem Vater geerbt hat, und fängt an, daran zu drehen. Während die Fernsicht immer schärfer wird, sieht sie nichts mehr von dem, was sie unmittelbar umgibt – das düstere Zimmer mit den altmodischen Möbeln, den Glasschrank mit den japanischen Figürchen, die ausgeblichenen Spitzendeckchen, die abgetretenen Perserteppiche, den Tisch voller Medikamente, die vergilbten Familienfotos auf der Marmorplatte der Kommode, die im Lauf der Jahre dunkel gewordenen Wände, ihre ganze Wohnung.

Dafür befindet Úrsula sich plötzlich im Inneren eines etwa hundertfünfzig Meter entfernten Zimmers, das sie bereits bestens kennt. Hier ist alles sauber, hell und aufgeräumt, zweckmäßig und modern, die makellos weißen Wände erglänzen im Licht schicker Deckenstrahler, über Designermöbeln hängt Kunst in Schwarz und Weiß, und in der Mitte steht das Bett. Riesig, viereckig, weiß. Úrsula verfolgt jetzt, wie das Pärchen, das hier wohnt, sich für die Nacht fertig macht. Die Frau zieht sich aus und schlüpft in ein Nachthemd, der Mann zieht sich ebenfalls aus und gleitet so zwischen die Laken. Als beide im Bett liegen, greifen sie nach Büchern, fangen an zu lesen, wechseln dabei offenbar gelegentlich ein paar Worte. Úrsula wartet, zehn Minuten verstreichen, zwanzig, allmählich gibt sie die Hoffnung auf. Die Warterei ist immer das Schlimmste, sie zieht sich scheinbar ewig in die Länge, und dass Úrsulas Geduld am Ende belohnt wird, ist keineswegs garantiert. Manchmal legen die zwei einfach irgendwann die Bücher zur Seite und machen das Licht aus.

Úrsula beobachtet bewegungslos, wie die beiden sich kaum je bewegen, ab und zu blättert er oder sie um, verändert die Lesehaltung, streicht über die Decke, greift nach dem Glas mit Wasser und trinkt einen Schluck.

Sie hat schon andere Paare beobachtet, ziemlich viele sogar. Sie denkt nur sehr ungern daran, ebenso ungern wie daran, dass sie das immer wieder tun wird. Tag für Tag versucht sie, die Erinnerung zu verdrängen, vor allem aber, dem Drang zu widerstehen, und meistens gelingt ihr das auch für einige Zeit. Bis es irgendwann erneut in ihr aufflammt und sie sich widerstandslos daranmacht, das Fernrohr aufzubauen oder das Ohr an die Tür der Nachbarn aus dem zweiten Stock zu pressen. Úrsula weiß seit Jahren, wo und wie sie fündig werden kann.

Auf einmal gibt es ein erstes Anzeichen dafür, dass die Wartezeit zu Ende geht – die Frau legt das Buch zur Seite, gibt dem Mann daraufhin aber nicht einen Kuss auf die Wange und löscht die Lampe auf ihrer Seite, sondern streicht ihm übers Haar und lässt die Hand danach unter die Decke gleiten, um den Mann weiter zu streicheln. Der legt nun ebenfalls das Buch weg, dreht sich der Frau zu, zieht die Decke weg, fährt ihr zärtlich mit dem Finger über den Hals und küsst sie aufs Ohr. Úrsula atmet heftig, sie verfolgt die katzenartigen Bewegungen der beiden auf dem Bett, sieht, wie der erste Träger des Nachthemds über die Schulter der

Frau gleitet, schließt die Augen, seufzt, macht sie wieder auf, sieht, wie die zwei sich ablecken, stellt sich vor, was sie dabei zu schmecken und zu riechen bekommen. Sie keucht. Das Paar setzt sein übliches Liebesspiel fort, der Mann dreht sich auf den Rücken, und sie lässt sich rittlings auf ihm nieder, legt den Kopf in den Nacken und fängt an, sich rhythmisch auf und ab zu bewegen.

Irgendwann hört Úrsula auf zu atmen, und es gibt nur noch das Bild, das das Fernrohr ihr vor Augen führt.

Und zuletzt nicht einmal das, bloß noch sie selbst.

9

Und wer kommt da angerast, mit durchgedrücktem Gaspedal und fest zusammengebissenen Zähnen? Doktor Antinucci. Er ist auf der Nationalstraße 8 unterwegs, mit seinem nagelneuen Audi A6, er hat ihn erst seit einer Woche, und im Inneren duftet alles noch herrlich frisch. Der Schlitten muss ein Vermögen gekostet haben, wie viel genau er dafür hingelegt hat, dass man ihn in nicht einmal einem Monat aus Deutschland importiert hat, will man lieber gar nicht erst wissen. Die Sitze sind mit superteurem Leder bezogen. Sein Verhältnis zu diesem Material ist definitiv fetischistisch zu nennen, schließlich ist da auch noch sein Lederköfferchen, seine in Leder gebundene Mappe, die Ledersessel in seinem Büro, die Schreibunterlage aus Leder auf seinem Arbeitstisch – wenn es nach ihm ginge, würde er vermutlich alles, was ihn umgibt, unter Leder verschwinden lassen. Beim Fahren hört er Dvořáks Sinfonie *Aus der Neuen Welt* und trommelt dazu mit den Fingern auf dem Lenkrad. Auf der Ablage vor der Windschutzscheibe hat er einen bescheidenen kleinen Altar aufgebaut, zwei Bildchen der Heiligen Jungfrau und einen Christophorus, ein Geschenk seiner Mutter. Dazu baumelt vom Rückspiegel ein Perlmutt-Rosenkranz.

Auch sein Aussehen ist durchdacht, seine stets untadelige Kleidung und der soldatische Anstrich, der allerdings etwas überholt ist. Beim Musikhören nimmt sein Gesicht einen friedlichen Ausdruck an, und man könnte glauben, einen in Ehren gealterten Juristen vor sich zu haben. Diesem

Eindruck widerspricht jedoch die Narbe an seiner Stirn, die von einem Faustschlag stammen könnte. Unbestreitbar beunruhigend sind dagegen seine übermäßig großen und übermäßig vortretenden Augen unter den übermäßig fleischigen Lidern. Er verbirgt sie fast immer hinter seiner Ray-Ban-Sonnenbrille, auf die er angeblich wegen seiner Lichtempfindlichkeit nicht verzichten kann.

Seit zwei Stunden fährt er im strömenden Regen dahin, und er hat schon viermal am Straßenrand angehalten, um eine Zigarette zu rauchen. Zwei pro Stunde, sagt er sich in diesem Augenblick, und kaum hat er den Gedanken zu Ende gebracht, würde er am liebsten die nächste Zigarettenpause einlegen, aber der Regen wird immer stärker, und nirgends ist eine Stelle zu sehen, wo er sein Vorhaben umsetzen könnte, ohne dass sein grauer Kaschmiranzug und seine auf Hochglanz polierten italienischen Lederslipper durchnässt würden. Umso entschlossener tritt er aufs Gaspedal. Auf keinen Fall will er das selbst auferlegte Verbot unterlaufen, in dem noch so wunderbar nach Leder duftenden Auto zu rauchen, ein Geruch oder vielmehr ein Genuss, der ihm, wie es scheint, völlig den Kopf verdreht.

Doktor Antinucci würde gerne aufhören zu rauchen, er verabscheut sein Laster beziehungsweise seine Schwäche, wie er es nennt. Er hat es schon mit Hypnose, Akupunktur und allen möglichen anderen Entwöhnungsmethoden versucht, hat eine Unmenge Geld für Ärzte, Heilpraktiker, Pillen, Pflaster und Injektionen ausgegeben, aber alles ohne Erfolg. Zuletzt ist er trotzdem jedes Mal wieder rückfällig geworden, was ihm nicht nur Schuldgefühle bereitet, sondern auch abscheuliche gelbe Verfärbungen an seinen Zähnen hervorruft, die ihn zwingen, einmal pro Monat zum Zahnarzt zu gehen. Und das, wo er solche Angst vor Zahnärzten hat. Bei dem Gedanken an den nächsten Behandlungstermin schielt er in den Rückspiegel und hebt die Oberlippe an, um den Zustand seiner Zähne zu überprüfen. Beim Anblick der winzigen gelbbraunen Ablagerungen schüttelt er den Kopf und verzieht angewidert und verbittert den Mund. Dann richtet er den Blick wieder auf die Straße und versucht, an etwas anderes zu denken.

Zum zweiten Mal innerhalb von fünf Minuten sieht er auf die Uhr: Er hat noch reichlich Zeit. Er wischt ein eingebildetes Staubkorn von dem blau schimmernden Display der Geschwindigkeitsanzeige und lehnt sich in dem luxuriösen Sitz zurück. In der ersten Klasse könnte es nicht bequemer sein, sagt er sich, um sich einzureden, wie gut er es doch hat, und trotzdem verlangen seine Lungen weiter schreiend nach Rauch und frischem Nikotin.

Kilometer um Kilometer verstreicht, doch es bleibt dabei, nirgendwo taucht eine überdachte Bushaltestelle oder wenigstens ein ausreichend dicht belaubter Baum auf, der ihn vor dem erbarmungslos niederprasselnden Regen schützen würde. Antinucci stößt einen derben Fluch aus und bereut seine Tat sofort. Er darf nie vergessen, dass die schmutzige Sprache, derer sich seine Klienten und gelegentlichen Geschäftspartner bedienen, für ihn tabu ist, denn Gott ist allgegenwärtig, und nichts auf Erden entgeht Ihm, kein Wort.

Er legt die Fingerspitzen einer Hand an den weißen Rosenkranz, spricht ein kurzes Gebet und verlangsamt anschließend das Tempo. So leer gefegt, wie die Straße die ganze Zeit war, war er mit fast hundertachtzig dahingerast. Zunächst sieht es aus, als habe der Doktor sich daran erinnert, dass es die Pflicht eines jeden Autofahrers ist, sich im Straßenverkehr umsichtig zu verhalten. Doch natürlich weiß er, dass er aus einem anderen Grund den Druck aufs Gaspedal vermindert hat: Auf einmal biegt er nach rechts ab und fährt auf einer Art Feldweg weiter, vor ihm liegt eine mehrere Kilometer lange Strecke voller Steine, schlammigen Pfützen und Schlaglöchern.

Der Doktor ist schlechter Laune. Ihm graut vor dem Dreck, der sich auf seinem schönen neuen Auto ansammelt. Missmutig sagt er sich, dass er heute Abend zu spät nach Hause zurückkommen wird, um den Wagen noch putzen zu lassen, er wird ihn, so wie er ist, über und über mit widerlichem Schmutz bedeckt, in die Garage stellen müssen. Der Gedanke stößt ihm sauer auf und mit ihm der Geschmack des Mittagessens, eine Mischung aus trockenem Rotwein, Zwiebeln und Knoblauch. Und das, wo er die Garage gerade erst gründlich hat aufräumen und sauber machen lassen, wie einen Operationssaal.

Nicht allzu weit entfernt setzt eine Cessna über dem Feld zum Sinkflug an.

Vor einem Gattertor hält Antinucci, steigt aus, wirft einen Blick zu dem kleinen Flugzeug am Himmel, verzieht erneut angewidert den Mund und zündet sich dann trotz des strömenden Regens die Zigarette an, die er schon seit zehn Kilometern zwischen den Fingern der einen Hand bereithält, nimmt einen tiefen Zug, blickt wieder zum Himmel auf, zieht zum zweiten Mal an der Zigarette, betrachtet seine schwarzen Slipper und murmelt etwas. So oft, wie er aufs Land hinausfährt, sagt er sich, sollte er eigentlich längst ein Paar Gummistiefel und einen Regenumhang im Kofferraum liegen haben. Er geht zu dem Gatter und öffnet es, und als er durch den Matsch zum Auto zurückkehrt, ist sein Gesicht endgültig wutverzerrt. Neben dem Audi stehend, zieht er noch ein paar Mal an der Zigarette, steigt wieder ein, startet den Motor und fährt weiter, ohne sich darum zu scheren, dass das Tor unverschlossen hinter ihm zurückbleibt.

In der für Uruguay so typischen sanft gewellten Landschaft um ihn herum breiten sich riesige Sojafelder aus, dazwischen Eukalyptus- und Kiefernhaine und ab und zu ein paar Hektar Weizen oder eine Viehweide, auf der sich Pferde oder Kühe befinden – aus der Ferne und bei diesem Wetter lässt sich das schwer sagen, genauso gut könnten es Dromedare sein. Und dann kommt der eigentliche Grund für Antinuccis Anwesenheit in Sicht: eine Landebahn, die in Wirklichkeit kaum mehr als ein etwa dreihundertfünfzig Meter langer, mehr schlecht als recht platt gewalzter Erdstreifen ist, der, wenn es länger regnet, selbst für Fahrzeuge mit Vierradantrieb unbefahrbar wird. Das Kleinflugzeug, das kurz zuvor über seinen Audi hinweggeflogen ist, setzt jedoch ohne besondere Schwierigkeiten auf der Erde auf und rumpelt auf der holprigen Piste bis in die Nähe einiger Wohngebäude – vielleicht sind es auch bloß Schuppen.

Wer dafür buchstäblich in Schwierigkeiten steckt, ist Doktor Antinucci. Dessen nagelneuer Audi A6 hat sich auf dem letzten Wegstück im Schlamm festgefressen, der inzwischen fast bis an die Unterkante der Tür reicht. Bevor es so weit ist, steigt er mit steifen, ruckartigen Bewegungen aus, die erloschene Zigarette von vorhin in der Hand, und blickt mit Unheil verkündender Miene zu der Cessna hinüber. Aus der klettert gerade ein großer, schlanker Mann, der sich anschließend an den Flugzeugrumpf lehnt und erst einmal seelenruhig einen Schluck aus einer Dose oder Flasche nimmt – der Regen scheint ihn nicht im Geringsten zu stören. Ein anderer Mann, ein großer, weißhaariger Kerl in hohen Stiefeln, weiter Arbeitshose und breitkrempigem Hut, läuft quer über das Feld auf das festsitzende Auto zu. »Tag, Herr Doktor«, ruft er, als er noch etwa dreißig Meter entfernt ist.

»Hol den Traktor und zieh mich hier raus, Eugenio, und zwar schnell, los, mach schon, in einer halben Stunde muss ich zurück nach Montevideo, spätestens.«

»Der Traktor ist kaputt, Herr Doktor, das habe ich Ihnen schon letztes Mal gesagt.«

»Verfickt …«

Antinucci verstummt. Er nimmt die Religion sehr ernst, Pater Ismael wird morgen über sein Benehmen zu befinden haben. Der Anwalt betrachtet seine schlammbespritzten Slipper und die am unteren Ende nicht weniger verdreckten Hosenbeine. Aber auf keinen Fall soll ihm ein weiterer Fluch über die Lippen kommen, die Heilige Jungfrau möge es verhüten.

Er bereut, dass er so töricht war, mit dem neuen Audi hierherzufahren, statt ein passendes Gefährt zu nehmen, alles nur, weil er unbedingt ausprobieren wollte, was der Motor hergibt. Er redet jetzt leise, spricht jedes Wort einzeln und sorgfältig artikuliert aus, spuckt es dem anderen entgegen: »In einer Viertelstunde hast du mich hier rausgezogen, kapiert, Eugenio?«

»Ja, Herr Doktor. Soll ich den Toyota nehmen?«

»Nimm, was du willst, aber beweg deinen Hintern, los. Und was ist mit dem Kerl da drüben? Glaubt der, ich geh durch den Matsch bis zu ihm? Sag ihm, dass ich gleich wieder fahre.«

Ohne etwas zu erwidern, kehrt der Mann, der Eugenio heißt, um und läuft zu den Gebäuden in der Ferne.

Wenig später sieht man, wie ein Toyota auftaucht und zu der Cessna fährt, Eugenio und der Pilot wechseln ein paar Worte, dann werden mehrere Kisten aus dem Flugzeug in den Wagen umgeladen. Antinucci, der das alles beobachtet – die erloschene Zigarette in seinem Mund –, sitzt inzwischen wieder in dem Audi, trommelt mit den Fingern auf der Ablage und wirft irgendwann einen Blick auf seine Schuhe und die verdreckte Hose, von der es auf die neue Fußmatte tropft.

Zehn Minuten später hält Eugenio mit dem Toyota vor dem Audi, steigt aus und holt ein Abschleppseil aus dem Laderaum. Die Cessna rumpelt unterdessen schon wieder über die Landebahn, hebt ab und fliegt davon.

»Mach zu, Eugenio. Und wenn du mich rausgezogen hast, packst du die Sachen bei mir in den Kofferraum.«

»Jawohl, Herr Doktor. Und denken Sie daran, Geld dazulassen, für die Reparatur von dem Traktor.«

Eugenio befestigt das eine Ende des Abschleppseils an dem Audi, das andere an dem Toyota, steigt wieder ein und fährt langsam los. Wild spritzt der Schlamm in alle Richtungen, während der Audi allmählich freikommt. Als er, noch schlimmer verdreckt als zuvor, wieder fahrbereit auf dem Weg steht, hält Eugenio an, steigt aus, und dann wandern zwei Kisten von dem Toyota in Antinuccis Kofferraum, ohne dass einer der beiden Männer noch ein Wort sagen würde.

Es ist bereits Nacht, als Antinucci in seine Garage fährt – der Audi bietet einen wirklich mitleiderregenden Anblick. Antinucci denkt lieber nicht darüber nach, sondern geht erst einmal unter die Dusche und isst dann zu Abend.

Erst nach zehn Uhr erscheint er wieder in der Garage, betrachtet sein Auto und hievt mühsam die schweren Kisten aus dem Kofferraum. Als sie vor ihm auf dem Boden stehen, richtet er sich keuchend auf und schüttelt den Kopf. Morgen werden die verfluchten Schlammklumpen wenigstens trocken sein, dann gehen sie leichter ab.

Er schleift die zwei Kisten in die Küche und macht dort zunächst die größere auf. Er holt vier SIG Sauer P226 heraus, betrachtet jede einzelne prüfend, wiegt sie in der Hand. Es folgen die dazugehörigen Parabellum-Magazine mit jeweils einhundert 9-mm-Patronen. Ein leises Lächeln erscheint auf seinem Gesicht – zum ersten Mal an diesem Tag lächelt er. Offenbar zufrieden holt er anschließend zwei Calico M-960A-Maschinenpistolen samt Schneckenmagazinen hervor, siebenhundertfünfzig Schuss pro Minute. Jetzt verzieht sich sein Mund zu einem breiten Grinsen.

Danach kommt endlich der Höhepunkt des Abends: Vorsichtig, geradezu ehrfürchtig hebt Antinucci einen RPG-7-Granatwerfer mit HEAT-Geschoss aus der zweiten Kiste.

Vor Bewunderung seufzend, betrachtet er das Prachtstück eine Weile, setzt es dann an der Schulter an und malt sich aus, wie das Geschoss eine bis zu sechzig Millimeter dicke Stahlschicht durchschlägt. Zärtlich streicht er über das Rohr, poliert es mit dem Ärmel. Der Chef wollte ihm das Ding zuerst nicht schicken, das sei ein bisschen übertrieben, hat er behauptet – und jetzt hält er es in den Händen. Und sagt sich, dass es außer ihm niemand anrühren darf. Er fängt an, es zu beschnüffeln und zu belecken, seine Zunge entfernt einen winzigen Nylonfetzen, der noch von der Verpackung daran klebt. Dann drücken seine Lippen einen Kuss auf das Metall.

Unten in der Kiste liegen nur noch zehn kleine Plastikbeutel, jeder enthält hundert Gramm feinste weiße Qualität. Antinuccis Grinsen wird immer breiter – siebenhundertfünfzig Schuss pro Minute, ein Kilo beste Ware –, und die angespannten Lippen geben den Blick auf seine nikotingelben Zähne frei.

10

Ausziehen!«, befiehlt der Polizist. Er ist groß und dick, und sein Kopf sitzt mindestens so übergangslos auf dem Rumpf wie bei einer Babuschka-Puppe. Die Uniform spannt über dem Bauch und an den Armen. »Los, ausziehen, und zwar alles, und dann umdrehen!« Ein niedriger, fensterloser Raum, zwei Meter mal zwei Meter, ein hölzerner Verschlag. Aus der Ferne sind Geräusche zu hören, das Scharren einer Ratte, ein hustender Mann, ein Auto, das mit quietschenden Reifen bremst. »Umdrehen, hab ich gesagt. Und jetzt vorbeugen, noch ein Stück, noch weiter, so.« Germán tut, was man ihm sagt, verwandelt sich in einen rechten Winkel und streckt dem Dicken mit dem fettigen Haar die Pobacken entgegen. Eine Weile herrscht Stille, undurchdringliche, endlose Stille. Von draußen dringt ein Geruch nach Feuchtigkeit, kaltem Morgen, aufgewärmtem Essen, streunenden Hunden herein. Der Dicke sagt, er soll sich wieder aufrichten. Germán richtet sich wieder auf. Dann sagt er, er soll sich anziehen. Germán zieht sich an. »Alles in Ordnung«, sagt der Dicke und wendet sich an seinen Kollegen, der an der Tür steht und sich zwischen den Zähnen herumstochert. »Bring ihn zum Auto.« Und zu Germán sagt er: »Sieh zu, dass du fertig wirst, los, Beeilung.«

Beim Rausgehen macht Germán sich die letzten Hemdknöpfe zu. Ganz wie in einem klassischen Krimi führen ihn zwei Polizisten mit gelangweiltem Gesicht und Zigarette im Mundwinkel zu einem Wagen. »Birne einziehen, Kleiner«, sagt einer und schiebt Germán hinein, »und dann in der Mitte sitzen bleiben.« Er steigt gleich hinter ihm ein und zieht laut knallend die Tür zu. »Tschakatak, tschakatak«, kommt es aus dem Radio, fetter Cumbiasound. Germán sitzt da, eingeklemmt zwischen den Polizisten. »Immer schön ruhig halten, Alter, ja, so gefällts mir.« Germán macht es sich, so gut es geht, in dem winzigen Zwischenraum zwischen den beiden Beamten bequem, die Beine eng aneinandergelegt, die Hände reglos auf den Knien.

Er durchforstet seine Erinnerung, er ist sich sicher, genau diese Szene – ein Gefangener wird in das Innere eines Autos verfrachtet und zwischen zwei Polizisten eingequetscht durch die Gegend gefahren – schon tausend Mal in irgendwelchen Kinofilmen oder Serien gesehen zu haben, nur dass dort alles schön bunt ist und ihm selbst, was das Wichtigste ist, die Zuschauerrolle zufällt. Seine angestrengte Gedächtnisarbeit dient auch dem Zweck, sich von den hämmernden Tropenklängen abzulenken, tschakatak, tschakatak, aber das klappt nicht. Zuletzt sieht er bloß sein eigenes schmutziges Hemd und die ausgelatschten Schuhe vor sich, und dazu die grauen Stoppeln an den Wangen des einen Polizisten und die schwarzen Ränder unter den Fingernägeln des anderen – in egal welchem Film kein angenehmer Anblick. Nichts ist so schäbig wie die Wirklichkeit, kein Wunder, dass Germán versucht, an ihrer Stelle einen Film vor sich ablaufen zu lassen.

Das Auto fährt los, und Germán sieht die vergitterten Fenster der Zellentrakte, an denen Kleidung hängt, an sich vorbeiziehen, die Gesichter daneben, den grauen Beton, die in der traurigen Szenerie herumfliegenden Plastiktüten. Verständlich, dass er die Augen zumacht, dass er sie fest zukneift, als sie vor dem Wachhäuschen an der Ausgangskontrolle halten. Der Typ rechts von ihm steigt aus, und Germán hört Stimmen, die sich unterhalten, lachen. Noch ein Radio, aus dem Musik kommt, die irgendwie ähnlich ist wie jene, die durchs Auto dröhnt. Dann Eisen, das über den Boden schleift, ein Tor, das sich öffnet, eine Kette, die ausgehängt wird, immer noch presst Germán die Lider zusammen, als wollte er sie verlöten, um nur ja seine Gedanken, Träumereien, Vorstellungen zu schützen. Germán ist noch nie besonders gut mit der Wirklichkeit zurechtgekommen, warum sollte es ausgerechnet in diesem Augenblick anders sein? Und so öffnet er die Augen erst wieder, als das Auto sich in Bewegung setzt und das Gefängnis endgültig hinter sich lässt.

Jetzt sieht er Straßen, Motorroller, Fahrräder. Mit Tüten und Paketen beladene Menschen, die von der Bushaltestelle kommen und sich schon bald vor der Einlasskontrolle des Gefängnisses anstellen werden. Er stellt sich die elende Szene vor, und bedrückende Traurigkeit steigt in ihm auf. Er schluckt und atmet tief die schlechte Luft im Inneren des Autos ein.

Sie fahren Richtung Altstadt, zuerst auf der Nationalstraße 1, später werden sie den Vorort Cerro durchqueren, dann an den Slums vorbeikommen, die Uferstraße entlang, zwischen Lagerhallen und Speichergebäuden hindurch, zur Rechten das Meer, bis irgendwann links die Zentrale der staatlichen Elektrizitätsgesellschaft und schließlich der Hauptbahnhof auftauchen werden. Germán geht in Gedanken die gesamte Strecke durch, um nicht an andere Dinge denken zu müssen, was ihm für kurze Zeit auch gelingt. Seine Gefühle kann er trotzdem nicht verdrängen. Seit er an diesem Morgen aufgewacht ist, kämpft er gegen seine Mutlosigkeit und Depression an, er ahnt, dass das bevorstehende Gerichtsspektakel, bei dem er sich wie in einem Hollywoodfilm Úrsula, der Frau des Mannes gegenüberstellen soll, den er vor etwas mehr als einem Monat entführt hat, zu nichts Gutem führen kann. Nach allem, was in der Zwischenzeit geschehen ist, kann er sich die Geschichte kaum noch vorstellen, sie scheint ihm unendlich weit entfernt, wie aus einer anderen Zeit. Seine Rückkehr aus Spanien, die Tage, an denen er mit Sergio den Plan ausarbeitete, dann die Entführung, das Warten in dem Versteck, die Lösegeldforderung an Úrsula, Santiagos Ehefrau, zuletzt Sergios Verrat. Nur die seltsame Beziehung, die er damals mit Úrsula einging, scheint ihm noch zur Gegenwart zu gehören – aber hat sie ihm tatsächlich vorgeschlagen, sich zusammenzutun, oder hat er sich das alles bloß eingebildet?

Mutlos, hoffnungslos, schutzlos. Zum x-ten Mal fragt er sich, warum sie ihn nie angezeigt und warum sie später behauptet hat, sie würde ihn nicht kennen und habe niemals eine Lösegeldforderung für die Freilassung ihres Ehemanns von ihm erhalten. Wollte sie ihn schützen? Aber wovor, und warum? Germán kann es nicht verstehen, aber in diesem Augenblick versteht er vieles nicht.

Der Polizist rechts von ihm verschickt eine SMS nach der anderen, seine Finger rasen über die Tastatur, verharren dann, kaum hat er eine Nachricht auf den Weg gebracht, reglos, wie in Stand-by, bis ein Klingelton anzeigt, dass die Antwort eingetroffen ist, woraufhin sie wieder zum Leben erwachen und das Spiel von Neuem beginnt.

Unterdessen dröhnt weiter laute Cumbia oder Salsa oder was auch immer aus dem Radio. Germán, der das nicht unterscheiden kann, aber davon träumt, von allem losgelöst und völlig geräuschlos durch die Stadt zu gleiten, fragt schüchtern, ob die Musik vielleicht leiser gestellt werden könnte, aber niemand scheint ihn zu hören, keiner der Polizisten, die ihn begleiten, lässt sich auch nur die geringste Reaktion anmerken.

Germán konzentriert sich, um die Geräusche zu überhören, den Zigarettenrauch nicht zu riechen, nur die vorbeiziehende Landschaft wahrzunehmen. Plötzlich klingelt das Mobiltelefon des Polizisten links von Germán. Beim Griff danach fährt der Mann den Ellbogen aus und rammt ihn Germán mit voller Wucht in die Niere, schwer vorstellbar, dass das bloß aus Versehen geschieht. Als er den Apparat endlich aus der Tasche gefummelt hat, verpasst er Germán einen zweiten Hieb. Der hat sich längst daran gewöhnt, diese Art steinzeitlicher Zärtlichkeitsbekundungen klaglos über sich ergehen zu lassen.

Irgendwann liegt das offene Land hinter ihnen, sie haben die Brücke über den prächtigen breiten Fluss überquert und sind in die Stadt vorgedrungen. Germán hat die Fackeln der Raffinerie an sich vorbeiziehen sehen, den grauen Rauch, den sie erzeugen, und jetzt fahren sie die Hafenpromenade entlang, an den Lagerhallen aus Ziegelsteinen vorbei, dann biegen sie nach links ab. Nicht einmal eine Dreiviertelstunde nach dem Start im Gefängnis halten sie schließlich vor einem Gebäude in der Altstadt.

II

Sie hat nur wenige Erinnerungen an ihre Mutter. Das Gesicht einer auf unbestimmte Weise freundlichen, stets ein wenig abwesend wirkenden Frau mit schlaffen Zügen und verlorenem Blick, ein junges Gesicht, das in einem müden älteren Gesicht gefangen war, eisige weiße Hände, die sie nur ab und zu berührten, ihr über die Wangen, die Stirn strichen. An den Klang ihrer Stimme erinnert sie sich überhaupt nicht mehr. Vielleicht, weil sie ihn so selten zu hören bekam, weil ihre Mutter so wenig sprach, oder sie nicht zuhörte, wenn sie mit ihr sprach. Was ihre Mutter am liebsten aß, wie sie sich anzog, was sie machte, wenn sie zu Hause war, wohin sie ging, wenn sie die Wohnung verließ, all das weiß sie auch nicht mehr. Und was ihr Gesicht angeht, ist sie sich nicht sicher, ob ihre Erinnerungen daran tatsächlich ihre eigenen Erinnerungen sind oder nicht bloß von den Fotos stammen, die ihr Vater später überall in der Wohnung aufstellte, ebendort, wo ihre Mutter, diese so schlanke Frau, zu Lebzeiten kaum mehr als ein Schattendasein geführt hatte, während sie als Tote noch die hintersten Ecken und Winkel beherrschte. Ganz sicher ist sie sich dafür der Erinnerung an ihren Geruch, an den sanften Wildkräuterduft ihrer Lieblingsseife und an die scheußlichen Ausdünstungen, als sie krank wurde, eine Mischung aus Medizin, Schweiß und Urin.

»Ich will nicht sterben.«

Manchmal denkt sie an die mit geschlossenen Fensterläden zugebrachten Sommertage zurück. Draußen war es heiß und strahlend hell, Zeit, um an den Strand im Osten der

Stadt zu gehen. Stattdessen war die gesamte Familie in der Wohnung in der Altstadt versammelt, ihr Vater, ihre Schwester Luz, Tante Irene und sie selbst, und sie unterhielten sich bloß flüsternd, während sie auf Zehenspitzen durch die verdunkelten Räume schlichen. Oder der Geruch des weißen Jasmins steigt wieder in ihr auf, den unfehlbar jeden Samstag der Mann mit dem Korb bei ihnen ablieferte, in den ersten Tagen ein süßer Duft, später jedoch der von Tod und Verwesung.

»Ich will nicht sterben.«

Ebenso erinnert sie sich daran, wie sie neben dem Bett in dem riesigen Zimmer stand, das ihr Vater später verschloss – was sie selbst bis heute beibehalten hat. An die unendlich hohe Decke mit dem großen Kronleuchter, an den Stuck – weiße Efeuranken –, die majestätischen Vorhänge, die barocken Heiligenbilder. An den Geruch nach Mottenpulver, den die samtbezogenen Sessel verströmten, den Duft nach Waschmittel, den die Laken, und den nach Reinigung, den die Teppiche verbreiteten, und an die Mischung aus Antibiotika und Wildkräuterseife, die vom Körper ihrer Mutter ausging.

Auch an die Krankenschwester erinnert sie sich, eine füllige Blondine, deren Brille an einer goldfarbenen Kette hing. Sie stand stundenlang mit aufgestützten Ellbogen am Fenster und starrte, offenbar an ihren Liebsten denkend, schwermütig den Autos und Spaziergängern hinterher. Sie sieht noch vor sich, wie sie das Handgelenk ihrer Mutter umfasste und den Puls überprüfte, lange auf ihre Uhr blickte, dann die Hand vorsichtig auf das Laken sinken ließ, sich langsam zu ihnen umdrehte, den Vater ansah, dann sie, das Mädchen, das sie ängstlich musterte. Die Mutter rührte sich nicht mehr, ihr Kopftuch war verrutscht und verdeckte jetzt das rechte Ohr, ohne dass ihre Hand es, wie sonst, hastig zurechtgezogen hätte.

»Ich will nicht sterben«, hatte sie wenige Minuten davor gerufen, Úrsula hatte es draußen auf dem Flur gehört, hatte die Tür geöffnet und war hineingegangen, wo sie gesehen hatte, wie die Krankenschwester die Hand der bleichen kranken Frau ergriff, um sie etwas später sanft auf das weiße Laken gleiten zu lassen und sich anschließend zu ihrem Vater und ihr umzudrehen.

Durch den Spalt zwischen den dicken Samtgardinen konnte sie sehen, wie draußen in der Kathedrale und den umliegenden Gebäuden die ersten Lichter aufleuchteten. Dazu drangen gedämpft die Geräusche des abendlichen Verkehrs und der Leute herein, die mit eiligen Schritten ihr Zuhause ansteuerten. Und doch war all das so weit entfernt, dass es mühelos vom Knacken der im Zimmer stehenden Möbel übertönt wurde.

Tante Irene trat herein, in der Hand eine Schüssel mit einer Flüssigkeit, die nach Eau de Cologne und Lavendel roch. Dazu ertönte leise Musik, eine Art Volkslied, wahrscheinlich kam sie aus dem Kofferradio in der Küche. Die Welt war stehen geblieben, und der Anblick hatte sich ihr wie ein Standbild eingeprägt: die erschöpfte Krankenschwester in dem gestärkten Kittel, die Brille an ihrer Kette vor der Brust hängend, ihr gegenüber der Vater im blauen Jackett mit Goldknöpfen, sie fassungslos ansehend, die Hand Tante Irenes voller Ringe, die das Gefäß umklammert, dessen Inhalt nicht mehr zum Einsatz kommen wird, und sie selbst, Úrsula, ein trauriges Mädchen, das den Geruch nach Angst und Wäschestärke und Tod wahrnimmt. Ein Foto, ein Bild, ein Aquarell in Pastelltönen, das sich in seine Bestandteile auflöst, als die Krankenschwester sich räuspert und die Worte ausspricht, die die gespenstische Ruhe beenden.

Diese wie im Rhythmus der Gezeiten wiederkehrenden Erinnerungen gehören ihr, sie sind das, was ihr tatsächlich von der Mutter geblieben ist, nicht die Fotos, die ihr Vater eilig überall aufstellte, und auch nicht die Erzählungen ihrer Schwester Luz. Nur in ihrem Gedächtnis sind sie aufzufinden, ist sie sich doch sicher, dass niemand sonst sich an all diese verschiedenen Gerüche erinnern kann.

Heute ist sie immer noch hier, in dieser Wohnung voller alter Sachen, mit ihren Erinnerungen, die sie nicht loslassen, und ihrem sehnsüchtigen Wunsch, endlich wieder einmal durchzuschlafen und im Traum weder der Vergangenheit noch der Zukunft zu begegnen.

Bevor sie zum ersten Mal tötete, nahm sie an, ihre Opfer würden nach Lavendel und Stärke riechen und sie ängstlich mustern, und bei der Vorstellung konnte sie nicht einschlafen. Obwohl sie ein Somnium genommen hatte, lag sie wach auf dem Rücken und schwitzte gequält vor sich hin.

12

Im Wartesaal des Strafgerichts. Nein, kein in Pastelltönen gestrichener, spärlich, doch geschmackvoll eingerichteter Raum wie in einer US-amerikanischen Fernsehserie, mit glänzendem dunklem Edelholzmobiliar und dicken Teppichen, die die Schritte der graue Anzüge tragenden Anwälte, Richter und Staatsanwälte und der sorgfältig rasierten und frisierten Ordnungshüter dämpfen. In diesem Gerichtsgebäude gibt es weder breite Flure noch sonnendurchflutete Büros und ebenso wenig bordeauxrote Vorhänge oder Regale mit langen Reihen gewichtiger, in grünes Leder gebundener Bücher. Nichts von alledem.

Das Erste, womit dieser Ort sich bemerkbar macht, ist sein Geruch. Noch bevor man hineinkommt, weht es einen an wie aus einem Raubtierkäfig. Wenn die Reihe roter Plastiksitze – oder orangefarben, so verblichen, wie sie sind, lässt sich das nicht eindeutig sagen –, die zigmal überstrichenen Wände in Hellblau, Beige oder Grün und die bräunlichen Feuchtigkeitsflecken vor einem erscheinen, ist man bereits k.o. von dem Gestank, der einem entgegenschlägt, sobald man aus der Aufzugkabine tritt. Eine Mischung aus Feuchtigkeit und den Ausdünstungen schlecht oder gar nicht gewaschener Körper.

Die einzige Verbindung dieses fensterlosen, nur von künstlichem Licht erhellten Wartesaals zur Außenwelt stellt die kalte Zugluft dar, die durch das düstere Treppenhaus von der Straße heraufdringt. An manchen Stellen fehlen Fliesen, darunter zeigt sich der nackte Zement. Die vom Zigarettenrauch graugrüne Decke hängt voller Spinnweben, und die ehemals braune Metalltür des Aufzugs ist mit den eingeritzten Namen zahlloser Angeklagter verziert.

Hier, im Wartesaal des Vierten Strafgerichts, sitzt nun Germán, die Ellbogen auf die Knie und den Kopf in die Hände gestützt, links und rechts von ihm, wie zuvor im Auto, je ein Polizist. Wenigstens die Cumbiafolter braucht er nicht mehr zu ertragen, jede Art Musik ist hier drinnen verboten. Seine Bewacher beschäftigen sich weiterhin mit ihren Mobiltelefonen, chatten, schießen Marsmännchen ab oder verschlingen einen Pac-Man nach dem anderen und gehen abwechselnd hinaus, um eine Zigarette zu rauchen.

Zu Germán sagen sie kein Wort, sie sehen ihn nicht einmal an, aber auch miteinander sprechen sie nicht.

Da öffnet sich die Aufzugtür, und ein weiteres Polizistenpaar, das einen düster und ungepflegt aussehenden Mann eskortiert, tritt heraus. Germán erkennt ihn an seinem Gang, es ist Ricardo, el Roto. Beim Reinkommen grüßen die Polizisten ihre Kollegen mit einem Nicken und weisen dem Häftling einen Platz an. Mit gesenktem Kopf schlurft der an die bezeichnete Stelle und lässt sich mit solcher Wucht auf den Plastiksitz fallen, dass die ganze rote oder orangefarbene Reihe ein Stück zurückrutscht. Seine Bewacher lassen sich ebenfalls nieder, vorschriftsmäßig je einer auf jeder Seite. Ricardo schaut rasch zu Germán hinüber. Als ihre Blicke sich begegnen, blitzt es kurz auf, dann versinken beide wieder in ihren Grübeleien. Nur wenige Minuten später scheint der Neuankömmling vollständig das Bewusstsein verloren zu haben oder wenigstens in Tiefschlaf gesunken zu sein. Die hochgekrempelten Jackenärmel lassen seine Tätowierungen sehen, diverse Namen, einen Totenschädel mit glänzenden Augen, Blutstropfen, die scheinbar an ihm hinunterlaufen, darunter stahlharte Muskeln. Germán, der im vergangenen Monat eine Menge über Tätowierungen gelernt hat, weiß, dass dieser Totenschädel für »San La Muerte« steht, den heiligen Tod. Außerdem weiß er, dass sein Träger, der im Augenblick zu schlafen scheint, ihm etwas angekündigt hat, das er um egal welchen Preis, und sei es das eigene Leben, umsetzen wird. Vorsicht also, nur nicht allzu neugierig diesen Ricardo el Roto anstarren, es könnte ganz schön ungemütlich werden, wenn der plötzlich die Augen aufschlägt, der Hass in seinem Blick kann Albträume hervorrufen. Germán weiß Bescheid.

Er zwingt sich also, die Augen abzuwenden, starrt lieber auf einen kaputten Stuhl, der sich selbst überlassen in einer Ecke steht, dann auf die stumpfen, ausgetretenen Bodenfliesen, schließlich auf die verschlossene Tür, die zu dem Gang mit den Büros führt. Er weiß es nicht, aber sein Gesicht ist auf einmal aschfahl und die Ringe unter den Augen noch tiefer und dunkler als sonst. Schwer zu sagen, woran er gerade denkt, vielleicht an die bevorstehende Gegenüberstellung mit Úrsula, mehr als einen Monat nach dem Treffen in der *Bar Tasende,* vielleicht versucht er aber auch, an gar nichts zu denken.

Da geht die Tür auf, die Schwelle zur Welt, Germán sieht auf und erblickt eine Frau mit einem Ordner in der Hand, ihr roter Mund glänzt fettig von dem billigen Lippenstift, sie ruft seinen Namen auf und sieht ihn erwartungsvoll an, er erhebt sich von seinem Platz, sie lässt ihn vorgehen, schließt hinter ihm die Tür. Als die Polizisten begriffen haben, dass die Aufforderung, mitzukommen, sie nicht einschließt, machen sie sich wieder auf Pac-Man-Jagd.

Germán und die Frau gehen durch einen langen Flur, braun gestrichene Türen zur Rechten und zur Linken, erhellt von Energiesparlampen, bei deren traurigem Schein man sich wie auf einer öffentlichen Toilette oder in einer Fleischerei fühlt. Vor der vorletzten Tür bleiben sie stehen, die Frau klopft an, öffnet sie und bedeutet Germán, vor ihr einzutreten, was dieser auch tut. Germán tut immer, was man ihm sagt.

In dem kleinen Raum erwartet ihn Antinucci, der einem Mann gegenübersitzt, bei dem es sich um den Richter handeln muss, wie Germán annimmt. Auf dessen Schreibtisch herrscht ein chaotisches Durcheinander, mittendrin ein aufgeschlagener Ordner, zweifellos mit Papieren, die Germáns Fall betreffen. Eine junge Frau, vermutlich die Sekretärin, verteilt bunte Prismen auf dem Bildschirm eines Computers, dessen Brummen anzeigt, dass seine planmäßige Selbstzerstörung nicht mehr lange auf sich warten lässt. Gebannt verfolgt sie das Hin und Her der geometrischen Körper, hämmert hektisch auf die Tastatur ein, um den Absturz einzelner Elemente zu verhindern, und bewegt sich dazu wie besessen vor und zurück, nach rechts und nach links, als wäre sie ein Teil des Spiels.

Germán bleibt unentschlossen stehen. Weder Antinucci noch der Richter würdigen ihn auch nur eines Blicks. Er wischt sich den Schweiß von der Stirn, ist nervös und verwirrt, fühlt sich, als hätte er versucht, einen Kater mit einer Überdosis Koffein zu bekämpfen.

Erst als die Frau, die ihn hineingeführt hat, ihn anstupst, lässt er sich auf dem angewiesenen Stuhl nieder. Die Frau flüstert kurz mit dem Richter, beantwortet mehrere Fragen, die dieser ihr stellt, nimmt ein Blatt Papier vom Schreibtisch und geht hinaus.

»Na, wen haben wir denn da …? Doktor Lancia, darf ich vorstellen, Germán Palacios, der Entführer von Santiago Losada, ob Sie es glauben oder nicht.«

Dass Antinucci mit dem Richter so vertraut scheint, verunsichert Germán mehr als dessen finstere Miene. Er hatte erwartet, auf einen typischen Bürokraten zu treffen, einen pedantischen und leicht beschränkten Paragrafenreiter, aber der Mann ihm gegenüber hat scharf gezeichnete Gesichtszüge und intelligente, weit geöffnete Augen unter buschigen Brauen. Plötzlich erhellt schräg einfallendes Sonnenlicht den Schreibtisch, und Germán kann erkennen, was auf der aufgeschlagenen Ordnerseite steht: »Aussage Úrsula López.«

Der Richter wirft ihm einen kurzen Blick zu, deutet eine Art Lächeln an und setzt die offenbar durch sein Eintreten unterbrochene Unterhaltung mit dem Anwalt fort. Die Rede ist von Gesetzen und Urteilen, soundso viele Jahre dauernden Haftstrafen. Germán knetet seine Finger, jeden einzeln, starrt sie an, als wollte er sich den Anblick für allezeit einprägen.

Draußen ist plötzlich seltsamer Lärm zu hören, Stimmen, die lauter werden, sich in Schreie verwandeln, ein Möbel mit Metallfüßen scheint verschoben zu werden, dann umzukippen, Türenknallen. Alle im Raum sehen auf, lauschen erwartungsvoll.

Dann erhebt der Richter sich zögernd von seinem Stuhl, die Tür geht auf, und die Frau, die Germán hierhergebracht hatte, kommt wieder rein, in der Hand immer noch das Papier, das sie beim Rausgehen mitgenommen hatte. Der Richter lässt sich auf den Stuhl zurücksinken und sieht sie fragend an. Die Frau schließt die Tür, tritt ganz nahe zum Richter und fängt an, sich flüsternd mit ihm zu unterhalten. Irgendwann zuckt sie mit den Schultern und sagt nichts mehr, woraufhin der Richter schlagartig aufsteht und mit lauter Stimme fragt: »Was haben Sie gesagt? Können Sie das bitte wiederholen?«

Erst nach mehreren Sekunden – die Spannung steigt, die Frau weiß offenkundig, wie man einen theatralischen Effekt erzeugt – antwortet sie: »Ricardo Prieto ist gerade aus dem Wartesaal geflohen. Eigentlich sollte er heute hier verhört werden.«

Antinucci, der bis jetzt mit übereinandergeschlagenen Beinen reglos dagesessen hatte, holt sein Mobiltelefon hervor, wirft einen Blick auf das Display, steckt es wieder ein, fummelt dann ein Päckchen Zigaretten aus einer anderen Tasche, zieht eine Zigarette heraus und steckt sie sich unangezündet zwischen die Finger.

Richter Lancia stößt pfeifend die Luft aus, kratzt sich mit dem ausgestreckten Mittelfinger die Wange und blickt wie versteinert die Frau an. Die schüttelt bloß den Kopf, mehr hat sie offenbar nicht zu sagen. Der Richter steht auf und geht zur Tür. Dort angekommen, wendet er sich zu Germán um und sagt: »Frau López kann heute nicht kommen, das hat sie uns vorhin mitgeteilt. Die Gegenüberstellung ist vorläufig verschoben. Ihre Haftentlassung habe ich schon unterschrieben.«

13

Bericht aus der Tageszeitung »El informante«.

MAGISCHES VERSCHWINDEN
Häftling Ricardo Prieto, alias el Roto, entkommt aus Gerichtsgebäude

Eine Geschichte wie aus einem klassischen Kriminalroman: Sorgte schon der von Ricardo Prieto, auch bekannt als el Roto, begangene Mord vor einigen Monaten für Schlagzeilen, ist sein gestriges Verschwinden aus dem Gebäude des Strafgerichts um nichts weniger aufsehenerregend.

Zunächst trickste der gefährliche Verbrecher den ihn auf die Toilette begleitenden Beamten aus, dann gelang es ihm, auch aus dem Wartesaal des Strafgerichts zu entkommen, wo er eigentlich an diesem Tag wegen des ihm zur Last gelegten Mordes hätte aussagen sollen. Die gleich nach Bekanntwerden der Flucht eingeleitete und erst am frühen Morgen des folgenden Tages beendete Suchaktion führte einzig und allein zu der Erkenntnis, dass Prieto sich offenbar in Luft aufgelöst hat.

Mittlerweile befindet sich der Verschwundene zweifellos längst in einem sicheren Unterschlupf, zu dem er nur mit der Unterstützung mindestens eines Helfers sowie eines Fahrzeugs gelangt sein kann.

Kurz vor der vorläufigen Fahndungseinstellung übergab Polizeiinspektor Darío Clemen nach diesem eines Arsène Lupin würdigen Verschwinden dem diensthabenden

Ermittlungsrichter einen der Beamten, die zu Prietos Bewachung abgestellt waren. Der Mann hatte gestanden, Prieto gegen ein Bestechungsgeld in Höhe von zehntausend Pesos die Flucht ermöglicht zu haben. Die Summe wurde unter dem Sitz seines in der Nähe der Dienststelle parkenden Motorrads gefunden und sichergestellt.

14

Hallo, Roña, olle Krätze, wie wars im Knast, alles okay? Und jetzt bist du also wieder frei? Schön! Schön wärs natürlich auch, du würdest diesmal ein Weilchen frei bleiben, was? Ja, bete nur ordentlich zur Jungfrau María und zu Oxum und zu allen Heiligen, du wirst es brauchen, sonst hast du gleich wieder die Bullen auf dem Hals. Hier, wie besprochen: eins, zwei, drei, vier, fünf – bitte nachzählen. Genau, fünftausend, wie du gewünscht hast. Alles in Ordnung? Ja? Nein, ein Motorrad kriegst du von mir nicht, Bruderherz, das musst du dir schon selbst besorgen. Also, ich hab Wort gehalten, jetzt bist du dran. Nee, nee, nee, nichts da von wegen *Chichi,* so kannst du deine kleinen Freundinnen nennen, für dich bin ich immer noch Kommissarin Lima, alles klar? Oder Señora Lima, falls wer in der Nähe ist, der mithören könnte, aber wer soll uns hier schon hören, in diesem Dreckloch? Um die Uhrzeit lassen sich hier nicht mal die Ratten blicken. Und jetzt spuck aus – was kannst du mir über unseren Flüchtling verraten, über diesen Roto? Ich bin nämlich jetzt an dem Fall dran, Kommissar Borda musste sich operieren lassen, da haben sie ihn mir übertragen, und ich hoffe, das, was du zu bieten hast, ist die fünf Mille wert, kapiert? Außerdem, wenn ich schon den ganzen Weg hierherkomme … Also wirklich, einen beschisseneren Ort hättest du wohl nicht aussuchen können, was? Nicht *Chichi,* Kommissarin Lima, hab ich gesagt! Sprichst du kein Spanisch, oder wie? Aber egal, jetzt erzähl mal, du sagst also, Roto treibt sich hier in der Gegend rum, ja? Hätte ich mir denken können. Und wo genau? Na sag schon, dafür bezahl ich dich schließlich. Dass er nicht die ganze Zeit am selben Ort bleibt, ist mir selbst klar. Und natürlich schlüpft er nicht bei seiner Liebsten unter, darauf wär ich auch von allein gekommen, der Typ ist schließlich nicht blöd, und ich auch nicht. Also, strapazier meine Nerven nicht, bitte, ich hab nicht die ganze Nacht Zeit. Er schaut immer nur nachts bei ihr vorbei, alle paar Tage? Okay. Und was ist mit der Ermordung von diesem Caramelero? Ja, mein Kleiner, den Fall habe ich jetzt auch. War er das, Ricardo Prieto, der Roto? Das glauben jedenfalls alle. Du weißt es nicht? Was weißt du denn überhaupt, Roña? Nee, komm mir jetzt bloß nicht so, von wegen »ich schwöre«. Hör auf mit dem Theater! Los, gib dir ein bisschen Mühe, schalt dein Hirn ein. El Roto, Alter, wir reden hier vom Roto, von Ricardo Prieto. Und von dem Mord neulich, da warst du noch im Knast, sie haben dich schließlich erst vorgestern rausgelassen – auf Bewährung, vergiss das nicht! Und mit der Bewährung kann es schnell vorbei sein … Na gut, du weißt es nicht, du weißt überhaupt nichts – aber stellen wir uns einfach mal vor, er ist es tatsächlich gewesen. Da muss ihm doch irgendwer geholfen haben. Irgend so ein Kumpel von da drin hat nämlich das Messer verschwinden lassen, mit dem der Caramelero ermordet worden ist. Wer könnte das wohl gewesen sein, hm? Am Telefon hast du gesagt, du hast da so eine Idee. Jetzt weißt dus nicht mehr? Drück dich bitte ein bisschen klarer aus, Alter, was willst du sagen? Wie? Ein Anwalt beschützt ihn? Sicher? Komisch, das hätte ich jetzt nicht gedacht. Aber andererseits, viel besser als ihre Kundschaft sind diese Typen normalerweise auch nicht, manchmal sogar noch schlimmer. Weißt du, wie dieser Anwalt heißt? Antiruchi, Anticruchi, so ähnlich? Sieh zu, dass du das rauskriegst, das ist wirklich wichtig für mich, und du bist mir noch was schuldig, vergiss das nicht! Ich warte auf deinen Anruf. Und lass mich nicht zu lange warten, sonst hetz ich dir sämtliche Bullen von Montevideo gleichzeitig auf den Hals, das kannst du mir glauben. Und jetzt sag endlich, was das für eine superheiße Story ist, die du für mich hast, ich hab schließlich teuer dafür bezahlt, und ich hab keine Lust, dass die anderen nachher Hackfleisch aus mir machen, weil ich für nichts unser Geld verpulvere. Ja, dass der Roto was vorhat, hast du mir schon gesagt, was richtig Großes. Aber was genau? Klar interessiert mich das, und wie! Ein Überfall auf einen Geldtransport? Okay, mit Kleinkram gibt er sich wirklich nicht ab, dieser Ricardo Prieto. Und er sucht noch Leute dafür? Und was für Leute, bitte schön? Hier gehts schließlich um richtig viel Kohle. Und die Dinger werden auch scharf bewacht, so einen Transporter aufknacken ist kein Spaziergang, das hat nicht jeder drauf.

Und wenn *du* mitmachst, Roña? Jetzt mach dir nicht gleich in die Hosen, Schätzchen. Natürlich passen wir auf dich auf, was denkst du denn! Du bietest dich an und hältst mich dann immer schön auf dem Laufenden. Eine Zigarette? Tut mir leid, hab ich nicht, und hier irgendwo welche kaufen kannst du auch vergessen, wo solls hier denn einen Kiosk geben? Also, noch mal: Du sagst denen, du willst mitmachen, und wenn alles klar ist, gibst du mir Bescheid: Wer? Wann? Wo? Natürlich ist das nicht so einfach. Was für dich dabei rausspringt? Da muss ich nachfragen, aber zwanzigtausend bestimmt. Vierzig? Hast du sie nicht mehr alle? Ein gebrauchtes Motorrad könnte aber auch noch mit drin sein, ich sprech mit dem Chef. Also, wir hören uns, sieh zu, dass du den Roto auftreibst, und dann sorgst du dafür, dass er dich mitmachen lässt – Erfahrung hast du schließlich genug. Und sobald du was weißt, rufst du mich an, hier, unter dieser Nummer. Aber ich warte nicht ewig.

Na denn, alles bestens, mein Lieber. Auf gehts.

15

Als die Frau drin ist und gerade die Tür hinter sich zugemacht hat, ist auf einmal eine Stimme zu hören, so sanft und leise, dass sie nicht weiß, ob sie träumt.

»Mirta, Schätzchen, wie gehts?«

Die Frau bleibt mit dem Gesicht zur Tür stehen, noch hält sie den Schlüssel in der Hand, und der steckt im Schloss, und sie fragt sich weiterhin, ob die Stimme wirklich da ist oder aus der Tiefe ihrer Albträume aufsteigt. Langsam dreht sie sich um, sie spürt das Pulsieren ihrer Halsschlagader, ihre Hände werden feucht. Dann brechen die Erinnerungen über sie herein, sie versucht, sie abzuschütteln, aber aus der dunkelsten Ecke des Raums lässt sich erneut die Stimme hören, und damit ist jeder Zweifel ausgeschlossen.

»Freut mich, dich zu sehen, wirklich. Komm mal her.«

Mirta lehnt sich an die Tür, spürt, wie sich ihr die Klinke ins Kreuz bohrt, und obwohl es kalt ist, kleben ihr die Kleider am Leib. Der Nachmittag damals ist wieder da, die Siesta und der Sex mit Ricardo, die so ein schreckliches Ende nahmen, die Polizei, Señora Irenes Leiche. Im Halbdunkel kann sie nur den Umriss des Mannes erkennen, das Licht hat sie noch nicht eingeschaltet. Am liebsten würde sie ihn gar nicht sehen. Der Schlüssel, den sie inzwischen abgezogen hat, zittert in ihrer Hand, nur mit Mühe hält sie sich aufrecht.

»Was ist? Haben die Ratten dir die Zunge abgeknabbert?«

Jetzt macht sie das Licht an, löst sich von der Tür, geht auf den Mann zu, bleibt mit einem Kribbeln in den Beinen vor Ricardo stehen. Sie versucht, normal zu atmen, blickt auf und sieht ihn an, sieht ihn zum ersten Mal richtig an. Dann flüstert sie ängstlich: »Wie bist du reingekommen?«

»Man lernt nie aus, Schätzchen …« Neben dem Couchtisch, auf dem er die Stiefel abstützt, steht eine halb leere Weinflasche, er nimmt sie und trinkt daraus, einmal, noch einmal. »Und so, wie es aussieht, hast du in der Zwischenzeit auch das eine oder andere dazugelernt. Jedenfalls, wenn ich mir die Wohnung hier so anschaue …« Er lacht, und dabei werden die tiefen Furchen sichtbar, die sich um seine Augenwinkel herum gebildet haben. Er wirkt um Jahre gealtert. Und noch wilder. Wieder trinkt er aus der Flasche und lacht. Mirta lässt den Blick über die Ringe an seinen Fingern wandern, die Bartstoppeln. Die Tätowierungen, die sind ihr neu. Ekel steigt in ihr auf. Er lacht schon wieder und streckt dann die Zunge raus, präsentiert sein Piercing, macht dazu eine obszöne Handbewegung.

Mirta stammelt: »Wann bist du rausgekommen? Hast du Bewährung bekommen?«

Ricardo antwortet nicht. Stattdessen nimmt er noch einen Schluck Wein und bewegt die Flüssigkeit im Mund hin und her, als würde er gleich anfangen zu gurgeln.

»Was willst du, Ricardo?«

»Was willst du, Ricardo?«, äfft er sie nach, setzt erneut die Flasche an und nimmt einen langen Zug. »Wo hast du denn die Weine her? Ganz schön teuer für eine einfache Köchin oder Haushaltshilfe. Oder bist du keine Haushaltshilfe mehr?«

»Die bekomme ich geschenkt.«

»Klar, und die französischen Konserven in der Küche auch, und die Möbel, und die ganze Wohnung.« Er beugt sich vor und knallt die Flasche so heftig auf den Tisch, dass es herausspritzt. Eine Pfütze bildet sich, die langsam auf den Boden tropft. Mirta betrachtet den roten Fleck, der sich auf dem hellen Teppich ausbreitet. Ricardo scheint ihn nicht einmal wahrzunehmen. »Wer hat die Alte umgebracht, Mirta? Du?«

Sie sieht ihn entsetzt an. »Spinnst du? Aber du warst ja schon immer total durchgeknallt.«

»Ob du die Alte umgebracht hast, will ich wissen.«

»Du weißt selbst, dass ich das nicht war.«

»Wer denn dann? Der böse Geist, oder was?«

»Ich weiß es nicht, ich schwörs dir.« Sie starrt auf den Fleck auf dem Teppich, der inzwischen ungefähr die Form von Uruguay hat, im Zentrum fast schwarz, zu den verschwimmenden Rändern hin hellrot. »Wirklich, ich weiß es nicht«, wiederholt Mirta.

»Verarsch mich nicht, Kleine.« Ricardo springt auf, packt sie an der Schulter und zwingt sie, ihn anzublicken. Er fährt ihr mit dem Finger über die nachgezogenen Brauen. »Glaub bloß nicht, du kannst dich über mich lustig machen. Ich bin nicht mehr so wie früher, ich hab jetzt noch ganz andere Sachen drauf.«

»Ich wars nicht, ehrlich. Und ich mach mich auch nicht über dich lustig.«

»Und wer wars dann? Irgendwer fällt dir bestimmt ein ...«

»Ich weiß es nicht, Ricardo. An der Pistole waren deine Fingerabdrücke. Ich hab immer gedacht, du warst es. Das haben auch alle anderen gesagt, und in der Zeitung stand es auch. Mir hat nie jemand was anderes gesagt.«

»Die Fingerabdrücke waren auf der Pistole, weil ich sie in deiner Nachttischschublade gefunden hab. Ich war total zugedröhnt und hab kurz damit rumgespielt. Dann hab ich sie wieder zurückgelegt. Aber das hast du doch alles mitgekriegt.«

»Nein, Ricardo. Ich bin nach dem Vögeln sofort eingeschlafen, ich hab überhaupt nichts mitgekriegt. So hab ich es auch den Richtern erzählt, und das war wahr.«

»Das war also wahr, ja?« Er packt sie noch fester, streicht

ihr grob mit dem Finger über die Wange, lässt die Hand zu ihrem Hintern hinabwandern, schiebt ihren Rock hoch, zieht ihr ein Stück den Slip runter, ein Finger dringt langsam in sie ein, bohrt in ihr herum. Er presst sein Gesicht an das von Mirta. »Dein Arsch hat mich immer schon geil gemacht. Los, dreh dich um.«

»Lass mich, Ricardo.«

»Ich bin nicht mehr Ricardo, ich bin bloß noch el Roto. Und du bist jetzt meine Nutte.«

Mirta versucht, seinem nach Wein stinkenden Mund auszuweichen, seiner Hand, seinem Finger. Übelkeit steigt in ihr auf. Brechreiz, Beklemmung, Abscheu. Mit einem Ruck löst sie sich von ihm, tritt ein Stück zurück. »Lass mich in Ruhe.«

»Hiergeblieben, Miststück. Mich schubst keiner weg, kapiert?«

Er unterstreicht seine Worte mit einer brutalen Ohrfeige. Einer der Ringe reißt Mirta die Haut auf, ein paar Blutstropfen laufen ihr übers Gesicht, als sie ihren Mundwinkel erreichen, spürt sie den Eisengeschmack. Sie gibt jeden Widerstand auf, bleibt reglos vor Ricardo stehen.

Der packt sie am Haar, zieht ihr den Kopf in den Nacken, reißt mit der anderen Hand ihre Bluse auf, ein türkisfarbener Knopf springt ab und fällt zu Boden, er schiebt den BH runter, nimmt ihre Brustwarze zwischen die Finger. »Na, gefällt dir das?«

Sie weicht seinem gierigen Blick aus, sieht sich nach dem zu Boden gefallenen Knopf um.

»Drecksnutte.« Er zwingt sie, sich umzudrehen, befummelt ihren Hintern, löst seinen Gürtel und fängt an, zuzustoßen. Eine knappe Minute keucht er über ihrem Rücken.

Als er fertig ist, lässt er sie los, stößt sie von sich, geht zu seinem Sessel, lässt sich mit immer noch halb heruntergelassener Hose hineinfallen, greift nach der Flasche und trinkt. »Mein erster Fick seit damals. Der erste mit einer Frau.« Er holt tief Luft, lacht, wischt sich mit dem Handrücken den Mund ab. Dann zieht er sich die Hose hoch, macht den Reißverschluss und den Gürtel zu, richtet sich auf. »Und jetzt an die Arbeit, Mirta. Los, erzähl noch einmal ganz genau, was du weißt.«

»Ich weiß überhaupt nichts, das hab ich dir schon gesagt.«

»Hör auf mit dem Scheiß. Also, wer hat die Alte beerbt?«

Mirta ist noch damit beschäftigt, ihre Kleider in Ordnung zu bringen, mit zitternden Händen versucht sie, die verbliebenen Knöpfe ihrer Bluse zuzumachen, verfängt sich mit den Beinen in ihrem Rock, fällt fast zu Boden.

»Wirds bald? Pass auf, ich kann noch ganz anders, …«

Mirta überlegt verzweifelt, was sie sagen soll. »Keine Ahnung. Woher soll ich das wissen? Einer Haushaltshilfe erzählen die Leute doch nicht, was sie mit ihrem Erbe vorhaben.«

»Natürlich weißt du Bescheid, du hast deine Chefin schon seit Jahren gekannt. Hatte sie Kinder?«

Mirta zuckt die Achseln. »Nein. Ich nehme an, ihre Nichten haben alles bekommen.«

Ricardo sieht sie aufmerksam an. »Die beiden Scheißweiber haben vor Gericht gegen mich ausgesagt. Hat mein Anwalt mir erzählt.«

»Dann kennst du sie ja.«

»Ich hab gesehen, wie sie zum Aussagen in den Gerichtssaal gekommen sind, an ihre Gesichter kann ich mich aber kaum noch erinnern. Die eine war ganz schön dick, das weiß ich noch. Hast du keine Fotos von ihnen?«

»Nein. Aber sie waren doch bei dem Prozess dabei.«

»Von wegen. Das läuft hier nicht ab wie in den Filmen, die sich Schwachköpfe wie du anschauen. Von dem Prozess kriegst du so gut wie nichts mit. Und das Arschloch von Pflichtanwalt, den sie mir zugewiesen haben, habe ich fast nie zu sehen bekommen. Die Verteidigung von dem war der letzte Dreck, dass er später verreckt ist, war mehr als verdient. Zum Glück hab ich jetzt Doktor Antinucci, einen besseren Anwalt gibts nicht auf der Welt.«

»Schön für dich.«

»Die beiden haben also die Kohle von der Alten eingesteckt, ja?«

»Keine Ahnung, Ricardo, ich nehme es zumindest an. Ich hab die später nie mehr gesehen. Andere Verwandte hatte Irene nicht, also müssen sie alles geerbt haben.«

»Und wie heißen die zwei?«

Mirta zögert. »Luz und Úrsula. López.«

»Adressen, Telefonnummern?«

»Hab ich nicht. Mehr kann ich dir nicht sagen. Das musst du selbst rausfinden.«

»Keine Sorge, das werde ich. Diese Schlampen haben mir außerdem nicht nur den Mord an der Alten angehängt, sie haben auch noch behauptet, ich hätte ihren Ring geklaut.«

»Irenes Ring? Den hat sie immer getragen, das weiß ich noch genau. Das war ein ganz besonderes Stück, aus Graugold und mit einem Brillanten, so groß wie eine Kichererbse.«

Ricardo notiert sich die Namen auf einer Zigarettenschachtel, trinkt den Rest Wein, wirft einen ironischen Blick auf die teure Designerlampe und die weißen Sessel, steht auf und geht lächelnd hinaus, ohne die Tür hinter sich zuzumachen.

Draußen zieht er ein Mobiltelefon aus der Tasche, wählt eine Nummer und wartet. »Doktor Antinucci? Ich hab Sie doch neulich gebeten, etwas für mich rauszufinden. Ja, genau, wer damals diese Irene Salgado beerbt hat. Wissen Sie jetzt, wer das war? Luz und Úrsula López Salgado, sagen Sie? Ah ja, und könnten Sie mir auch noch die Adressen von den beiden besorgen? Was Sie nicht sagen – Sie kennen diese Úrsula? Na, so ein Zufall. Úrsula López ist die Frau von dem Typen, den Cosita entführt hat – ja, Germán, meine ich.

Und ihre Adresse und alles andere steht in dem Ordner? Ich glaubs nicht! Ja, bitte, sehen Sie nach, und schicken Sie mir die Adresse so schnell wie möglich. Gleich morgen? Großartig, vielen Dank, Chef!«

16

Eine eher triste Szenerie: ein kalter Tag, Nieselregen, schlammige Wege, altersschwache Bäume, die schon fast das gesamte Laub abgeworfen haben – da ist kaum jemand im Park zu sehen, außer ihr, die auf einer Steinbank sitzt und wartet.

Nicht einmal die professionellen Hundesitter sind erschienen, und sie werden bei diesem Wetter vermutlich auch nicht mehr auftauchen. Die Parkwächter wiederum haben Zuflucht in ihrem Betonhäuschen gesucht. Autos scheinen ebenfalls weniger als sonst unterwegs zu sein – die Stille und der Morgennebel sorgen für eine geisterhafte Stimmung.

Úrsula ist sich zu diesem Zeitpunkt sicher, dass die Frau, auf die sie wartet, die andere Úrsula López, heute nicht zum Joggen rauskommen wird. Deshalb nutzt sie die Gelegenheit, dass niemand in der Nähe ist, und beginnt mit dem vorletzten Teil ihres üblichen Rituals. Sie öffnet die rosafarbene Handtasche, kramt darin herum, und als sie das Gesuchte gefunden hat, sieht sie sich noch einmal um und holt dann das Etui heraus, streicht über das Leder, öffnet es vorsichtig. Für sie ist es mit einer Menge Erinnerungen verbunden, sie fährt liebevoll über das Metall. Nachdem sie sich noch einmal umgesehen hat, ergreift sie schließlich das Fernglas ihres verstorbenen Vaters und sagt sich lächelnd: »Gott hab dich selig, Papi, sonntags hast du es immer zu den Pferderennen in Maroñas mitgenommen.« Da erklingt die gestrenge Stimme des Vaters: »Vorsichtig, Úrsula, pass auf, dass es nicht runterfällt, du bist immer so unachtsam, und das hier ist ein wirklich gutes Stück, ich habe es in Deutschland gekauft, hochwertige Optikerarbeit, nicht, dass es kaputtgeht, und lass es bloß nicht hier liegen!« – »Pst, Papa, merkst du nicht, dass ich gerade beschäftigt bin? Kannst du nicht endlich mal ganz verschwinden? Du bist doch längst tot, mausetot!« Sie schüttelt verärgert den Kopf. Dann hebt sie das Glas an die Augen und richtet es auf das Wohnhaus aus Ziegeln am Rand des Parks. Die Appartements darin könnte man fast als Luxusappartements bezeichnen, in der Eingangshalle gibt es zahlreiche Spiegel und glänzende Metallbeschläge sowie einen livrierten Pförtner. Úrsula nimmt jetzt ein Fenster im ersten Stock ins Visier, stellt das Bild scharf und wartet. Immer wieder setzt sie das Glas ab und blickt sich um – nirgendwo ist jemand zu sehen.

In dem Zimmer jenseits des Fensters brennt einsam ein Licht. Soweit Úrsula erkennen kann, handelt es sich um die Küche. Die Vorhänge sind zur Seite gezogen, Dunst schlägt sich auf der Scheibe nieder, offenbar kocht dort jemand etwas oder macht sich einfach nur Wasser heiß. Úrsula zoomt näher und kann jetzt ein paar Wandkacheln erkennen, sie sind mit etwas Obstähnlichem dekoriert. Vielleicht passt das zu den Motiven, mit denen der Vorhang bedruckt ist, oder zum Geschirr, womöglich, sagt sich Úrsula, findet sich dasselbe Muster sogar auf den Serviettenringen wieder. Sie stellt sich vor, diese adrette saubere neue Küche würde ihr gehören, oder überhaupt die ganze Wohnung, fast ein Luxusappartement, wie gesagt, mitsamt der duftigen nagelneuen Bettwäsche. Sie malt sich aus, wie es sein muss, wenn man hier die Vorhänge aufzieht und die Sonne reinlässt, so sie denn scheint, sieht sich mit einer Pfanne in der Hand am Herd stehen oder in einem Topf rühren, bevor sie die Tassen mit dem schon bekannten Obstmotiv in den Schrank räumt, etwas in der Edelstahlspüle abwäscht und anschließend Eiswürfel aus dem Tiefkühlfach nimmt.

Sie fährt erschrocken zusammen, als der Kopf der anderen Úrsula im Fenster erscheint, ihr glattes, reines Gesicht, das hellbraune, fast blonde Haar bereits zum Joggen zusammengeknotet. Ob sie trotz des schlechten Wetters rausgeht? Sie schiebt den Vorhang noch ein Stück zur Seite und blickt hinaus, über die Straße in Richtung Park – ob sie sie sehen kann? Úrsulas Puls geht schneller, sie stellt das Fernglas noch schärfer, betrachtet die andere mit angehaltenem Atem, vergisst alles Übrige um sich herum, erstarrt zu völliger Reglosigkeit. Nein, sie kann sie nicht sehen, aus dieser Entfernung ist das unmöglich, erst recht bei dem Nebel, und trotzdem hat sie das Gefühl, dass man sie entdeckt hat, die unangenehme Gewissheit, dass die andere Úrsula López, ihre Namensschwester, bemerkt hat, dass sie beobachtet wird, was gefährlich für sie werden könnte.

Sie senkt das Fernglas, verstaut es hastig in ihrer Handtasche. Sie stellt sich vor, wie die andere bei der Polizei anruft und Anzeige erstattet. Jemand treibt sich bei ihrem Haus herum, spioniert sie aus – ob so etwas strafbar ist? Das hat sie sich schon öfter gefragt, ziemlich oft sogar. Sie weiß es nicht, aber sie muss es herausfinden. Und selbst wenn es nicht strafbar ist, wäre es äußerst peinlich, in diesem Augenblick und dieser Lage erwischt zu werden. Auf einmal kommt sie sich unglaublich ungeschickt vor, ihr Vater würde jetzt sagen, dass sie es wie immer nicht richtig angestellt hat. Es gibt Geisteskranke, die aus purer Lust anderen Menschen hinterherspionieren, sie hat schon oft davon gehört, diese widerliche Angewohnheit nennt man Voyeurismus. Bei der Vorstellung, als Voyeurin bezeichnet zu werden, bricht ihr der Schweiß aus.

Auf einmal hört sie in der Ferne eine Sirene, sie fängt an zu zittern, ihre Zähne klappern, ihr wird eiskalt.

Die Frau steht immer noch am Fenster, vielleicht hat sie genau die Bank im Blick, auf der sie sitzt, sie, diese seltsame

Person, die einen dermaßen ungemütlichen Tag im Park damit verbringt, andere Menschen auszuspähen. Úrsula dreht sich um und sieht zu dem Häuschen der Parkwächter hinüber, die Tür ist verschlossen, und im Inneren brennt Licht. Als sie sich wieder der Frau im Küchenfenster zuwendet, sieht sie, wie diese den Vorhang zuzieht und das Licht löscht. Instinktiv zieht Úrsula sich die Mütze in die Stirn, bedeckt das Gesicht mit den Händen und zittert noch heftiger. Mehrere Minuten verstreichen, und nichts passiert, der Sirenenlärm entfernt sich wieder, die Frau, die genauso heißt wie sie, wollte offenbar doch bloß nachsehen, wie das Wetter ist, vielleicht hat sie überlegt, ob sie einen Regenmantel anziehen oder einen Schirm mitnehmen soll. Das war alles, sagt sich Úrsula und hat das Gefühl, dass ihr soeben eine große Gnade widerfahren ist.

Kurz darauf geht in einem anderen Zimmer das Licht an, Úrsula weiß bereits, dass es sich um das Wohnzimmer handelt. Durch das Fernglas, das sie schließlich doch wieder hervorgeholt hat, kann sie sehen, dass die Frau etwas auf dem Tisch abstellt, bestimmt eine Tasse Tee oder Kaffee. Dann setzt sie sich, greift nach einer Zeitschrift oder einem Buch und fängt an, darin zu blättern. Úrsula seufzt erleichtert auf, ihre Hände zittern aber immer noch. Sie zoomt näher heran und betrachtet die Bilder an den Wänden, die Regale, diverse hübsche Gegenstände, die Lampen. Es handelt sich um die Wohnung einer Frau, die man, mit gewissen Abstrichen, als reich bezeichnen kann. Sie lebt allein, ihr Mann hat sie wegen einer anderen verlassen, sorgt aber dafür, dass sie ihren gesellschaftlichen und ökonomischen Status halten kann, und der schließt eine Wohnung mit Pförtner und Dienstpersonal ein, auch wenn diese Wohnung nicht mehr in Carrasco liegt und weder über einen eigenen Garten noch einen Swimmingpool verfügt. Úrsula sieht, wie die andere Úrsula einen Schluck trinkt und ihren Mund danach mit einer gefalteten grauen oder graugrünen Serviette abtupft.

»Vorsicht mit dem Fernglas!«, sagt ihr Vater auf einmal. »Gerade haben dir noch die Hände gezittert, nicht, dass es runterfällt und kaputtgeht, und das alles nur, weil du so wütend und neidisch auf diese Frau bist. Ja, das ist die Frau von Santiago Losada, den dein Freund Germán, dieser Kriminelle, damals entführt hatte.« – »Sei still, Papa, mir zittern die Hände, weil es kalt ist. Und jetzt hör auf zu nerven, du bist sowieso längst tot.« – »Diese Úrsula da sollte dir eigentlich Lösegeld bezahlen, und damit wolltest du eine Kur bezahlen, um abzunehmen, und dir eine Villa kaufen, aber sie hat dich reingelegt. Und was lernt man daraus?« – »Papa, ich hab gesagt, du sollst still sein!« – »Dass sich Verbrechen nicht auszahlen.« Úrsula beschließt, ihrem Vater einfach nicht mehr zuzuhören, soll er doch reden. Stattdessen starrt sie weiter durch das Fernglas, allerdings sieht sie nichts mehr – zitternd vor Wut, ist sie mit den Gedanken ganz woanders.

Irgendwann merkt sie, dass kein Licht mehr in der Wohnung brennt, die Frau kommt wahrscheinlich gleich raus, um doch noch zu joggen. Erneut verstaut sie das Fernglas in der rosafarbenen Handtasche und sieht sich anschließend noch einmal gründlich um.

Nicht allzu weit entfernt entdeckt sie einen Mann, der vorhin noch nicht da war. Oder hatte sie ihn übersehen? Von seinem Gesicht kann sie nicht viel erkennen. Wie lange er wohl schon dort steht? Ob er mitbekommen hat, dass sie mit ihrem Fernglas in der Gegend umherspioniert hat? Von seinem Platz aus hätte er das bestimmt wahrnehmen können.

Der Mann scheint sich jedoch ausschließlich für das gegenüberliegende Gebäude zu interessieren, das er konzentriert anstarrt. Úrsula wiederum betrachtet forschend sein Gesicht, hofft, dass er sich bewegt, sich ihr ein wenig mehr zuwendet, damit sie ihn besser erkennen kann. Das für einen kurzen Moment aufscheinende Sonnenlicht hilft ihr, seine Nase, seinen Mund und das Kinn genauer in den Blick zu nehmen, zu ihrem nicht geringen Schreck kommt ihr etwas daran bekannt vor. Jetzt bewegt der Mann sich tatsächlich, zieht eine Zigarette hervor, steckt sie sich in den Mund und versucht, sie anzuzünden, was der Wind verhindert. Er sucht sich eine ruhige Ecke, und plötzlich hat Úrsula ihn im Profil vor sich, was ihre Unruhe nur vergrößert. Eine Erinnerung steigt in ihr auf, sie erhebt sich von der Bank, geht ein Stück, bis sie nicht mehr im Gesichtsfeld des Mannes ist, und setzt ihre Erkundung fort. Der Mann starrt jetzt wieder zu dem Gebäude, offensichtlich ist es ihm egal, ob man ihn bemerkt, im Gegenteil, auf einmal vollführt er ein paar geradezu herausfordernde Hüftschwünge. Da blitzt die Erinnerung plötzlich hell und deutlich auf, Úrsula ist nachgerade erleichtert, möchte fast lachen: Das ist ja Ricardo, der Typ, den man für die Ermordung ihrer Tante Irene ins Gefängnis gesteckt hat!

Was will der denn hier? Müsste er nicht im Gefängnis sein? Er wurde schließlich zu einer langjährigen Haftstrafe verurteilt, wie lang genau, weiß sie nicht mehr, aber es waren viele Jahre. Ob es ihm gelungen ist, seine Unschuld zu beweisen?, fragt sie sich besorgt.

Sie weiß, dass er sie nicht kennt. Sie ist sich sicher, dass er ihr Gesicht nie gesehen hat, und trotzdem verunsichert seine Anwesenheit sie, vielleicht hat sie auch ein schlechtes Gewissen. Sie sagt sich, dass sie so schnell wie möglich von hier verschwinden muss. Und trotzdem hört sie nicht auf das, was der Verstand ihr rät, sondern bleibt, oder steuert vielmehr ein kleines Gehölz an, nicht mehr als ein paar Büsche, hinter denen sie in Deckung geht. Sie weiß bestens, wie man Menschen beobachtet, ohne gesehen zu werden.

Die Frau aus dem ersten Stock kommt aus dem Gebäude – Úrsula in ihrem Versteck kann alles genau verfolgen –, überquert die Straße und betritt den Park. An einem Baumstamm beginnt sie mit den ersten Streck- und Dehnübungen. Zusätzlich zu der gewohnten Sportkleidung hat sie diesmal eine Daunenjacke angezogen. Ricardo ist unterdessen neben einer hundertjährigen Akazie in Stellung gegangen, so dreist, wie er der Frau zusieht, kümmert es ihn jedoch offenkundig auch jetzt nicht im Geringsten, dass man ihn bemerken könnte. Die Frau scheint ihn erst wahrzunehmen, als er zu ihr geht und sie anspricht. Es wirkt zunächst ganz unverfänglich, vielleicht macht er bloß eine Bemerkung über das Wetter oder fragt nach der Uhrzeit, worauf sie ebenso gelassen wie kurz antwortet. Nachdem sie ihre Aufwärmübungen in aller Ruhe beendet hat, setzt sie sich in Bewegung und trabt gemächlich davon. Ricardo blickt ihr hinterher und folgt ihr dann in etwa zwanzig Metern Abstand. Ab und zu bleibt er stehen und sieht der Laufenden einfach bloß zu.

Úrsula wartet noch eine Weile, greift dann nach ihrer rosafarbenen Handtasche, die sie auf den Boden gestellt hatte. An der Unterseite klebt ein feuchter Zettel: »Festkonzert des Sinfonieorchesters San Francisco. Parque Villa Biarritz. Eintritt frei.«

17

Nachdem er im Zentrum aus dem Bus gestiegen ist, der ihn vom Gefängnis in die Stadt gebracht hat, kauft er sich im ersten Laden, den er sieht, neue Kleidung. Eine warme Hose, zwei karierte Hemden und ein Wolljackett, dazu ein Paar gute Schuhe. Danach hat er noch einen Rest von dem Geld übrig, das Ricardo ihm gegeben hat. Dass es wenig ist, ist Germán egal, Hauptsache, er trifft so bald wie möglich an dem Ort ein, zu dem er unterwegs ist, dort wird er duschen und endlich wieder ein Mensch sein. Und noch einmal von vorn anfangen.

Es ist ein kühler, feuchter Tag, aus den Kanaldeckeln quillt gelblicher Dampf und hüllt die Laternen an der Avenida 18 de Julio ein. Es gibt schöneres Wetter für einen Stadtspaziergang, aber bis zur Plaza de Independencia sind es bloß drei Straßenkreuzungen, also schlägt Germán den Jackenkragen hoch und marschiert, umgeben von Leuten, die von der Arbeit kommen, in Richtung Palacio Salvo, vorbei an düsteren Bars und tristen Geschäften, viele sind geschlossen und stehen zum Verkauf, dazwischen Massagesalons und koreanische Lebensmittelläden. Er geht schnell, die Tüte mit den neu gekauften Kleidern ist nicht schwer, und die aus dem Gefängnis ist ohnehin so gut wie leer, sie enthält nur die wenigen Sachen, die er dabeihatte, als er in dem Versteck, wo er Santiago gefangen hielt, verhaftet wurde.

Von der Außenwelt bekommt er beim Gehen kaum etwas mit, er ist ganz in seine Gedanken versunken und stößt eine alte Bettlerin um, die ihn wütend beschimpft, er sieht ihren zahnlosen Mund, die schwarzen Fingernägel, murmelt eine Entschuldigung und macht sich rasch davon. Jetzt, wo es dunkel wird, wirkt die Gegend bei jedem Schritt noch düsterer und schäbiger.

Er entdeckt das Schild des China-Restaurants an der Ecke, die Beleuchtung funktioniert noch immer nicht, und so wird es wohl bis in alle Ewigkeit bleiben. Die Nutten und Transvestiten stehen an den gewohnten Stellen, und die Bettlaken, die die Hausbesetzer in dem Gebäude gegenüber zum Trocknen in die Fenster gehängt haben, sehen aus wie Fahnen. Er überquert die Calle Andes und biegt gleich darauf in die Passage ein, die zur Bar La Pasiva führt, am Haupteingang des Gebäudes mit den stumpfen Bronzebeschlägen und dreckigen Fenstern. Den Aufseher, an dem er vorbeikommt, kennt er nicht, er kann sich jedenfalls nicht an ihn erinnern. Es folgen ein Mann an einem Tischchen voller Uhren und eine Frau, die dasitzt und ihr Kleingeld zählt. Niemand grüßt ihn, und er geht weiter bis zum Aufzug, zwischen den Geschäften voller Plastikramsch und Nippes hindurch, die sich hier eingenistet haben. Er tritt ein, drückt auf den Knopf mit der Acht, und die Kabine setzt sich knarzend in Bewegung – alles ist genau wie immer, als wäre die Zeit stehen geblieben, seit er zum letzten Mal hier war. Das ist sie aber nicht. Ein ganzer Monat ist verstrichen, und den hat er im Gefängnis zugebracht, wo jeder Tag ein Tag zu viel ist, aber daran möchte Germán lieber nicht mehr denken.

Im achten Stock steigt er aus. Während er den nur von ein paar schwächlichen Glühbirnen erhellten eiskalten und zugigen Gang entlanggeht, hallt das Geräusch seiner Schritte von den abgewetzten Wänden wider. Welche Geheimnisse sich hinter den verschlossenen Türen zu beiden Seiten verbergen, will man gar nicht wissen.

Irgendwann steht er vor seiner Wohnungstür. Drinnen wirkt alles genauso heruntergekommen wie der Rest des Gebäudes. Die großen, unmöglich geschnittenen Zimmer und verwinkelten Flure stammen eindeutig aus einer anderen Zeit, kein Mensch würde heute solche Grundrisse entwerfen.

Trotzdem seufzt Germán beim Eintreten erleichtert auf – er ist zu Hause, auch wenn niemand sonst diese Wohnung so bezeichnen würde. Er stellt die Tüten ab und macht einen Gang durch die Räume. Alles ist mehr oder weniger so, wie er es hinterlassen hatte. Die Polizei hat offensichtlich darauf verzichtet, die Wohnung vollständig durchzuwühlen und auf den Kopf zu stellen. Es hätte aber auch nichts Besonderes zu entdecken gegeben, nachdem er sofort ein ausführliches Geständnis abgelegt hatte, über die Nacht, in der er sich als Polizist verkleidet auf den Weg gemacht hatte, um Santiago eine Falle zu stellen und ihn anschließend bewusstlos in das Versteck in der Nähe der Stadt zu transportieren. Germán hatte sich von vornherein wie gewöhnlich das Schlimmste vorgestellt und dafür gesorgt, keine Spuren zu hinterlassen. Alles, was er an Informationen über Santiago zusammengetragen hatte, seine Gewohnheiten, seine Bekanntschaften, was auch immer Sergio, dieses Arschloch, ihm mitgeteilt hatte, das gesamte, wie er jetzt weiß, so falsche wie nutzlose Material, war mehrere Tage vor dem für die Entführung vereinbarten Tag in den Müll gewandert. Nur ein paar Telefonnummern hatte er aufbewahrt, verschlüsselt zwischen irgendwelchen Einkaufslisten notiert, die, was ihn kein bisschen wundert, immer noch von einem Magneten gehalten am Kühlschrank kleben. Ein gleichermaßen kindischer und dämlicher Trick, aber selbst er war davon ausgegangen, dass die uruguayische Polizei nicht die Einkaufszettel eines gescheiterten Entführers mit Namen Germán ins berühmte Quantico in den USA schicken würde.

Er geht ins Badezimmer, wo der einzige Spiegel der Wohnung hängt, und sieht sich an, die Bartstoppeln, die Stirnfalten, die Ringe unter den Augen, die wie aufgemalt wirken.

Dann schüttelt er leicht den Kopf. Er mustert die Jacke, die schlaff über seinen Schultern hängt, das zerknitterte Hemd, die Hosen voller Falten am Bund, die ausgetretenen Schuhe. So gekleidet, hatte er die Tage mit Santiago in dem Haus in Punta Yeguas zugebracht, wo er vergeblich auf Sergio gewartet hatte. So gekleidet, war er zu dem letzten Treffen mit Úrsula erschienen, der Frau des Entführten. Und so war er auch unerklärlicherweise irgendwann in dem Versteck eingeschlafen – Santiago hatte die Gelegenheit genutzt, um die Polizei anzurufen, sagt er sich jetzt bitter –, um, immer noch in diesen Kleidern, beim Aufwachen feststellen zu müssen, dass das Haus von Polizeiwagen eingekreist war.

Er fasst sich an den Adamsapfel, streicht mit dem Finger über die eingesunkenen Wangen. Dann beginnt er, sich auszuziehen. Erst die Jacke, die wie ein lebloses Stück Stoff zu Boden gleitet. Danach öffnet er das Hemd, zunächst vorsichtig Knopf um Knopf, von oben beginnend, die untersten reißt er dagegen fast ab und schleudert das Hemd dann in den Spalt zwischen Toilette und Bidet, kurz darauf knallt die Hose an die Wand der Dusche und landet mit verdrehten Beinen auf den Fliesen, dann zerrt er sich die Unterwäsche vom Leib und steht schließlich nackt da.

Jetzt steigt er in die Dusche, schrubbt verbissen seinen Körper ab, jeden Winkel, mit aller Kraft, bis irgendwann nur noch eiskaltes Wasser aus der Leitung kommt. Erst jetzt lässt er es gut sein, steigt wieder hinaus, trocknet sich sorgfältig, geradezu zärtlich ab. Danach zieht er die neu gekauften Kleider an, streicht sie glatt, zupft sie zurecht, fährt mit den Fingern über den Stoff und betrachtet sich im Spiegel. Zum ersten Mal seit langer Zeit zeigt sich die Andeutung eines Lächelns auf seinem Gesicht.

In der neuen Kleidung betritt er den Flur, ab sofort fängt ein neues Leben an, ein neuer Germán schickt sich an, sein Scheitern hinter sich zu lassen. Er betritt also den Flur, doch schon als er die Tür erreicht hat, fragt er sich, ob er nicht doch zu viel aufs Spiel setzt, ob das, was er vorhat, um neu anzufangen, wirklich das Risiko wert ist. Germán stellt sich immer zu viele Fragen. Doch da sagt er sich, ja, es ist das Risiko wert, und er fühlt sich ein klein bisschen erleichtert, redet sich das wenigstens ein. Im Lauf der Nacht wird diese Überzeugung allerdings immer mehr abnehmen, und am Morgen wird nicht das Geringste davon übrig sein.

18

Guten Tag, ich bin Kommissarin Leonilda Lima. Sie haben also gestern Anzeige erstattet, Sie sagen, Sie werden möglicherweise beschattet, jemand spioniert Ihnen hinterher. Wir möchten der Sache unbedingt nachgehen, darum haben wir Sie hergebeten, wir wollten Sie bitten, ein paar Dinge, die uns noch nicht ganz klar sind, etwas ausführlicher darzustellen. Bitte, setzen Sie sich doch. Man hat mir den Fall übertragen, weil er vielleicht in Zusammenhang mit einer anderen Angelegenheit steht, die ich untersuche. Nein, worum es sich handelt, kann ich Ihnen leider nicht sagen. Könnten Sie jetzt bitte noch einmal genau sagen, was passiert ist? Sie sind von draußen beobachtet worden? Gut. Und Ihnen sind zwei Personen aufgefallen, ein Mann und eine Frau. Einen Moment, bitte, ich notiere. Die beiden beobachten das Haus, in dem Sie wohnen. Von wo aus? Können Sie das genauer angeben? Vom gegenüberliegenden Park aus? Darf ich Sie etwas fragen? Könnte es sich nicht einfach um Spaziergänger handeln? Nein, das glauben Sie nicht? Die beiden stehen da und beobachten Sie und das Haus, in dem Sie wohnen. Die Frau hat sogar ein Fernglas. Ich verstehe. Kennen Sie diese Leute denn? Den Mann nicht. Aber das Gesicht der Frau kommt Ihnen bekannt vor, woher, wissen Sie aber nicht. Sind Sie sich ganz sicher, dass die beiden es auf Sie abgesehen haben? Könnte es nicht doch um jemand anderen gehen? Jemand aus einer anderen Wohnung in Ihrem Haus? Das glauben Sie nicht, außerdem hat der Mann Sie sogar einmal verfolgt, und die Frau vielleicht auch. Kommen die beiden jeden Tag? Sie sagen, Sie haben sie fast täglich gesehen, die Frau ist Ihnen schon vor ein paar Wochen aufgefallen, der Mann dagegen ist erst seit wenigen Tagen da. Sind die beiden schon mal zusammen erschienen? Nein, nicht zusammen, und auch nicht gleichzeitig. Sie haben sie zwar schon mal zur selben Zeit gesehen, aber es macht nicht den Eindruck, als würden sie zusammengehören. Wie bitte? Gestern saß die Frau also auf einer Bank, und der Mann stand vielleicht zwanzig oder dreißig Meter von ihr entfernt neben einem Baum. Aber untereinander haben die beiden keinerlei Kontakt aufgenommen? Keinerlei Kontakt. Und wie genau verhalten sich die beiden? Versuchen sie, sich zu verstecken? Die Frau vielleicht schon, aber das können Sie nicht mit Sicherheit sagen, manchmal kommt es Ihnen so vor, aber bei anderen Gelegenheiten benutzt sie ungeniert ihr Fernglas. Und der Mann versteckt sich keineswegs, er stellt sich so hin, dass jeder ihn sehen kann, es ist ihm offensichtlich egal, dass er damit auffällt, er sieht Sie an, wenn Sie vorbeigehen, hartnäckig, und einmal hat er Sie sogar nach der Uhrzeit gefragt. Will er Ihnen Angst machen? Das wissen Sie nicht, klar. Sie sehen die beiden jedenfalls mehr oder weniger jeden Tag. Von Ihrem Fenster aus, richtig? Und dann gehen Sie joggen, und die beiden warten jedes Mal schon im Park. Hat einer der beiden Sie schon einmal angesprochen? Stimmt, das haben Sie bereits gesagt, der Mann hat Sie nach der Uhrzeit gefragt. Hat es bedrohlich gewirkt, wollte er Sie einschüchtern, war es sonst irgendwie seltsam? Aha, Sie haben sich bedroht gefühlt, er hat Sie dabei merkwürdig angesehen. Und das war alles? Sonst gab es keine Annäherungsversuche? Nein. Hier sind die Fotos, die Sie zu der Anzeige hinzugefügt haben. Die haben Sie gemacht, vom Fenster aus, ich weiß. Sehen wir sie uns doch noch einmal zusammen an. Der Mann ist ziemlich gut zu erkennen, vor allem das Gesicht. Von der Frau haben Sie nur ein einziges Foto, und das ist ein bisschen verschwommen, außerdem trägt sie darauf Sonnenbrille, und ihr Gesicht verdeckt sie zum Teil mit der Hand, vielleicht absichtlich. Und sehen Sie mal, neben ihr auf dem Boden steht eine große rosafarbene Handtasche. Aber wie haben Sie die Fotos eigentlich gemacht? Sie haben sich doch sicher bemüht, dass die beiden nichts merken. Ach so, Sie haben die Vorhänge zugezogen und das Licht ausgeschaltet und dann durch den Spalt fotografiert, ohne Blitz, natürlich. Können Sie noch ein bisschen was darüber sagen, wie die beiden aussehen? Der Mann ist groß, hat wulstige Lippen, trägt eine fast knielange Kapuzenjacke, weit geschnittene Hosen, Turnschuhe. Und Basecap. Ja, ich kann mir die Sorte ungefähr vorstellen. Dunkelbraunes Haar. Sonst noch etwas? Ah ja, als er Sie angesprochen hat, hatte er die Ärmel raufgeschoben, und da haben Sie ein paar Tätowierungen gesehen. Und die Frau? Auch groß, ein bisschen füllig, hellbraune Haare, fast blond. Hübsch, sagen Sie. Na gut, ja, da hat jeder seine eigenen Kriterien. Das ist alles? Nein, zu dem anderen Fall kann ich Ihnen wirklich nichts sagen. Es könnte allerdings sein, dass es sich bei dem Mann auf Ihren Fotos um jemanden handelt, dem wir seit einiger Zeit auf der Fährte sind. Mehr darf ich aber keinesfalls sagen, das ist alles streng vertraulich. Was Sie jetzt tun können? Schwer zu sagen, es hat Sie ja niemand bedroht, und gestohlen worden ist Ihnen auch nichts, also einen persönlichen Schaden haben Sie bislang nicht davongetragen. Und warum die beiden Sie beobachten, können Sie auch nicht sagen. Ob es vielleicht Privatdetektive sind? Ob irgendwer die beauftragt hat? Das glauben Sie nicht, der Mann kommt Ihnen auf keinen Fall wie ein Detektiv vor, Sie haben eher das Gefühl, er will Sie einschüchtern, richtig? Ja, natürlich können Sie anrufen, wenn die beiden wieder auftauchen, aber ich muss Ihnen trotzdem sagen, dass es schwierig ist, jemanden zu verhaften, nur weil er in einem

Park steht und Ihr Wohnhaus beobachtet, selbst wenn er ein Fernglas benutzt. Sie glauben ja gar nicht, was für seltsame Hobbys manche Leute hierzulande haben, und am Ende behaupten die, sie wollen bloß Vögel beobachten. Polizeischutz kann ich auch nicht einfach so für Sie anordnen lassen. Dass Sie den Eindruck haben, Sie werden beobachtet, reicht dafür nicht aus. Wenn Sie irgendwelche Anrufe erhalten hätten oder Drohbriefe oder E-Mails. Etwas in der Art gab es nicht? Also, wie gesagt, rufen Sie mich an, wenn wieder etwas sein sollte, hier, unter dieser Nummer. Auf Wiedersehen.

Leonilda schließt die Tür, kehrt zu ihrem Schreibtisch zurück und betrachtet erneut die Fotos.

Bei dem Mann handelt es sich zweifellos um Ricardo Prieto, alias el Roto, der wegen der Ermordung von Irene Salgado im Gefängnis saß und bei einer Vernehmung aus dem Gerichtsgebäude geflohen ist. Allen Anzeichen nach ist er außerdem der Mörder des Caramelero.

Und die Frau? »Große rosafarbene Handtasche«, notiert sich die Kommissarin.

19

Sie will nicht aufwachen. Will das gemütliche Bett nicht verlassen, den wohligen Dämmer, den Nebel, den Halbschlaf. Sie weigert sich, wehrt sich, sträubt sich, aber die Wut ist stärker, der Hass explodiert, durchbohrt ihren Schädel, zwingt sie, die Augen zu öffnen, verdammte Kacke, wütend sieht sie sich um, auf einmal sind auch die Geräusche da, das dumpfe hasserfüllte Stampfen in ihrem Kopf, verfluchte Scheiße.

Sie dreht sich auf die andere Seite. Und ist wach. Sie knirscht mit den Zähnen. Ballt die Fäuste. Kein Aufschub mehr, es reicht, heute muss sie es tun.

Sie steht auf und macht sich an die Vorbereitungen für ihr tödliches Ritual.

An diesem Abend ist der Park voller Leute, die das Sinfonieorchester San Francisco hören wollen. Überall drängen sich die Menschen, auf den Wegen, dem Rasen, den angrenzenden Straßen, die schon seit Stunden für den Autoverkehr gesperrt sind, damit die Fußgänger ungehindert zum Konzert gelangen können.

Die Frau aus dem ersten Stock kommt aus dem Haus mit den glänzenden Bronzebeschlägen, grüßt den Portier und überquert mit federnden Schritten die Straße. Heute hat sie aber keine Sportkleidung an, sie will nicht joggen. Sie trägt einen hochgeschlossenen roten Mantel.

Sie steht schon eine ganze Weile hinter einem Baum und sieht jetzt, wie die andere herankommt, sie setzt sich die Sonnenbrille auf, tritt aus dem Schatten und macht sich an die Verfolgung des roten Mantels. Ohne sie aus den Augen zu verlieren, drängt sie sich zwischen den hastig ihrem Ziel entgegenstrebenden Menschen hindurch, versucht, sich dem roten Rücken zu nähern, was immer schwieriger wird, weil die Masse sich immer dichter zusammendrängt.

Ein Meer von Menschen bewegt sich in Richtung der Hauptbühne, von wo bereits die ersten Tonproben zu hören sind. Dass bei dieser Kälte so viele Menschen zusammenströmen würden, hätte niemand gedacht, mit so viel Begeisterung für klassische Musik trotz fast schon winterlicher Temperaturen hätte keiner gerechnet, weshalb auch kaum mehr Polizisten als an normalen Tagen unterwegs sind.

Inzwischen kommt sie nur noch in kleinen Schritten vorwärts. Ihr Gesicht berührt fast den Nacken der vor ihr marschierenden Person. Irgendwann scheint gar nichts mehr zu gehen, und sie ist kurz davor, außer sich zu geraten. Der rote Mantel, sie darf den roten Mantel nicht aus den Augen verlieren! Sie umklammert die Waffe in ihrer Tasche, spürt das kalte Metall an den Fingern, der Handfläche. Und lächelt auf einmal. In einer Welt voller Kriege, Serienmörder, Massaker und Genozide hat die Ermordung eines einzelnen Menschen etwas geradezu Handwerkliches. Ein Verbrechen ist sie trotzdem, keine Frage, aber doch bei Weitem kein so schäbiges.

Sie starrt den großen Mann vor ihr an, seinen Rücken, genauer gesagt. Da ist Úrsula López' roter Mantel auf einmal wieder ganz in ihrer Nähe zu sehen. Ihr auf den Fersen zu bleiben, fällt ihr jedoch nicht leicht, in ihrem Hin und Her folgt die Menge einer sprunghaften, schwer abzuschätzenden Logik, der sie sich kaum entziehen kann. Sie fährt die Ellbogen aus und setzt zusätzlich Schultern und Hüften ein, um noch ein Stück an Úrsula heranzukommen, während sich die Masse weiter auf die Bühne zuschiebt, wo bereits die ersten Musiker damit beschäftigt sind, ihre Instrumente zu stimmen.

Aus den Lautsprechern dringen spitze Töne, von denen sich ihr sämtliche Haare aufstellen, im Wechsel mit dröhnenden Bässen, die wie Hammerschläge auf sie niedergehen.

»Eins, zwei, eins, zwei, Test, Test.«

Mehrmals verliert sie das Gleichgewicht, aber sie ist zum Glück fest zwischen den anderen Körpern eingekeilt. Wie lange dauert es unter diesen Umständen wohl, bis ein stürzender Körper auf dem Boden liegt?

Mit der einen Hand umklammert sie weiterhin den Revolver samt Schalldämpfer, einen Finger am Abzug. Mit knirschenden Zähnen wehrt sie sich gegen den Drang, die Waffe aus der Tasche zu ziehen und zu schießen.

Jetzt erklingen satte Akkorde, gleich darauf spielt ein Cello eine Tonleiter.

Noch ein Schritt, und noch einer, dann gelangt die menschliche Flut endgültig zum Stillstand. Sie ist kaum mehr einen Meter von Úrsula entfernt, kann die dunkle Spange in ihrem hellen Haar genau erkennen, das Muster ihres Wollschals, ja, sie glaubt fast, ihren Geruch wahrzunehmen, einen Duft nach Edelhölzern und Zitrusfrüchten, vielleicht Mandarine und Bergamotte. Sie brauchte bloß den Arm auszustrecken, um ihren Hals zu berühren, ihr über die Haut zu streichen, am Ohrläppchen entlang, bis zu dem Brillantohrring.

Auf einmal tut sich vor ihr eine Lücke auf. Sie nutzt die Gelegenheit, tritt rasch vor und kommt bis auf wenige Zentimeter an die andere heran, ihre Brüste streifen ihren Rücken, unter dem Mantel verborgen, zieht sie die Rechte mit dem Revolver aus der Jackentasche, richtet den Lauf auf Úrsula. Es fällt ihr nicht leicht, in dem Gedränge das Gleichgewicht zu halten, immer wieder wird sie geschubst und gestoßen, aber sie weiß, es muss jetzt sein. Jetzt oder nie. Sie sieht sie noch ein letztes Mal an, ihr hellbraunes, fast blondes Haar mit der, wie sie nun weiß, blau überzogenen

Spange, den Schal über dem hochgeklappten Kragen, die Brillantohrringe. Sie zielt auf eine Stelle in der Mitte der roten Fläche vor ihr, zögert, drückt ab.

Auf der Bühne schlägt jemand zwei Becken aneinander, Raketen steigen in den Himmel, die Leute klatschen und schreien.

Der gedämpfte Knall geht in dem Lärm unter. Die Menge gerät wieder in Bewegung, versucht, sich noch ein Stück weiter vorwärtszuschieben. Úrsulas Kopf schwankt vor und zurück, der rote Mantel hält sich noch einen Augenblick aufrecht, gerät ins Taumeln, sinkt zwischen die vor ihr Stehenden, gleitet dann langsam zu Boden, geräuschlos und wie in Zeitlupe.

Eine Stimme kreischt: »Weg da, jemand ist ohnmächtig geworden!«

Sie gehorcht, weicht zurück, entfernt sich, erblickt einen roten Damenschuh, eine teure Marke, in einer unmöglichen Position.

»Jemand ist ohnmächtig geworden, ist hier irgendwo ein Arzt?«

»Die Frau ist nicht ohnmächtig, sie ist tot!«

Die einen schreien, andere irren umher, manche zücken ihre Mobiltelefone und versuchen, die Polizei oder einen Rettungswagen anzurufen. Einen Teil der Leute scheint es unwiderstehlich zu der am Boden liegenden Frau zu drängen. Sie selber lässt sich von den davonstiebenden Menschen bis an den Rand des Parks mitreißen. Sie sieht sich um. Vor ihr rennt ein junges Paar, das ein Kind hinter sich herzerrt und den Weg auch für sie frei macht.

Wenige Hundert Meter von der Toten entfernt scheint das Leben wieder seinem ganz gewöhnlichen Lauf zu folgen. Der Lärm bleibt hinter ihr zurück, wird vom Wind fortgetragen, der vom Río de la Plata herüberweht. Sie biegt in eine Seitenstraße ein. Vor Freude könnte sie Luftsprünge vollführen. Sie geht noch ein kleines Stück die Straße entlang und steigt bei der nächsten Haltestelle in den Bus, kauft eine Fahrkarte und setzt sich ganz nach hinten.

In der Ferne ist eine Sirene zu hören.

Sie lehnt sich zurück, lächelt und betastet die Tasche, die sich von der Waffe ausbeult. Erneut lächelt sie.

20

Dass das Fernseh-Horoskop am Morgen dem Steinbock eine schlechte Woche vorausgesagt hat, mit allen möglichen Problemen, was das Gefühls- und das Berufsleben angeht, hat sie um ihre Ruhe gebracht. Der TV-Astrologe hatte sich unmissverständlich ausgedrückt, insbesondere in Bezug auf den Saturn, der schon seit Längerem eine sehr ungünstige Konstellation mit ihrem Sternzeichen bildet. Seit sie daraufhin den Fernseher ausgeschaltet hat, grübelt sie, worin genau die Schwierigkeiten bestehen könnten, denen sie offenbar nur schwer wird ausweichen können.

Heute ist Sonntag, und sie hat frei, soll heißen: viele, viele Stunden vor sich, in denen sie tun und lassen kann, was sie will. Kommissarin Leonilda Lima will aber gar nichts Besonderes machen, eigentlich weiß sie nicht so recht, was sie mit so viel Freizeit anfangen soll. Für sie stellt dieser Tag vielmehr einen langen und vor allem langweiligen Übergang von einem Arbeitstag zum nächsten dar, wie es im Leben wie auch in der Literatur ja oft genug vorkommt: Eine einsame Frau am Wochenende, die nichts sehnlicher erwartet, als sich wieder in ihren Berufsalltag zu stürzen. Was sie nicht weiß, ist, dass sie nicht allzu lange darauf wird warten müssen.

Nachdem sie das Bett gemacht hatte, hat sie einen gründlichen Wohnungsputz in Angriff genommen und dabei auch die drei Pyramiden abgestaubt – die aus Bronze, die aus Eisen und die aus Kupfer – und mit einem Wedel sämtliche Spinnweben an den Decken und überhaupt jedes noch so winzige Staubmolekül entfernt, das das freie Zirkulieren des Chi einschränken könnte. Jetzt wartet sie, dass es Mittag wird, damit sie die Langeweile mit der Frage überdecken kann, ob sie einen Joghurt oder einen Salat essen soll, bevor sie Siesta hält oder eine halbe Stunde spazieren geht.

Vorläufig schaltet sie den Fernseher wieder an, verfolgt den Beginn einer Telenovela, ohne recht zu begreifen, worum es in der Geschichte gehen soll, und fängt an, mit der Fernbedienung zu spielen und geistesabwesend von einem Sender zum nächsten zu zappen. Da hört sie das Klingeln ihres Mobiltelefons. Sie sucht und findet es im Schlafzimmer, wo sie es auf dem Bett hat liegen lassen. Als sie an der Nummer erkennt, dass der Anrufer Inspektor Clemen ist, steigt geradezu Freude in ihr auf.

»Haben Sie schon die Nachrichten gehört, Leonilda?«

»Ich bin gerade erst aufgewacht. Wie spät ist es denn?«, lügt die Kommissarin.

»Ziemlich spät. Die Zeitung haben Sie also auch noch nicht gelesen? Nein, wahrscheinlich nicht. Jedenfalls – gestern Abend um sechs ist Úrsula López ermordet worden!«

»Wie bitte? Ermordet?«

»Um Punkt sechs.«

»Und wo?«

»Fast gegenüber von ihrem Haus, im Park.«

»Oh Gott, ich bin schuld, ich hätte sie unter Personenschutz stellen lassen müssen.«

»Nein, Leonilda, Sie haben mich ja gefragt, und Ihre Entscheidung war richtig, sie war schließlich von niemandem bedroht worden.«

»Trotzdem …«

»Ja, ich weiß, besonders angenehm ist das nicht …«

»Warum geben Sie mir erst jetzt Bescheid?«

»Es war was durcheinander gekommen – der Fall wurde an Leonardo Borda übergeben.«

»Wieso das denn? Ihm war die Sache doch entzogen worden, Inspektor Clemen.«

»Sie haben recht, es war meine Schuld. Borda hat jedenfalls gedacht, er ist immer noch zuständig, und deshalb hat er sich eingeschaltet. Aber es lohnt sich nicht, sich aufzuregen, wir müssen nach vorne schauen.«

Irgendwas stimmt da nicht, Borda wusste genau, dass sie für den Fall zuständig ist. Doch Inspektor Clemen soll jetzt nicht denken, dass sie ihm misstraut. Außerdem weiß sie immer noch nicht, warum man Borda den Fall eigentlich abgenommen hatte. Seit einiger Zeit passieren seltsame Dinge, aber darüber spricht sie in diesem Augenblick lieber nicht, das muss warten.

»Gibt es irgendwelche Verdächtigen?«

»Verdächtige gibt es immer, das wissen Sie selbst. Gestern hat jemand eine Anzeige erstattet, die mit der Sache zu tun haben könnte, aber auch mit der Ermordung des Caramelero, mit der Sie sich ja ebenfalls beschäftigen.«

»Und worum geht es bei der Anzeige?«

»Um Bedrohung, Gewalt, Prügel. Die Betroffene ist jedoch offensichtlich nicht bereit, die Sache wirklich durchzuziehen, sie wollte sich nicht mal gerichtsmedizinisch untersuchen lassen.«

»Wer ist denn diese Betroffene? Und den Täter kennt man auch?«

»Das vermutliche Opfer heißt Mirta Tellez, sie hat bei der Anzeige eine ziemlich wirre Erklärung abgegeben. Heute ist sie dann noch mal erschienen und hat auch den Namen des Mannes genannt, der sie attackiert hat: Ricardo Prieto, auch bekannt als el Roto. Schon mal gehört, Leonilda?«

»Verdammt, die Welt ist wirklich klein …«

»Das kann man wohl sagen. Sie hat erklärt, der Typ ist bei ihr zu Hause erschienen und hat sie bedroht, offenbar wollte er wissen, ob die Nichten von der Frau, wegen deren

Ermordung er letztes Jahr ins Gefängnis gekommen ist, etwas mit der Sache zu tun haben. Wissen Sie eigentlich, dass eine von diesen Nichten Úrsula López heißt?«

»Das ist doch mein Fall, Inspektor …«

»Na gut, ich gebe zu, da ist einiges durcheinandergeraten. Deshalb rufe ich ja an, obwohl Sie heute freihaben. Wenn Sie einverstanden sind, können Sie die Sache ab sofort wieder übernehmen.«

»Selbstverständlich, Herr Inspektor.«

Leonilda scheint richtig aufzuleben, sie schaltet im Fernsehen auf einen Nachrichtensender und legt sich Kleidung zurecht, um rauszugehen. Dann knabbert sie ein paar Gurkenscheiben und blättert dabei die Zeitung durch. Anschließend surft sie noch eine Weile im Internet und macht sich Notizen. Zwei dunkle Schatten legen sich immer wieder über ihre Gedanken, die schlechte Konstellation für den Steinbock während der ganzen bevorstehenden Woche und die Hartnäckigkeit, mit der Inspektor Clemen ihr erneut den Fall Ricardo Prieto aufgedrängt hat. Der wandert jetzt schon zum dritten Mal zwischen ihr und Borda hin und her. Schließlich isst sie zwei Gläser Joghurt, zieht sich fertig an, legt ein leichtes Parfüm auf – eine hundertprozentig natürliche Mischung aus Grapefruit und Kokos – und berührt, bevor sie die Wohnung verlässt, rasch noch die kleine Marienstatue und bittet sie um Schutz. Beim Rausgehen wird ihr bewusst, dass Roña sich noch nicht wieder gemeldet hat.

21

Kurz nach Mittag, in der Altstadt.

An manchen Tagen dehnt sie ihre Stadtspaziergänge mit allen zur Verfügung stehenden Mitteln aus, um die Rückkehr nach Hause so lange wie möglich hinauszuzögern. Sie biegt immer wieder ab, wechselt die Richtung, tut, als hätte sie sich verlaufen, und findet den Weg zuletzt natürlich doch. Dabei sucht sie die ganze Zeit nach ihnen, ihren Toten, als wären Papa, Mama und Tante Irene ebenfalls irgendwo hier unterwegs, als müssten sie schon im nächsten Augenblick vor ihr stehen.

Während sie so die gepflasterten Straßen entlanggeht, versucht sie, sich zu erinnern, wie es hier früher ausgesehen und wer hier einst gewohnt hat. Sie überlegt, in welchem dieser Häuser sie damals vielleicht gewesen ist, wie die Höfe, Treppenhäuser, Tapeten, Möbel waren, ob sich Kinderstimmen vernehmen ließen oder bloße Stille herrschte. Viel mehr als Schatten und vergilbte Fotografien steigen aber trotz aller Anstrengung nicht vor ihrem inneren Auge auf.

Heute ist ein sonniger Tag, und sie treibt sich jetzt schon seit zwei Stunden unter lauter Fremden herum, unter Geschäftsleuten und Touristen, Bettlern, die die Papierkörbe durchwühlen, Angestellten mit einem Sandwich in der Hand, Studenten. Bei ihrem Anblick lächelt Úrsula still in sich hinein, mit ihrer Vergangenheit haben diese Leute nichts zu tun, ihretwegen ist sie nicht aus dem Haus gegangen, für sie sind sie kaum mehr als die Akteure einer Zirkusvorstellung oder Kinder, die auf einem Platz spielen. Am liebsten würde sie anfangen zu weinen, aber alleine weinen möchte sie auch nicht. Ebendeshalb ist sie ja auf der Suche nach ihren Toten.

Auf einmal ist sie umringt von fotografierenden Ausländern, die sich in allen möglichen Sprachen unterhalten. Sie weicht zu einem in der Nähe stehenden Zeitungskiosk aus und kann der Verlockung nicht widerstehen, all die überirdischen, in Satin gekleideten Wesen zu bewundern, die auf den Titelseiten zu sehen sind. Normale Frauen, die essen und dick werden, sind nicht darunter, die schönen Menschen, deren glatte glänzende Gesichter ihr entgegenlächeln, haben weder eine Vergangenheit noch eine Zukunft, in der sie altern könnten.

Seit zwei Stunden treibt sie sich jetzt schon durch die Stadt, höchste Zeit, die ausgetretenen Marmorstufen hinaufzugehen, das Portal der Maciel-Kapelle zu durchqueren und in das eisige, stille Halbdunkel des Innenraums einzutauchen. Sie schreitet durch das leere, nur von dem durch die Seitenfenster einfallenden Licht erhellte Mittelschiff. Lediglich ein paar verhüllte Alte kauern auf den Bänken. Von den steinernen Grabmalen weht sie ein muffiger Geruch an, eine Mischung aus Weihrauch und Trauer. Orgeltöne erklingen, vielleicht aber auch nur in dem Traum, aus dem sie nie ganz zu erwachen scheint. An einem Seitenaltar hält ein Priester vor fünf Gläubigen die Messe.

Und dann sieht sie ihn vor sich, so wie jedes Mal. Ihren Vater, der im Sarg liegt, auf einem mit Samt verkleideten Podest, umgeben von Rosen, Nelken und Jasmin. Den Leichnam, die Überreste, die Hülle ihres Vaters, die bläulich angelaufene Haut, den fest zusammengepressten Mund, der sich nie wieder öffnen wird, keine Worte mehr aussprechen wird, die sie wie Schüsse treffen, die bleichen Hände, die nie wieder den Schlüssel im Schloss ihrer Zimmertür umdrehen werden. Nie wieder, Papa, nie wieder! Sie sieht ihn in seinem Sarg, sieht ihre Schwester Luz daneben, in dem teuer wirkenden, maßgeschneiderten, grauen, fast schwarzen Kleid, mit ihrem schmerzverzerrten Hochglanzillustrierten-Gesicht, und dann sieht sie sich selbst, wie sie durchs Mittelschiff auf den Altar und die unwiderrufliche Schwärze zuschreitet, hört das Klappern ihrer Absätze auf dem Marmorboden. Luz kommt ihr entgegen, schließt sie in die Arme, mustert sie aufmerksam.

»Alles ist so schnell gegangen, Úrsula … Wie konnte das geschehen? Papa war kein …«

»Ja, aber das Somnium …«

»Er hätte sich niemals umgebracht, ich weiß, so etwas hätte er nie getan.«

»Was wirklich passiert ist, ob es ein Versehen oder Selbstmord war, werden wir nie erfahren, Luz.«

»Es ist so schwer zu akzeptieren.«

»Depressionen sind so, da ist jederzeit alles möglich …«

»Nein, ich kann es einfach nicht glauben. Papa war nicht so.«

Dass ihre Schwester so voller Zweifel ist, beunruhigt und irritiert sie. Am liebsten würde sie sich umdrehen und gehen – um sich zu retten. Zugleich will sie bleiben und ihrem Untergang entgegensehen. Sie will leiden. Wenn ihre Schwester ihr noch länger forschend in die Augen sieht, wird sie womöglich fündig, also senkt sie den Blick.

Inzwischen ist der Priester erschienen und hat sich an die Vorbereitungen zur Totenmesse gemacht. Úrsula sieht sich wie aus der Ferne, sieht die Frau, die sie einmal war, die sie nicht ist und wiederum doch ist, und sie spürt, wie ihr langsam die Tränen in die Augen steigen und dann über ihre Wangen rollen. »Krokodilstränen«, würde ihr Vater jetzt sagen, wenn er noch sprechen könnte. Aber Úrsula hat dafür gesorgt, dass er dazu nie mehr in der Lage sein wird.

Nach dem Responsorium war sie allein auf den Ausgang zugegangen, hatte die salzhaltige Luft gespürt, die vom Hafen heranwehte, dann hatte ihre Schwester sie eingeholt, sie schluchzend umarmt, ihre Hand gedrückt und erneut ihren Blick gesucht. Bis sie irgendwann angeboten hatte, sie nach Hause zu bringen. Úrsula weiß noch, dass sie abgelehnt hatte – sie hatte irgendwas von frische Luft schnappen, ein bisschen durch die Altstadt gehen gesagt und danach zugesehen, wie ihre Schwester das teure, silbrig glänzende Auto bestieg und davonfuhr, bestimmt zu ihrem Haus in Carrasco. Auch an diesem Tag hatte zunächst die Sonne geschienen, und sie war lange durch die engen Straßen gewandert, zwischen den heruntergekommenen Gebäuden hindurch, an glücklichen Familien vorbei, die sich an den Händen hielten, überholt von dahinhastenden Büroangestellten. Hatte Plätze voller gesichtsloser Menschen überquert, ohne irgendetwas wahrzunehmen, bis sie schließlich gemerkt hatte, dass die Nacht hereingebrochen war. Kalt, stumm, regungslos.

Da wäre sie gern nach Hause zurückgekehrt, aber nicht in ihr Zuhause, nicht an diesen Ort, wo es außer ihr nie wieder jemanden geben würde. Aber was ist das dann, »zu Hause«? Der Ort, wo man geboren ist? Oder der Ort, an den man immer wieder zurückkehren muss, obwohl man dort zu ersticken glaubt? Vielleicht ist es einfach der Ort, zu dem man auch blind zurückfinden würde, und sei es nur, um in seiner grauen Einsamkeit zugrunde zu gehen.

Zuletzt ist sie damals doch zurückgekehrt, und bricht seitdem immer wieder zu ihren ziellosen Wanderungen durch die Altstadt Montevideos auf, während die Tage aufeinanderfolgen wie rasende Hunde, die sich geifernd hinterherjagen.

22

Die Frau zieht sich langsam den Mantel aus, den sie, wie alles, was sie außerdem noch anhat, zum ersten Mal zu tragen scheint, hängt ihn über die Stuhllehne und setzt sich, ohne zu warten, dass Leonilda sie dazu auffordert. Zunächst interessiert sie sich offensichtlich nur für das Artigas-Porträt an der Wand und das kleine Heiligenbild des Judas Thaddäus und den Strauß aus Plastikblumen auf dem Tisch. Viel mehr gibt es allerdings im Dienstzimmer der Kommissarin auch nicht zu bewundern. Erst jetzt sieht sie Leonilda an und fragt gleichmütig – als wäre sie die Angestellte eines Callcenters und hätte nichts weniger im Sinn, als dem anrufenden Kunden zu helfen: »Was kann ich für Sie tun?«

In ihrer künstlichen Schönheit, mit dem unglaublich langen Haar, den geheimnisvollen Augenbrauen und der vielen Schminke im Gesicht, könnte sie sofort bei einer Vorabend-Telenovela mitspielen. Kommissarin Lima fühlt sich von solchen Frauen manchmal durchaus angezogen, obwohl sie weiß, dass sie dem nicht nachgeben sollte, erst recht nicht während der Arbeit. Sie muss sich konzentrieren, versuchen, Mirta Tellez ins Gespräch zu ziehen, Vertrauen aufzubauen. Anfangs spricht sie über alltägliche Dinge, schiebt ab und zu eine Frage dazwischen, die Frau ihr gegenüber bleibt jedoch die ganze Zeit äußerst einsilbig. Doch Leonilda Lima gibt nicht so schnell auf.

»Also, was wollte dieser Ricardo Prieto denn nun von Ihnen wissen?«

»Hab ich schon gesagt.«

»Als Sie Anzeige erstattet haben, ja, aber jetzt bin ich mit dem Fall betraut, und ich will noch einmal alles ganz genau abklären, verstehen Sie, Mirta?«

Schweigen, ausweichende Blicke.

»Er hat Verschiedenes gefragt. Wie die beiden Frauen heißen, wegen denen er im Knast gelandet ist, und wo sie wohnen. Die Nichten von Irene, meine ich.«

»Und was haben Sie geantwortet?«

»Ich hab ihm ihre Namen gesagt, Úrsula und Luz López. Was hätte ich sonst tun sollen?«

»Das ist doch wirklich seltsam: Die Nichte der Frau, die letztes Jahr ermordet wurde, heißt Úrsula López, und die Frau, die gerade im Park ermordet worden ist, auch. Ich nehme an, Sie haben von der Geschichte gehört. So oft kommt der Name Úrsula doch nicht vor, und dass sie dann sogar denselben Nachnamen haben …«

»Vielleicht ist es ja dieselbe Person.«

»Kann sein, das werde ich auf jeden Fall überprüfen.«

Mirta sieht sie mit leerem Blick an und sagt kein Wort.

»Und, was noch?«

»Ich hab ihm gesagt, dass ich nicht weiß, wo die beiden wohnen.«

»Und dann? Was noch?«

»Wie – was noch?«

»Was Sie sonst noch gesagt haben. Was für Informationen haben Sie ihm außerdem zukommen lassen?«

»Keine Ahnung, mehr hab ich nicht gesagt. Seit Irene ermordet wurde, hab ich nichts mehr von den beiden gehört.«

»Sie haben für die Ermordete gearbeitet, für Irene Salgado, stimmts?«

»Ja.«

Die Kommissarin schluckt Speichel, Luft, Frust. Sie schließt für einen Moment die Augen, spricht leise weiter. »Sehen Sie, Mirta, es könnte sein, dass Ihr Fall und dieser andere Mord zusammenhängen. Bitte geben Sie sich Mühe – wie gesagt, die Sache ist ernst, mittlerweile gibt es zwei Tote.«

Die Frau sieht zum Fenster hinaus, kratzt sich mit einem ihrer unglaublich langen, bunt lackierten Fingernägel an der Wange. Dann streicht sie sich das blonde Haar aus der Stirn, sieht Leonilda mit leicht schielendem Blick an und lächelt vorsichtshalber. Anschließend zieht sie ihren Rock glatt.

»Mirta, halten Sie mich bitte nicht für dumm …«

»Ich bin mir eben nicht sicher …«

»Inwiefern?«

»Ob ich die Anzeige nicht zurückziehen soll. Ich hab Angst vor Ricardo. Sie kennen ihn nicht, er ist total durchgeknallt.«

Leonilda muss an die Frau denken, die ihr vor wenigen Tagen auf demselben Stuhl gegenübersaß und jetzt tot ist. Sie beißt sich auf die Unterlippe. »Wir können Ihnen Personenschutz geben.«

»Ach ja? Und wie lange? Mein Leben lang?«

»Natürlich nicht.«

Mirta lacht geräuschlos, breitet mit geöffneten Handflächen die Arme aus. »Das nützt mir nichts.«

»Und was würde Ihnen nützen?«

»Nichts. Wenn er mitkriegt, dass ich Sachen ausplaudere, bringt er mich um, auch wenn er vorher noch so lange warten muss.«

Leonilda betrachtet ihre teure Kleidung und fragt sich, woher die ehemalige Hausangestellte einer ermordeten Frau so viel Geld für Anziehsachen nimmt. Aber danach fragen darf sie natürlich nicht, dann wäre es mit dem Vertrauen endgültig vorbei.

»Wenn Sie die Anzeige nicht aufrechterhalten möchten, warum sind Sie dann überhaupt zu mir gekommen? Was bezwecken Sie damit?«

Die Frau denkt eine Weile nach.

»Weil ich andererseits richtig sauer bin. Ich möchte, dass er für das bezahlt, was er mit mir gemacht hat. Aber ich habe eben auch Angst, verstehen Sie? Aber Sie sind ja Polizistin, da können Sie das natürlich nicht verstehen. Sie hat ja keiner geschlagen, und Ihnen hat auch keiner angedroht, dass er Sie umbringt.«

»Mirta, ich muss Ihnen leider sagen, dass Sie keine Wahl mehr haben. Es gibt Indizien, dass Ricardo die beiden Verbrechen begangen hat, und Sie haben behauptet, dass er bei Ihnen war und nach einer Frau gefragt hat, die vielleicht genau die Frau ist, die später ermordet wurde. Sie werden in dem Fall also aussagen müssen, ob Sie wollen oder nicht.«

»Wie ist sie denn umgebracht worden?«

»Von einer Kugel Kaliber .38, abgefeuert aus zwei Zentimetern Entfernung, mitten in den Rücken. Eine tödliche Wunde.«

»Genau wie bei Irene, von ganz nah und mit Kaliber .38. Und wo ist es passiert?«

»Bei einem Konzert im Parque Villa Biarritz, alles war voller Leute, und es war natürlich sehr laut, von der Musik mal abgesehen.«

Mirta überlegt. »Wissen Sie, ich mag das einfach nicht, andere anschwärzen ...«

»Aber er hat Sie geschlagen und bedroht.«

»Ja, und vergewaltigt.«

»Davon hatten Sie bis jetzt nichts gesagt. Wollen Sie das in die Anzeige mit aufnehmen?«

Mirta wirft den Kopf in den Nacken, wie jemand, der über etwas Wichtiges nachdenken muss, aber mit dieser theatralischen Geste kann sie Leonilda nicht beeindrucken. Sie räuspert sich zwei Mal, als würde sie gleich etwas Bedeutsames verkünden. »Bringt das denn was?«

Leonilda weiß nicht, was sie jetzt noch sagen soll. Wie um sich vom Ärger und Überdruss nicht hinreißen zu lassen, berührt sie rasch die Dose mit den Tabletten gegen Sodbrennen, die auf ihrem Schreibtisch steht. »Schwer zu sagen, die Sache ist ja schon mehrere Tage her, das hätten Sie gleich mit angeben müssen.«

»Das heißt …«

»Sagen Sie mir einfach, was Ricardo Prieto noch alles von Ihnen wissen wollte.«

»Er hat gefragt, wer Irene beerbt hat.«

»Warum wollte er das wissen?«

»Weil die Erben ihm seiner Meinung nach den Mord in die Schuhe geschoben haben.«

»Soll das heißen, Ricardo ist vielleicht gar nicht Irenes Mörder?«

»Das müssen Sie wissen, Sie sind schließlich von der Polizei, nicht ich.«

»Und wer waren die Erben?«

»Die Nichten.«

»Úrsula López?«

»Und ihre Schwester Luz.«

»Haben Sie ihm die Adressen der Nichten gegeben?«

»Nein, ich sag doch, die hab ich nicht. Ich hab ihm gesagt, er soll im Telefonbuch nachschauen.«

»Können Sie sich an noch etwas erinnern? Hat er gesagt, woher er kam? Und was er vorhat?«

»Nein.«

Leonilda hört ihr eigenes Schluckgeräusch. »In den nächsten Tagen bekommen Sie eine schriftliche Vorladung, um in dem Fall auszusagen. Möchten Sie jetzt noch etwas hinzufügen?«

Mirta tippt sich mit dem Zeigefinger ans Kinn, lässt den Blick erneut über das Artigas-Porträt, das Bild des Judas Thaddäus und die Plastikblumen schweifen und tut, als versuchte sie, sich an etwas zu erinnern. Dann zuckt sie lächelnd die Achseln und verzieht verächtlich das Gesicht. »Nein.«

Ihre Einsilbigkeit schläfert Leonilda zusehends ein. »Dachte ich mir. Und jetzt stehen Sie gleich auf und gehen hier raus, und ich darf bei meinen Plastikblumen sitzen bleiben und darüber grübeln, woran es wohl liegt, dass alle glauben, mir gegenüber brauchen sie den Mund nicht aufzumachen. Na gut, dann gehen Sie mal, aber rufen Sie mich bitte an, falls Ihnen doch was einfällt. Einen schönen Tag noch, Mirta.«

Als sie wieder allein in ihrem Büro sitzt, sagt sie sich, dass sie von Mirta nie mehr etwas zu hören bekommen wird. Sie seufzt. Dass dies kein guter Tag werden würde, war schon vorher klar. Sie öffnet einen blauen Ordner, nimmt ein Foto heraus, auf dem ein roter Mantel mit einem schwärzlichen Einschussloch zu sehen ist, danach noch mehrere ähnliche Aufnahmen. Dann geht sie die Abrechnungslisten mehrerer Kreditkarten und Bankkonten durch wie auch eine Übersicht der Anrufe, die auf dem Mobiltelefon und dem Festnetzanschluss der Ermordeten eingegangen sind beziehungsweise von dort getätigt wurden. Aussageprotokolle von Nachbarn, Familienangehörigen, Freunden sowie des Portiers. Irgendwas muss da doch zu entdecken sein. Ihr Exmann Santiago war am fraglichen Tag in Bolivien, ihr Liebhaber Sergio irgendwo in Afrika, und er ist noch nicht von dort zurückgekehrt. Vielleicht gibt es hier wirklich nichts zu entdecken.

Als Nächstes muss sie überprüfen, ob es tatsächlich zwei Frauen gibt, die Úrsula López heißen. Sie geht auf die entsprechende Seite der Meldebehörde, gibt den Namen ein, und es öffnen sich zwei Dateien mit Fotos, Angaben zur Person und Adresse. Úrsula López existiert beziehungsweise existierte also wirklich zweimal. Sie druckt beide Dateien aus. Die eine gehört zu der Frau, die hier vor ihr saß. Sie ist ermordet worden. Und die andere? Irgendwas an ihr kommt ihr bekannt vor.

Sie greift nach dem Bild des heiligen Judas Thaddäus, tippt mit dem Zeigefinger der anderen Hand dagegen und bittet ihn im Geiste um Schutz vor den Engeln des Bösen, dem Heer der Finsternis – es bahnt sich seinen Weg in die Herzen der Menschen, macht sie traurig, schwächt sie, beraubt sie aller Lebenskraft. Nicht immer fühlt sie sich imstande, ihm zu widerstehen, manchmal hat sie das Gefühl, ganz auf sich allein gestellt zu sein. Sie seufzt erneut.

Dann denkt sie wieder über die beiden gleichnamigen Frauen nach, die ermordete Úrsula López und die andere Úrsula López, die Nichte einer bereits vor einiger Zeit ermordeten Frau. Zu viele Úrsulas und zu viele Morde. Ob da etwas durcheinandergeraten ist? Oder vielmehr, ob da diesem Ricardo el Roto etwas durcheinandergeraten ist? Ob er wohl eine Frau umgebracht hat, weil er sie für eine andere Frau hielt? Ja, vielleicht hat Ricardo wirklich die falsche Frau ermordet.

Sie geht in Gedanken alles noch einmal genau durch: Ein wegen Mordes Verurteilter entkommt, versucht herauszufinden, wo die Person lebt, die ihn des Verbrechens bezichtigt hat, überwacht eine Frau, die so heißt wie die Frau, die ihn des Verbrechens bezichtigt hat, aber nicht diese Frau ist, und die von ihm überwachte Frau wird schließlich ermordet. Zuallererst muss sie jetzt also die andere Úrsula López finden, möglicherweise ist sie in großer Gefahr.

Da läutet das Mobiltelefon, sie fährt zusammen. Sie hasst Telefone, sie machen ihr Angst. Sie stellt das kleine Heiligenbild an seinen Platz auf dem Tisch zurück, an eine Lampe gelehnt, sodass es sie ansieht und ihr Kraft und Schutz gewährt. Erst dann wirft sie einen Blick auf das Display des Telefons – bei dem Anrufer handelt es sich um Roña. Sie unterhalten sich kurz, Leonilda notiert sich eine Adresse und eine Uhrzeit. Sie verdrängt ihre düsteren Gedanken. Jetzt heißt es erst einmal einen perfekten Einsatz vorbereiten, zum Glück hat sie genügend Zeit. Sie greift erneut nach dem Heiligenbild und steckt es in ihre Blusentasche. Dann macht sie sich fertig zum Weggehen.

23

Ein Zimmer, ein Bett, und darauf eine Frau. Angespannt, mit verkrampftem Gesicht, liegt sie auf der Chenilledecke, die man für typisch retro halten könnte, sie ist aber nicht retro, sondern bloß altmodisch, oder schlichtweg alt.

Die Frau auf dem Bett hat Hörstöpsel in den Ohren, die sie gegen die Geräusche der Außenwelt abschirmen. Was sich in ihrem Inneren tut, nimmt sie dafür umso lauter wahr. Jedes Schlucken ein Tsunami, jedes Zähneknirschen ein Erdbeben.

Im fünften Stock des heruntergekommenen Gebäudes, dessen Aufzug so gut wie nie funktioniert, liegt Úrsula in ihrem grün gestrichenen Zimmer – »nilgrün« hieß dieser Farbton vor dreißig Jahren – auf dem Bett, schläft aber nicht und sieht auch nicht fern, hört nicht Radio und liest auch nicht, noch arbeitet sie an der Übersetzung, die sie schon vor mehr als einem Monat hätte beginnen müssen. Sie beobachtet nicht, wie die Dämmerung vor dem Fenster aufsteigt, wie die Dunkelheit das letzte Licht verschluckt, wie Regentropfen an das Fenster schlagen. Nein, Úrsula gibt sich ganz ihren Erinnerungen hin und empfindet dabei einen unbestimmten und unbestimmbaren Hass auf alles Lebendige wie auch auf den einen oder anderen Toten.

Schon seit Stunden regnet es in Montevideo, draußen ist es mittlerweile eiskalt, in Úrsulas Zimmer ist es nicht viel besser, gut, dass sie wenigstens die Hörstöpsel hat, um sich gegen die Zumutungen ihrer Umgebung zu wehren.

Bei den Grübeleien über die Vergangenheit versucht

Úrsula, bis an den Kern ihres Unglücks vorzudringen. Dass ihr das nicht gelingt, macht ihren Hass nur noch stärker. Allmählich wird ihre Anspannung bedrohlich, und obwohl zuletzt meistens doch nichts auf diesen Zustand folgt, kann es sehr wohl auch Ausnahmen geben.

Das Leben erscheint ihr als Abfolge vollkommen gleichförmiger Tage. Diese auch vom Wechsel der Jahreszeiten nicht beeinflusste Unveränderlichkeit beruhigt und tröstet sie einerseits, andererseits bringt sie sie zur Verzweiflung und Raserei. Sie kommt sich vor wie in einer Fernsehserie, wo die immer gleichen Figuren sich durch die immer gleichen Räume bewegen und in einer Art ewiger Gegenwart sich kaum je verändernde Texte aufsagen.

Den Preis dafür, dass sie sich so hemmungslos ihren Erinnerungen ausliefert, nimmt sie in Kauf, gibt es doch kein besseres Mittel gegen die Monotonie eines düsteren Regentags als das von dem Gefühl erlittenen Unrechts und der Erbitterung darüber hervorgerufene Selbstmitleid.

Kurz bevor sie den Höhepunkt erreicht und wie erwartet die ersten Tränen aus ihren Augen quellen, klingelt das Mobiltelefon auf dem Nachttisch. Obwohl sie wegen der Hörstöpsel nicht viel mehr als ein gedämpftes Piepen wahrnimmt, schreit Úrsula wütend »Scheißtelefon!«, was wiederum doppelt laut in ihrem Schädel widerhallt.

Pech gehabt, mit dem wohligen Selbstmitleid ist es endgültig vorbei.

Sie schnappt sich den Apparat, doch weil sie keine Brille aufhat, sieht sie auf dem Display statt der Nummern bloß eine verschwommene Reihe tanzender Riesenameisen, während das Klingeln, nachdem sie sich die Hörstöpsel aus den Ohren gezerrt hat, auf einmal wie Maschinengewehrsalven ihr Hirn malträtiert.

Endlich schafft sie es, auf den Knopf mit dem grünen Symbol zu drücken und »Hallo« zu sagen.

»Ich bins, Germán.«

Sie erkennt die Stimme, die nach diesen ersten drei Wörtern verstummt, sofort.

Doch sie lässt sich Zeit. Wie die meisten Frauen ab einem bestimmten Alter weiß Úrsula, dass man sich Zeit lassen muss, wenn man sein Ziel erreichen will. Als es so weit ist, geht sie entschlossen zum Angriff über. »Sehen wir uns heute Abend, Germán?«

»Ja. Wo sollen wir uns treffen?«

»Bei mir. Calle Sarandí, Ecke Calle Treinta y Tres, da, wo der Laden ist, Wohnung Nummer fünfhunderteins.«

Sie kann selbst nicht glauben, was sie da gerade gesagt hat.

24

Dinge, die Úrsula nie macht: beim Treppen-Hinunterlaufen zwei Stufen auf einmal nehmen, etwas bereuen, rennen, Männer zu sich nach Hause einladen, sich ohne Somnium schlafen legen, viel Geld rauben, vor der Polizei fliehen – all das wird sie in den nächsten Stunden tun.

Zunächst macht sie sich aber vor dem Spiegel zurecht, kämmt sich sorgfältig, legt ein bisschen Rouge auf und fängt an, sich den linken Lidstrich nachzuziehen. Die verheißungsvolle Stille in der Wohnung wird plötzlich von einem Klingeln unterbrochen. Den Kajalstift in der erhobenen Rechten, das linke Auge halb geschlossen, die Zungenspitze vorgestreckt, steht Úrsula eine Weile unschlüssig da und wagt kaum, zu atmen. Wieder klingelt es. Úrsula lässt den Stift ins Waschbecken fallen, rennt aus dem Badezimmer, reißt die Wohnungstür auf, stürzt hinaus auf den Gang und gleich darauf – ohne auch nur einen Gedanken an den wie üblich nicht funktionierenden Aufzug zu verschwenden – die Treppe hinunter, furchtlos immer zwei Stufen auf einmal nehmend, bis sie mit einem Lächeln im Gesicht im Erdgeschoss eintrifft.

Dort macht sie die Haustür auf. »Hallo.«

»Hallo Úrsula, lang nicht gesehen …«

Er streckt ihr die Hand entgegen, und sie ergreift sie.

»Wie gehts? Wann haben sie Sie rausgelassen?«

»Gestern.«

»Und wie fühlen Sie sich jetzt, wieder in Freiheit?«

»Die Stadt kommt mir völlig verändert vor.«

»War es sehr schlimm im Gefängnis?«

»So wie es dort eben ist, Úrsula.«

»Sie sind ja ganz nass. Kommen Sie rein. Nein, der Aufzug funktioniert so gut wie nie.«

Sie steigen die ausgetretenen Marmorstufen hinauf, sie hüpft geradezu vor ihm nach oben, dreht sich immer wieder um und lächelt ihn an, streicht sich die eng anliegende Bluse glatt, und als sie im fünften Stock ankommen, ist sie kein bisschen außer Atem. Er hat die schöne und verschwenderisch üppige Frau während des Aufstiegs immer wieder in Augenschein genommen.

»Hier rein, bitte schön, nach Ihnen.«

»Hübsche Wohnung.«

»Ja, hier bin ich auch zur Welt gekommen. Das ist die Wohnung meines Vaters.«

»Leben Sie mit ihm zusammen?«

»Nein, er ist vor ein paar Jahren gestorben. Ich lebe allein.«

»Das heißt, Sie haben sich endlich von Ihrem Mann Santiago getrennt?«

Langes Schweigen.

»Außerdem sammeln Sie japanische Figuren, wie ich sehe.«

»Die haben meinem Vater gehört. Er hat sie mir vererbt, aber unter der Bedingung, dass ich sie gut pflege. Die machen ganz schön viel Arbeit, kann ich Ihnen sagen. Es sind dreihundertzweiundzwanzig Stück, und ich muss jede einzeln abstauben und säubern. Ich habe jede Menge Spezialpinsel und Reinigungsmittel dafür. Das ist normalerweise meine Sonntagsbeschäftigung.«

»So ein Hobby hätte ich auch gern.«

»Das ist nicht mein Hobby. Es war sein Hobby, das von meinem Papa.«

»Ja, aber jetzt ist es Ihres.«

»Ich weiß nicht ... Möchten Sie eine Tasse Kaffee?«

»Ja, gern.«

Schweigen.

Germán blickt zu Boden, dann zum Fenster hinaus, in die nächtliche Dunkelheit. Úrsula geht in die Küche, kehrt einige Minuten später mit einem Tablett und zwei Tassen darauf zurück und stellt alles auf dem Tisch ab. Auf Germáns Unterteller liegt ein Zuckertütchen, auf Úrsulas Unterteller ein Tütchen mit Süßstoff.

In den umstehenden Häusern sind inzwischen viele Fenster hell erleuchtet, Úrsulas Wohnung dagegen liegt in sanftem Halbdunkel, das auch den Verkehrslärm, der von draußen hereindringt, gedämpft wirken lässt. Das Schweigen im Raum wird immer dichter, man hört bloß noch das leise Klappern der Löffel beim Umrühren und gelegentliches Räuspern.

»Möchten Sie ein Glas Wasser dazu?«

»Nicht nötig, danke. Ihr Vater ist also gestorben, haben Sie gesagt. Woran denn?«

»Ein kleiner Unfall, mit dem Somnium – mit seinen Schlaftabletten, meine ich.«

»Haben Sie sonst noch Angehörige?«

»Eine Schwester, Luz. Sie ist gerade in Bolivien.«

»Da haben Sie es aber gut, Geschwister haben ist was Schönes, ich weiß, wovon ich spreche, ich bin Einzelkind.«

»Ja, natürlich. Ich liebe meine Schwester über alles.«

Wieder Schweigen, offensichtlich fühlen sich die beiden aber auch ohne Worte wohl zusammen.

»Na gut, ich wollte jedenfalls sagen, dass ich gekommen bin, um mich zu bedanken.«

»Bedanken? Wofür denn?«

»Dass Sie nicht gegen mich ausgesagt haben, Úrsula. Dass Sie behauptet haben, Sie hätten nie mit mir gesprochen, und ich hätte nie Lösegeld für Ihren Mann von Ihnen verlangt. Dass Sie gelogen haben, um mich zu retten.«

Erneutes Schweigen. Jetzt blickt Úrsula zu Boden und dann zum Fenster hinaus. Sie zögert, weiß nicht, wie sie es ihm sagen soll. »Germán, es gibt da etwas, was ich Ihnen nicht verraten habe. Etwas sehr Wichtiges.«

Er sieht sie mit weit geöffneten Augen an.

»Ich habe etwas Unverzeihliches getan – ich habe Ihnen etwas vorgemacht.«

»Mir etwas vorgemacht? Aber Sie haben doch ausgesagt, ich hätte …«

»Ich habe überhaupt nichts ausgesagt, nie, weder zu Ihren Gunsten noch gegen Sie. Ich bin nicht mal vorgeladen worden.«

»Mein Anwalt hat gesagt, Sie hätten eine Aussage zu meinen Gunsten gemacht, Sie hätten gesagt, ich hätte niemals Lösegeld von Ihnen verlangt …«

»Hören Sie, Germán …«

»Und Sie hätten gesagt, ich hätte Sie nie erpresst.«

»Germán …«

»Und dafür bin ich Ihnen sehr, sehr dankbar, denn wenn Sie gesagt hätten, ich hätte Geld verlangt, damit Ihr Ehemann freikommt, hätte der Richter mich wegen Entführung und Erpressung verurteilt, und dann …«

»Ich habe keinen Ehemann.«

Jetzt bleibt es eine ganze Weile still.

»Wie bitte? Ist Santiago denn nicht Ihr Mann?«

»Ich sage doch, ich habe keinen Ehemann. Und ich habe auch nie irgendwelche Aussagen zu Santiagos Entführung gemacht.«

»Dann hat man mir also etwas Falsches mitgeteilt?«

»Nein. Úrsula López hat ausgesagt, dass Sie nie von Ihnen angerufen oder erpresst worden ist, und das stimmt. Als Sie sie angerufen haben, um Lösegeld zu verlangen, haben Sie nämlich nicht sie angerufen, Sie haben eine andere Úrsula López angerufen – mich.«

»Wie? Das verstehe ich nicht.«

»Es gibt zwei Úrsula López', Santiagos Ehefrau und mich.«

»Wie meinen Sie das?«

»Ich bin Úrsula López, ganz richtig, aber die andere Úrsula López, verstehen Sie?«

»Nein.«

»Wir haben den gleichen Namen, wir heißen beide so. Als Sie Úrsula López, die Frau von Santiago, angerufen haben, um Lösegeld zu verlangen, haben Sie die falsche Nummer gewählt und mich angerufen. Sie haben die falsche Frau angerufen, die falsche Úrsula López.«

Germán blickt auf seine Hände und denkt nach. Nach einer Weile spricht er weiter, langsam, mit langen Pausen und wie aus weiter Ferne. »Ich habe Úrsula López' Nummer im Telefonbuch gefunden, aber das war gar nicht die Nummer von Santiagos Ehefrau, sondern Ihre, richtig?«

»Genau.«

»Und Sie haben nicht gesagt, Sie seien nicht Santiagos Frau. Sie haben einfach so getan, als wären Sie es.«

»Richtig, darum sage ich ja, dass ich Ihnen etwas vorgemacht habe. Ich habe mich mit Ihnen getroffen und so getan, als wäre ich Santiagos Frau. Ich wollte es einfach mal ausprobieren, jemand anders zu sein, und dann hat es mir gefallen.« Úrsula sitzt in dem mit dunkelrotem Samt bezogenen Sessel und lässt den Blick zu dem Kronleuchter an der Decke wandern. »Es hat mir Spaß gemacht, so zu tun, als wäre ich sie – als wäre ich jemand anders.«

»Und ich habe Lösegeld von Ihnen verlangt, eine Million. Und Sie haben gesagt, Sie geben mir das Geld – wenn ich ihn verschwinden lasse.«

Úrsula überlegt, ob sie ihm sagen soll, dass sie ihrerseits von der anderen Úrsula, Santiagos Ehefrau, Lösegeld verlangt hat. Dieses Miststück hat so getan, als wäre sie bereit zu bezahlen, allerdings unter einer Bedingung, ebender, die sie selbst später Germán genannt hat – dass er ihren Mann verschwinden lässt. Und dann hat sie sie reingelegt und die Polizei an den Ort geschickt, wo Santiago gefangen gehalten wurde.

Nein, besser, sie erzählt ihm nichts von ihren gescheiterten Abmachungen. Auch nicht, dass sie ihm damals in der Bar, wo sie sich getroffen hatten, heimlich etwas ins Bier getan hat und ihm dann hinterhergefahren ist. Als sie ihn in dem Versteck schlafend vorgefunden hatte, hatte sie plötzlich Polizeisirenen gehört und es gerade noch geschafft, mit der Waffe, die dort auf dem Nachttisch lag, abzuhauen. Was, im Nachhinein gesehen, eine gute Entscheidung war, denn hätte die Polizei die Waffe bei ihm gefunden … Letztlich hat so auch sie dazu beigetragen, dass er nicht wegen Entführung und Erpressung verurteilt worden ist. Sie sieht ihn an und seufzt. »Vergessen wir die andere Úrsula. Es gibt weder einen Ehemann noch eine Villa mit Swimmingpool in Carrasco, und auch keine Haushaltshilfen und Gärtner. Und natürlich ebenso wenig eine Million.«

Sie macht eine Pause, sie muss aufhören, Wörter aneinanderzureihen, sie muss Germán Zeit lassen, das alles zu verarbeiten. Sie fragt sich, ob er gleich schreiend aufstehen und mit einem Türknallen das Haus verlassen wird. Unmöglich – die Haustüre unten ist verschlossen, sie müsste mit ihm die fünf Stockwerke wieder hinuntergehen, um aufzumachen, und auf einer so langen Strecke legt sich egal welcher Wutanfall oder wirkt irgendwann lächerlich.

Germán tut jedoch nichts dergleichen, er sitzt weiter in seine Gedanken versunken da, lässt den Blick verwirrt über die Zimmerwände gleiten. »Warum haben Sie das getan? Warum haben Sie sich als jemand anders ausgegeben, meine ich?«

»Ich sag doch, ich habs einfach mal ausprobiert, und es hat mir gefallen. Ich wollte schon immer jemand anders sein. Tag für Tag ein und dasselbe, davon habe ich seit Langem genug.«

Germán lächelt, ein wenig schmallippig, zugegebenermaßen, vielleicht auch mitleidig, aber sein Lächeln gibt zu erkennen, dass er bereit ist, seinen Frieden mit der Sache zu machen. »Wissen Sie noch, dass wir damals gesagt haben, wir wollen Geschäftspartner sein, Úrsula?«

»Ja.«

»Also gut, die Sache hat sich erledigt, vergessen wir die andere Úrsula, wie Sie sagen. Dafür mache ich Ihnen jetzt einen neuen Vorschlag. Es geht wieder um ein Geschäft, aber diesmal schlage ich *Ihnen* die Sache vor, nicht der Frau von Santiago. Nicht der falschen Frau, sondern der richtigen.«

Úrsula trinkt einen Schluck Kaffee, dann noch einen, stellt die Tasse wieder auf die Untertasse und beides zusammen auf den Tisch. Sie nickt, einmal, zweimal, noch mehrere Male.

Germán spricht jetzt leise, langsam, flüsternd. »Ich mach bei was richtig Großem mit – ein Überfall. Ich brauche Ihre Hilfe. Bitte.«

Úrsula wischt sich mit der Serviette über die Lippen, zurück bleibt ein sanft rosafarbener Abdruck. »Altrosa« hieß dieser Farbton vor dreißig Jahren.

»Erzählen Sie.«

25

Montevideo bei Tagesanbruch. Nichts regt sich, kein Mensch ist unterwegs, der erste Lichtstrahl aus dem Osten trifft auf den Palacio Salvo, einst das höchste Gebäude Südamerikas, und das weiße Schweigen färbt sich allmählich golden ein.

In einem Radio im Polizeipräsidium läuft Jazz oder Blues oder etwas in der Art, jedenfalls nichts, was zu einem frühen Morgen an diesem Ort passen würde. Draußen liegt wie immer um diese Tageszeit ein leichter Müllgeruch in der Luft.

Kommissarin Leonilda Lima hat die ganze Nacht in ihrem Büro verbracht und versucht, ein ausreichend großes Einsatzteam zusammenzustellen und ihm alle nötigen Anweisungen zukommen zu lassen. Übermäßig erfolgreich war sie nicht – die angeforderten Beamten und Fahrzeuge »stehen nicht zur Verfügung« oder sind schlichtweg nicht vorhanden, was genau davon stimmt, ist schwierig zu sagen.

In den wenigen Stunden, seitdem Roña ausgeplaudert hat, dass es einen Überfall geben wird, hat sie gerade einmal vier Polizisten zusammenbekommen, viel zu wenig, um sich einer Truppe bewaffneter Krimineller entgegenzustellen, die fest entschlossen ist, einen gepanzerten Geldtransport auszurauben.

So geht es nicht, sagt sie sich, auf keinen Fall.

Sie ruft Inspektor Clemen an, doch der nimmt nicht mal ab, also hinterlässt sie eine Nachricht und wartet. Sie weiß, dass er nicht zurückrufen wird, aber sie wartet trotzdem. Seit man ihr mitgeteilt hat, dass ihr Fall Leonardo Borda übergeben worden ist, hat sie ein schlechtes Gefühl, irgendwas stimmt da nicht – erst recht, seit man ihr den Fall auf einmal wieder zugewiesen hat. Es ist ein bisschen wie in einem Roman. Kapitel für Kapitel häuft sie Informationen in ihrem Kopf an, und gleichzeitig verändert die Wirklichkeit ständig ihr Aussehen.

Leonilda sieht zum Fenster hinaus, ein paar Minuten lang scheint die Sonne, dann verschwindet sie, später wird sie zurückkehren. Der ganze Tag wird ein andauerndes Hin und Her sein, sagt sich die Kommissarin. Sie fühlt es oder ahnt es voraus, sie muss auf sich aufpassen, eine schlechtere Konstellation für den Steinbock könnte es kaum geben.

Schließlich gelingt es ihr dann doch, eine halbwegs vertretbare Anzahl von Einsatzkräften zusammenzubekommen – noch schlimmer wäre es, die Sache einfach abzublasen.

Drei Streifenwagen und ein gepanzertes Spezialfahrzeug brechen mit laufenden Sirenen in Richtung Westen auf, am Stadtrand angekommen, werden sie die Fahrt in nördlicher Richtung fortsetzen. Um diese Uhrzeit sind erstaunlich wenig Autos unterwegs. Sie gleiten dahin, ohne miteinander zu kommunizieren, fahren bei Rot über die Ampeln und biegen an Stellen ab, wo es eigentlich nicht erlaubt ist, aber sie verfügen ja über ihren Kaperbrief in Form heulender Sirenen.

Nachdem sie gerade einmal zwanzig Kreuzungen überquert haben, ist das Abenteuer schon wieder zu Ende.

»Was ist los?«

»Keine Ahnung, der Panzerwagen hat angehalten.«

»Was soll das denn?«

»Ich steig aus und seh mal nach, Kommissarin.«

»Beeilen Sie sich, Rojas.«

Kommissarin Lima fasst sich seufzend an den Kopf. Sie weiß nicht, ob sie laut schreiend aus dem Auto springen oder mit verschränkten Armen sitzen bleiben und sich in ihr Schicksal ergeben soll. Sie entscheidet sich für eine

Zwischenlösung, steigt ebenfalls aus und geht so gelassen wie möglich zu dem Panzerwagen. »Was gibts, Kollege?«

»Irgendwas ist mit dem Motor, er will nicht mehr.«

Das Wetter macht brav, was der Wetterbericht für diesen Tag vorausgesagt hat – dunkle Wolken ziehen auf, und auf einmal scheint die Nacht über Montevideo hereinzubrechen. Kommissarin Lima schluckt. »Können Sie das nicht reparieren?«

Der Mann sieht sie an, wie alle Männer Frauen ansehen, die dumme Fragen zu Motoren stellen. »Nein«, sagt er kurz angebunden. Mehr brauchte er auch gar nicht hinzuzufügen. Seine Einsilbigkeit ist brutal vielsagend.

»Gibt es irgendein Ersatzfahrzeug?«

»Ersatzfahrzeug …?«

Leonilda streicht sich übers Haar. Es ist, wie es ist, es hat keinen Sinn, das Schicksal herauszufordern, sagt sie sich, besser, sie fügt sich und lässt den Dingen ihren Lauf. Ihr Blick wird leer, sie wirkt auf einmal wie abwesend, und ihr Gesichtsausdruck bekommt etwas geradezu Friedvolles – sagt sich zumindest der Polizist ihr gegenüber, wenn auch natürlich nicht mit diesen Worten. Da zückt sie ihr Mobiltelefon und ruft alle möglichen Nummern an.

Aber was auch immer sie jetzt macht und wen auch immer sie zu erreichen versucht, es wird auf jeden Fall zu spät sein, das weiß sie genau.

26

Montevideo bei Tagesanbruch. Die Helligkeit dringt durch die Vorhänge der Wohnung, zuerst bleich und schwach, dann mit dem Feuerglanz des frühen Wintermorgens, das Licht fällt auf die abgewetzten Ledersessel und die alten Perserteppiche, den Eichenholztisch und Úrsulas Gesicht.

Úrsula steht mit ausgestrecktem Arm im Zimmer, zielt ins Nirgendwo, ruft »Peng, peng, peng!«, bläst anschließend in den Lauf des Revolvers und steckt die .38er Spezial wieder in den Bund. Dann dreht sie sich um neunzig Grad, zieht erneut blitzschnell die Waffe und wiederholt das Ganze: zielen, abdrücken, »Peng, peng, peng!«, in den Lauf blasen, wieder einstecken. Das macht sie noch mehrere Male, bis sie irgendwann den Eindruck hat, es reicht, vielleicht hat sie aber auch nur den Spaß an der Sache verloren.

Kurz darauf sitzt sie konzentriert am Tisch, in der einen Hand den Revolver, neben sich eine Schachtel Patronen und das weiche fusselfreie Tuch, mit dem sie normalerweise die japanischen Figuren abwischt. Die sind aber erst am Sonntag wieder dran, jetzt geht es darum, die Waffe zu reinigen, sie reibt und wienert sie, bis das Metall und das Holz sich schön seidig anfühlen. Zufrieden betrachtet sie das Ergebnis ihrer Arbeit.

An der Wand hängen in Öl gemalte Familienporträts, dazu Fotos derselben Personen, Geburts- und Hochzeitsanzeigen, Ansichtskarten, lauter Erinnerungen an Tote. Alle sind sie tot, bis auf Úrsula und Luz.

Sie steht wieder auf, stellt sich breitbeinig hin, beugt den Oberkörper vor und blickt nach vorne, zu ihrem imaginären Gegenüber. Dann zieht sie und legt an, alles in einer einzigen fließenden Bewegung. Peng, peng, peng.

Sie sieht auf die Uhr, schon nach halb sieben.

Sie hat Hunger, den Hunger, den sie immer bekommt, wenn sie bedrückt, unruhig, nervös ist. Wenn sie sich allein, unglücklich, verlassen, wütend fühlt. Der Hunger der Erinnerungen und der Leere. Sie geht zum Kühlschrank und entnimmt ihm Reis, Fisch, Diätpudding, Magermilchjoghurt, salzlosen Käse, fettarmen Schinken, Vollkornkekse. Stellt alles zusammen mit Olivenöl, kalorienarmer Mayonnaise und kalorienarmen Saucen auf den Tisch. Nascht bald hier, bald da, öffnet eine Dose Wiener Würstchen, wärmt eine Portion Linseneintopf auf, isst mehrere Löffel, spießt ein Stück Käse und ein Stück Schinken auf, übergießt das Ganze mit Ketchup und verschlingt es, beißt in cin Stück Fleisch, öffnet eine Packung Ravioli, leert ein Schälchen Spargelsuppe.

Nahezu gleichzeitig stellen sich Sättigungs- und Schuldgefühle ein.

Angewidert lässt sie den Blick über die Reste des Festmahls gleiten und schließt die Augen. Weg damit, und mit allem, was sonst noch im Kühlschrank ist! Sie verspricht sich, dass das nicht wieder vorkommen wird, aber sie weiß oder ahnt, dass das Fleisch beziehungsweise ihr Fleisch schwach ist. Wie sie auch weiß, dass es eine Riesenverschwendung ist, all das gute Essen wegzuschmeißen. Aber sie schwört – beschwört sich –, nie wieder so viel einzukaufen. Schweren Herzens lässt sie das Glas Heidelbeermarmelade in den Mülleimer fallen, nicht weniger schwer fällt es ihr, zwei Packungen gefüllte Teigtaschen hinterherzuwerfen, als Nächstes kommen der Aufschnitt und der türkische Honig an die Reihe. So schwer war es dann aber auch wieder nicht – viel schwerer wird es sein, nicht sofort für Nachschub zu sorgen. Jetzt geht sie zum Küchenregal. Eine Unmenge Dosen, Gläser, Packungen landen in einem schwarzen Müllsack, den sie anschließend zur Tür schleift und auf den Gang hinausstellt.

Als sie die Tür wieder hinter sich zugemacht hat, lehnt sie sich keuchend mit dem Rücken daran, bis sie sich allmählich beruhigt.

Dann kehrt sie zu ihrem Schreibtisch zurück. Die Sonne ist inzwischen fast einen Meter weiter gerückt und beleuchtet jetzt die Stelle, wo sie die Pistole hat liegen lassen. Úrsula betrachtet sie, streicht zärtlich darüber, nimmt sie in die Hand und riecht daran: Jasmin, Ylang-Ylang, Rosenknospe und ein Hauch Vetiver – der Geruch der Hand, die sie zuletzt umfasst hat, soll heißen: der Geruch *ihrer* Hand. Ansonsten riecht es in der Wohnung so durchdringend wie vertraut nach altem Holz, abgewetztem Leder, seit Jahren verstopften Abflüssen, vergilbten Büchern und verstrichenem Leben. Sie steckt die Waffe in ihre Handtasche, packt das Fernglas, eine Schachtel Vollkornkekse, die die Vernichtungsaktion überlebt haben, ihre Sonnenbrille, ein Paar Gummihandschuhe, eine Flasche Wasser und eine leichte Strickjacke dazu, falls es kühl wird.

Zehn nach sieben.

Aus Gewohnheit schaltet sie den Fernseher an, einen großen dunkelbraunen Holzkasten. Das Bild ist körnig, der Ton rauscht. Ein Nachrichtensprecher berichtet von zwei Kriminellen, die beim Überfall auf ein Wechselbüro auf frischer Tat ertappt und von der Polizei verhaftet worden sind. Dann von einem kleinen Gauner, der bei dem Versuch, einen Ladenbesitzer auszurauben, von diesem erschossen worden ist. Der Mann erscheint im Bild und erklärt dem Reporter, der ihm das Mikrofon unter die Nase hält, dies sei schon der zehnte Überfall in diesem Jahr gewesen, dann schwenkt die Kamera auf die am Boden liegende Leiche des Täters, die jemand im nächsten Augenblick mit einem großen Nylonsack bedeckt. Úrsula geht mit raschen Schritten zu dem Apparat, reißt mit einem Ruck das Kabel heraus, und der Bildschirm wird schwarz.

Mit dem Kabel in der Hand tritt sie erneut auf den Gang und steckt es zu den anderen Sachen in den Müllsack.

In nicht einmal einer Stunde geht es los.

ZWEITER TEIL

09.23 Uhr

Es bietet sich folgendes Bild: In der Calle Rosaleda, zehn Meter von der Kreuzung mit der Calle Río Colorado entfernt, parkt ein Nissan-Lieferwagen mit laufendem Motor. Drinnen sitzen Ricardo und Roña, beide rauchen. Zwischen Ricardos Beinen befindet sich eine Calico M-960A-Maschinenpistole – Kaliber: 9 x 19 mm Luger, Leergewicht: 2,17 kg, Gesamtlänge: 835 mm, Lauflänge: 330 mm, Feuerrate: 750 Schuss pro Minute, Magazingröße: 100 Patronen. In seiner Tasche eine Smith & Wesson .38 Spezial – Kaliber .38+P, Magazingröße: fünf Kugeln, Gesamtlänge: 168 mm, Lauflänge: 48 mm, Gewicht: 405,4 g. In Roñas Hosenbund steckt, verdeckt von der Jacke, eine SIG Sauer – Kaliber 9 mm Parabellum, Länge 180 mm, Leergewicht 642 g. Auf dem Rücksitz steht eine Kiste mit zehn Handgranaten.

Etwa fünfzig Meter davor parkt ein weißer Toyota-Lieferwagen mit dunkelgrün getönten Scheiben. In dem Wagen sitzt Germán, der Motor ist ausgeschaltet. Ihm haben sie die andere Calico überlassen, sie liegt auf dem Boden, so weit wie möglich von seinen Füßen entfernt. Er tut alles, um sie nicht sehen zu müssen, verdrängt jeden Gedanken daran, Angst haben gilt nicht, weshalb er sich einen Augenblick lang einzureden versucht, er sei tatsächlich ein vollgültiges Mitglied der Bande, die gleich einen Überfall ausführen wird. Aber sosehr er sich auch bemüht, wirklich überzeugen kann er sich nicht. Er holt eine Tablette aus der Tasche, legt den Kopf in den Nacken und steckt sie sich in den Mund. Nur mit Mühe gelingt es ihm, sie hinunterzuschlucken.

Zur gleichen Zeit schiebt sich Ricardo mit dem Personalausweis die nächste Kokslinie zurecht. Schon seit einer halben Stunde zieht er sich eine nach der anderen rein, er wirkt fröhlich, lacht ständig, und seine dicken Lippen zittern, als saugten sie an einem Peperoncino. Dann öffnet er den Mund, tippt sich mit dem Daumennagel an die nikotinbraunen Zähne und sieht Roña mit einem Blick an, der offenbar vielsagend sein soll. Roña weicht ihm aus und starrt in die Leere jenseits der Fensterscheibe, er hat sich auf ein paar Linien einladen lassen und ist seitdem nur noch nervöser und ängstlicher. Am liebsten würde er aussteigen und verschwinden. Er sieht auf die Uhr. So ein Scheiß – und alles für eine Handvoll Pesos und ein gebrauchtes Motorrad.

»Klasse, Roña, wirklich klasse. Du hast dich mit mir auf die Geschichte eingelassen. Und die anderen haben sich davongemacht.«

»Kann ich gut verstehen, einen Geldtransport überfallen ist nicht jedermanns Sache, Roto, das ist wirklich ’ne ganz schön harte Nummer.«

»Aber danach sind wir reich, und die anderen können weiter Hammeleintopf futtern, diese Hosenscheißer. Zum Glück hab ich Cosita ordentlich Dampf gemacht.«

»Kennt der sich aus?«

»Nee, totaler Anfänger, aber Säcke schleppen und das Auto lenken kann er. Groß die Wahl hatte ich sowieso nicht. Die anderen, die bekackten Hosenscheißer, haben sich gedrückt.«

»Na ja, so ein gepanzerter Wagen, Roto …«

Germán ist sich sicher, dass die Sache schiefgehen wird. Er drückt noch eine Tablette aus dem Blister, legt wieder den Kopf zurück und steckt sie sich in den Mund. Sein Gemütszustand lässt sich am treffendsten mit Agonie umschreiben. Manche Leute verfolgen im Leben einen Plan, sagt sich Germán, sie wissen, was sie am nächsten Tag und im nächsten

Monat und im nächsten Jahr zu tun haben, Banker, zum Beispiel, oder Minister, oder überhaupt Leute, die ein geregeltes Leben führen, sie alle haben eine Art inneres GPS, das sie durch ihre Existenz lotst. Sein eigenes Leben dagegen ist schon seit Langem völlig aus der Bahn geraten.

In der Umgebung ist nirgendwo ein Geschäft oder Büro zu sehen. Alles, was es hier gibt, sind niedrige graue, teilweise unverputzte Häuser, hier leben Angehörige einer Mittelschicht, die im Lauf der letzten Krisen verarmt ist, und manche von ihnen kommen nie wieder richtig auf die Beine. Entstanden sind diese Behausungen in den letzten zehn Jahren, davor war hier freies Feld. Ungefähr in der Mitte zwischen dem Toyota und dem Nissan steht am Straßenrand ein großer Baum, dessen Laub noch nicht abgefallen ist, ein Paradiesbaum oder Tipubaum. Gegenüber ist eine Autowerkstatt, die erst nach zwölf öffnen wird. Der Boden davor ist ölverschmiert, gleich neben der Einfahrt rosten die Überreste einer Buskarosserie vor sich hin.

Es ist 09.23 Uhr, und bis jetzt hat sich so gut wie niemand hier sehen lassen. Wer jeden Tag zur Arbeit oder in die Schule geht, ist schon vor einer Weile aufgebrochen, und wer nicht rausmuss, überlegt es sich gründlich, bevor er bei dieser Kälte die Nase aus der Tür steckt. Autos sind auch kaum unterwegs, ab und zu fährt ein billiges chinesisches Motorrad, ein klappriges Fahrrad oder ein Kleinwagen mit notdürftig befestigter Stoßstange an ihnen vorbei.

Ebenfalls in der Calle Rosaleda, aber zweihundert Meter in der anderen Richtung von der Kreuzung entfernt, sitzt Antinucci in seinem Audi A6. Im Schutz der getönten Scheiben überwacht er mit einem Fernglas das Gelände, ganz nach dem Motto: »Die Augen des Herrn sind an allen Orten, sie schauen auf Böse und Gute.« Er ist schon seit einer Stunde hier und hat sich noch nicht eine einzige Zigarette gegönnt, weder im noch neben dem Auto. Seine Laune ist entsprechend. Er klopft mit dem großen, mit seinen von Schnörkeln umgebenen Initialen »VAA« verzierten Goldring gegen den Blinkerhebel, beißt sich auf die Lippen – immer zuerst auf die Unter-, dann auf die Oberlippe – und versucht, sich auf das Geschehen auf der Straße zu konzentrieren und die Gesichter der wenigen Passanten auszuforschen. Aber irgendwann kann er nicht mehr, entweder er steigt aus und raucht eine, oder er steckt sie sich gleich hier im Auto an, was unmöglich wäre, unverzeihlich, schließlich hegt und pflegt er dieses Fahrzeug wie seinen größten Schatz. Also reißt er die Tür auf und wirft sich geradezu aus dem Wagen, um gleich darauf seine Taschen zu durchwühlen – irgendwo muss noch eine unangebrochene Packung sein, da ist er sich sicher. Zuletzt muss er sich eingestehen, dass er sich getäuscht hat, und er meint, im nächsten Augenblick durchzudrehen. Es hilft nichts, er muss zum nächsten Kiosk gehen, so ungern er den RPG-7-Granatwerfer mit HEAT-Geschoss – Kaliber Rohr: 40 mm, Kaliber Granate: 85 mm, optisches Visier PGO-7 und UP-7V, Gewicht: 7 kg, Gesamtlänge: 950 mm, Reichweite: 920 m – unbewacht zurücklässt. Aber was soll er sonst machen? Das Ding mitschleppen? Er schüttelt lachend den Kopf, öffnet den Kofferraum, um nachzusehen, ob der Granatwerfer wirklich noch da ist, macht ihn wieder zu, überprüft zweimal, dass die Klappe fest verschlossen ist, und sieht auf die Uhr: Schon reichlich spät, er muss sich beeilen.

Weiter oben, wo die Calle Moreras die Calle Rosaleda kreuzt, befindet sich Úrsula. Sie ist nicht zu sehen, ein seit dem Vorabend dort abgestellter Lastwagen verdeckt sie. Sie steht in aller Ruhe da, in der Rechten das Fernglas, die rosa Handtasche mit den Vollkornkeksen, der Flasche Wasser und der Strickjacke quer über der Brust, und in der Manteltasche die Smith & Wesson .38 Spezial.

Von hier aus hat sie alles im Blick, kann sämtliche Bewegungen verfolgen, vor allem die Germáns. Sie presst das

Fernglas an die Augen und runzelt auf einmal die Stirn, stellt scharf – das kann doch nicht wahr sein, da ist ja dieser Ricardo! Der schon wieder? Neulich im Park, und jetzt also hier? Und dazu im selben Team wie Germán, soll heißen: in *ihrem* Team – sie schüttelt den Kopf. Sein Anblick löst eine Zeitreise in ihrem Inneren aus, die sie in einen dunklen Flur versetzt. Von dort aus beobachtet jemand durch einen Türspalt ein Paar beim Sex, die heftigen Bewegungen bis zum Orgasmus, anschließend die Entspannung, die Frau schläft ein, der Mann spielt noch ein wenig, vielleicht aus Langeweile, mit einer Waffe herum, die auf dem Nachttisch liegt, dann schläft auch er ein. Die Person, die das Paar ausspioniert hat, betritt jetzt auf Zehenspitzen das Zimmer, nimmt vorsichtig die Waffe an sich, geht wieder hinaus und anschließend durch den Flur zum Zimmer von Tante Irene. Sie hat den Revolver mit Ricardos Fingerabdrücken in der Hand, die, wie ihre andere Hand, in einem Gummihandschuh steckt, öffnet die Tür, hinter der die weiß gekleidete alte Frau arglos Siesta hält, sie riecht ihr Parfüm, eine Mischung aus Lilie und weißem Moschus, wird sich zärtlich ihrer Verletzlichkeit bewusst, und eine glitzernde Perle rollt ihr über die Wange, während sie ein leiser Schauder überläuft. Und doch weiß sie, dass auch dieser Augenblick vergehen wird wie eine Träne im Ozean. »Zeit zu sterben«, sagt sie sich traurig. Und tritt langsam ans Bett. Hier würde Úrsula ihre Erinnerungen gerne beenden, aber die Bilder überstürzen sich. In der nächsten Szene herrscht das reinste Chaos, die Tante liegt erschossen im Bett, neben ihr der Revolver, der Liebhaber der Hausangestellten wird abgeführt und in einen Polizeiwagen verfrachtet, der anschließend mit heulender Sirene davonfährt, Úrsula macht vor einem Polizisten eine Aussage, und die Gummihandschuhe ruhen unterdessen auf dem Boden ihrer Handtasche, Tante Irenes Ring dagegen in einer der Taschen ihres Mantels.

Jetzt nimmt sie den Mann neben Ricardo ins Visier. Das ist Roña. Auch er gefällt ihr nicht, sie misstraut ihm, warum auch immer. Anschließend richtet sie das Fernglas wieder auf Germán, sein Gesicht weist einen grünlichen Farbton auf, was bestimmt an den getönten Scheiben liegt, wie sich Úrsula sagt. Später wird sie feststellen, dass in Wirklichkeit Germáns Angst die Ursache ist. Das Grün lässt sie ans Meer denken, sie fängt an, von einem Strandurlaub zu träumen. Schon bald kann sie sich eine Auszeit am Meer gönnen, oder wo immer sie Lust hat. »Strandurlaub? Du? Wie kommst du auf so was, Úrsula? Als ob du einen Urlaub verdient hättest!«, meldet sich da ihr Vater zu Wort. »Sieh dich doch an, du bist dabei, einen Überfall zu begehen, einen richtigen Raubüberfall, das Einzige, was dir noch gefehlt hat. Im Gefängnis wirst du landen, eingeschlossen, aber nicht nur bis zum nächsten Morgen um acht, wenn dein Vater kommt und die Buße beendet, diesmal bleibt das für immer so, lebenslänglich.« – »Sei still, Papa.« – »Du wirst im Gefängnis enden, Úrsula, und das verdienst du schon seit Langem, du Diebin. Früher hast du Essen geklaut, und jetzt versuchst du es mit Geld.« – »Sei still, widerlicher alter Sack, du sollst still sein, hab ich gesagt.« – »Dick bist du, und kriminell dazu.« – »Schweig, Papa, du bist tot. Dafür hab ich gesorgt, und zwar gründlich!« Úrsula keucht, betrachtet weiterhin Germán, dreht nervös an der Einstellung. Als sie ihn scharf vor sich hat, stellt sie fest, wie ängstlich er aussieht, der reinste Jammerlappen – aber auch wenn er nicht imstande ist, ihren Plan umzusetzen, *sie* kann das sehr wohl! Sie riecht das Geld förmlich, die aphrodisierende Mischung aus Papier, Druckerschwärze und menschlichem Schweiß. Und wenn sie genug Geld hat, wird sie abnehmen und sich eine Villa in Carrasco kaufen, mit Swimmingpool, Haushälterin, Gärtner, und ein neues Auto dazu. »Strandurlaub am grünen Meer. Du wirst schon sehen, Papa, und du auch, Luz.«

Noch zehn bis fünfzehn Minuten, dann wird der Geldtransport um die Ecke biegen, mit an Bord: zwei Mann im Fahrerhaus und weitere drei im Laderaum.

Die Einladung auf die nächste Linie lehnt Roña ab, irgendwas sagt ihm, dass es genug ist. Dafür dreht er sich sorgfältig eine Zigarette, breitet liebevoll das Blättchen aus, verteilt die Tabakkrümel darauf, rollt das Ganze zusammen, dreht es zwischen den Fingern, leckt schließlich den Rand an. Die Handarbeit beruhigt ihn, zufrieden betrachtet er das Ergebnis und atmet erleichtert aus. Ricardo dagegen hält es nicht mehr auf seinem Sitz aus, er öffnet die Tür, springt aus dem Wagen und geht hastig zu dem Toyota. Er klopft an die Scheibe, auf Germáns Seite, der ihn nicht hat kommen sehen und erschrocken zusammenfährt.

»Mach auf, Arschgesicht.«

Folgsam lässt Germán das Fenster herunter.

Ein Auto fährt vorbei, und Schmutzwasser bespritzt Rotos Hose, Jacke und Haar. Der flucht tobend hinterher, doch der Fahrer kann ihn nicht hören, er ist schon zu weit entfernt.

»Verdammter Wichser, wenn ich dich erwische, schneide ich dir die Eier ab und stopf sie dir ins Maul, du Ameisenfurzer …«

»Nicht so laut, Roto, du machst die ganze Umgebung auf uns aufmerksam.«

»Fick dich – hast du nicht gesehen, was das Dreckschwein mit mir gemacht hat?«

»Ja – aber nicht so laut, wir können jetzt keinen Ärger brauchen.«

»Du bist vielleicht ein Hosenscheißer, Cosita …«

Germán sagt sich, dass er allmählich genug davon hat, sich ständig als Hosenscheißer bezeichnen zu lassen, aber seine Angst ist wie immer stärker und verhindert, dass er wirklich wütend wird.

Im selben Augenblick wendet Antinucci sich von dem Kiosk ab, in der Hand ein Päckchen Zigaretten, eine brennende Zigarette im Mund.

Da ist auf einmal das Geräusch eines sehr starken Motors zu hören, das zwischen den stillen Häusern näher kommt. Germán und Ricardo sehen sich an und drehen dann so synchron den Kopf in dieselbe Richtung, dass es von Weitem, durchs Fernglas beobachtet, wie einstudiert wirkt – als folgten sie, völlig unbeeindruckt davon, dass es in wenigen Augenblicken gilt, einen Überfall durchzuführen, einer anmutigen Choreografie. Ricardo lässt ein Grunzen vernehmen, es hört sich an, als säße er, den Mund voll Watte und chirurgischer Instrumente, auf einem Zahnarztstuhl und versuchte, eine Frage zu beantworten. Germán versteht zunächst kein Wort, bis Ricardo losbrüllt: »Der Transporter, verdammte Kacke, die kommen ja viel zu früh!«

09.28 Uhr

Ricardo hetzt zum Nissan zurück. Der Geldtransporter ist noch etwa hundertfünfzig Meter entfernt und bewegt sich nur im Schritttempo vorwärts, was zweifellos den vielen Schlaglöchern in der Calle Rosaleda geschuldet ist. Kaum sitzt Ricardo wieder im Auto, legt er den ersten Gang ein, blinkt und lässt den Wagen ein kleines Stück aus der Parklücke rollen. Im Seitenspiegel sieht er den Laster näher kommen, noch hundert Meter, sein Herz klopft wie wild, noch siebzig. »Na schieß doch, Antinucci, was ist los?« Ricardo umklammert das Lenkrad so fest, dass die Knöchel schmerzen, er presst wie verrückt die Zähne aufeinander, noch fünfzig Meter, aber nichts von Antinucci. »Drück ab, verdammt!«, sagt sich Ricardo keuchend, den Blick starr auf den Laster im Spiegel gerichtet. »Na mach schon, du Schwuchtel!«

Antinucci ist von seinem kleinen Ausflug zum Kiosk zurückgekehrt, von der Zigarette ist nur noch ein kurzer Stummel übrig, den er jetzt exakt in den Winkel von Straße und Bordstein befördert, um gleich darauf einzusteigen, es sich auf dem Sitz bequem zu machen und erneut zum Fernglas zu greifen. Was er sieht, als er hindurchblickt, lässt ihn mit einem Satz hochschnellen. »Herr im Himmel, der ist ja viel zu früh dran!«

Gleich nach dem Ausruf empfindet Antinucci ehrliche Reue, weiß er doch, dass er Seinen Namen nicht ohne wirklichen Grund aussprechen darf. Morgen wird er das seinem Beichtvater gestehen müssen, damit nicht auf ewig ein Schatten auf seinem Gewissen liegt. Er steigt wieder aus, rennt zum Kofferraum und holt den Granatwerfer raus. Ein kurzer Blick in die Runde – es ist niemand zu sehen, ganz wie vereinbart, in der Hinsicht läuft alles nach Plan. Er schultert die Waffe, visiert sein Ziel an, stellt scharf und fragt sich dabei, ob es in diesem Fall gerechtfertigt wäre, sich explizit an den Herrn im Himmel zu wenden, ganz sicher ist er sich nicht, er muss daran denken, Pater Ismael morgen diesbezüglich zu befragen. Er dreht noch einmal kurz am Objektiv.

Und drückt ab.

Ricardo umklammert weiterhin das Lenkrad, starrt in den Spiegel und zittert vor Ungeduld und Kokainrausch, als er plötzlich ein unverkennbares Geräusch hört und einen Triumphschrei ausstößt – pfeifend nähert sich die wie verabredet von Antinucci abgeschossene Granate dem bloß noch fünfzig Meter entfernten Laster.

Es gibt eine brutale Explosion, das getroffene Fahrzeug steht sofort in Flammen, eine Rauchsäule steigt in den Himmel. Auf den lauten Knall, der die Ruhe des Vorstadtmorgens erschüttert, folgt ein dichtes, zischelndes Schweigen. Die eine oder andere alte Frau im Hauskittel erscheint am Fenster, eine Tür geht auf. Rufe, Schreie, anschwellender Lärm. Von irgendwoher ist ein Stöhnen zu vernehmen.

Ricardo steigt aufs Gaspedal, wendet und rast auf den Laster zu.

Als er und Roña aussteigen, tritt ein alter Mann im Pyjama auf seinen Balkon, setzt sich die Brille auf und fängt an, herumzugestikulieren und unverständliche Fragen zu formulieren.

»Verschwinde, Opa, geh wieder rein«, ruft Roña ihm zu.

Der Mann fuchtelt weiter schreiend herum. Der Pyjama schlottert um seinen klapprigen abgemagerten Körper.

Ricardo zieht die .38er und legt auf ihn an.

»Lass ihn, Roto, er geht ja schon wieder«, ruft Roña.

Aber da hat Ricardo bereits das gesamte Magazin geleert,

und mindestens zwei Kugeln haben ihr Ziel getroffen. Der alte Mann sackt zu Boden.

Aus dem Inneren des Lasters ist eine Stimme zu hören: »Nicht schießen! Nicht schießen! Ich bin verletzt, verdammte Scheiße.« Der da schreit, muss noch ziemlich jung sein. »Hilfe, bitte!«

Ricardo, in der einen Hand die Calico, in der anderen die .38er, geht zur Fahrerkabine, steckt den Revolver in den Hosenbund und ballert mit der Maschinenpistole drauflos. Eine Salve, dann noch eine und noch eine. Mit seltsam dumpfem Geräusch durchschlagen die Kugeln die Tür, als träfen sie auf eine Daunendecke. Bereits die erste Salve hat genügt, um das Metall zu zerfetzen, den Fahrer zu zerlegen und das Gesicht des Beifahrers in Brei zu verwandeln.

Úrsula beobachtet alles durch ihr Fernglas und riecht das Pulver, den Schweiß und das Blut. Sie denkt an die Gefahr, das Geld und Germán, in dieser oder einer anderen Reihenfolge, und sagt sich erneut, dass dieser Ricardo nicht frei herumlaufen dürfte, dass da irgendwas nicht stimmt auf der Welt. Dann steckt sie die Hand in die Manteltasche und befühlt ihre .38er Spezial.

Antinucci hat den Granatwerfer auf den Rücksitz gelegt und sich die nächste Zigarette angezündet, diesmal in seinem Audi. Er sieht hinaus. Kein Mensch lässt sich blicken, alle halten sich an die Vereinbarung. Lächelnd streicht er mit der Hand über die Wagendecke.

Ricardo vollzieht eine Fünfundvierzig-Grad-Drehung und geht zum hinteren Ende des Lasters. Von drinnen sind Bewegungen zu hören, eine Stimme, Stöhnen.

»Nicht schießen! Nicht schießen! Um Himmels willen!«

Die Tür geht auf, und ein Mann mit erhobenen Händen und blutigem Gesicht erscheint. Ihm fehlt ein ziemliches Stück seiner Kopfhaut.

»Nicht schießen!«

09.29 Uhr

Ricardo betrachtet den Mann, dann die Calico, zieht nach kurzem Zögern die .38er aus dem Hosenbund, gibt damit vier Schüsse ab und sieht zu, wie sein Gegenüber mit völlig zerfetztem Gesicht auf die Straße stürzt.

Mit dem anderen Wachmann, der in der Nähe der Tür auf dem Boden des Laderaums liegt, verfährt er auf nahezu identische Weise, obwohl er, so wie er aussah, ohnehin bereits tot gewesen sein muss. Anschließend vollzieht Ricardo erneut eine Fünfundvierzig-Grad-Drehung, blickt jetzt in Richtung Nissan und schreit: »Los, Säcke umladen, schnell!« In dem Nissan sitzt aber niemand mehr, und Roña ist auch sonst nirgendwo zu sehen. »Roña, wo steckst du, verfluchter Arschficker?«, brüllt Ricardo und rennt dann zu dem Toyota, in dem immer noch Germán sitzt, der das Ganze wie gelähmt beobachtet. Je näher Ricardo kommt, desto stärker werden Germáns Schwindel und Übelkeit. »Wo ist Roña? Wo hat sich das Arschloch versteckt?«

»Er ist abgehauen, ich habs gesehen, er ist ausgestiegen und dahinten um die Ecke gerannt.«

»Dafür wird er mir büßen, das schwör ich dir! Aber los jetzt, stell dich mit dem Wagen hinter den Laster, und dann hilfst du beim Umladen.«

Germán schluckt und gehorcht. Bevor er losfährt, sieht er in die Richtung, wo seit dem Vorabend ein Lastwagen parkt. Bei seinem Anblick entspannen sich seine verkrampften Gesichtszüge ein wenig.

Als er den Toyota in die geforderte Position gebracht hat,

steigt er aus – den Motor lässt er an –, öffnet die Tür an der Rückseite und blickt noch einmal zu dem Laster an der Ecke Calle Moreras. Verstohlen hebt er ein Mal kurz den Daumen – und wird gleich darauf von Panik erfasst. Die Erinnerung an das Gefängnis ist in ihm aufgestiegen und lässt sich nicht mehr verscheuchen, sosehr er sich dagegen wehrt. Das Gefängnis. Er glaubt, in der Ferne Sirenen zu hören, und sieht sich schon von Polizeiwagen eingekreist und im nächsten Moment auf dem Boden liegen, brutalen Tritten in die Rippen ausgesetzt. Er ringt nach Luft, hechelt wie ein Hund, zieht schließlich den Blister aus der Tasche und drückt sich eine Tablette in den Mund. Dann wankt er mit Puddingbeinen auf Ricardo zu.

Antinucci hat die Szene von seinem Audi aus verfolgt: Ricardos Hin und Her, die Flucht Roñas, gegen die er nichts hat unternehmen können. Fluchend, dass er nicht mehr Leute zur Verfügung hat, wendet er seine Aufmerksamkeit Germán zu. »Was für Schwachköpfe, einer wie der andere. Ich bring sie um. Die glauben wohl, die können mich verarschen, schlaffe Kackärsche, die«, sagt er sich, wie immer, wenn er nervös oder sauer auf seine Untergebenen ist. Irgendwann dreht er sich zu dem auf der Rückbank liegenden Granatwerfer um.

Das von dem Treffer ausgelöste Feuer erlischt allmählich. Seit der Explosion ist etwas mehr als eine Minute vergangen, die längste Minute in Germáns Leben. Jetzt steigen Ricardo und er in den Laderaum, wo weiter hinten ein dritter Wachmann auf dem Boden liegt, er ist noch sehr jung und stöhnt vor Schmerz, sein eines Bein ist völlig verdreht, der Oberschenkelknochen offensichtlich gebrochen. Außerdem hat er schwere Brandwunden, von den Brauen und Wimpern ist nichts mehr zu sehen. Ricardo legt auf ihn an.

»Nein, nein …«

Germáns Schrei wird vom Lärm der vier Schüsse überdeckt. Der am Boden Liegende öffnet den Mund, schließt ihn wieder und rührt sich nicht mehr. Seine leeren Augen starren zur Decke. Ricardo ergreift den ersten Sack und sieht Germán mit einem derart perversen Lächeln an, dass er erschrocken zusammenfährt. »Los, mach zu. Hier ist noch viel mehr Geld, als ich gedacht hab.«

»Warum hast du ihn erschossen? Der konnte sich doch gar nicht bewegen, du hättest ihm bloß die Waffe wegnehmen müssen.«

»Früher oder später hätte er uns wiedererkannt. Aber was ich mache, kann dir sowieso egal sein. Also halt die Klappe und hilf mir tragen, ich erteil hier die Befehle, vergiss das nicht. Und Roña, der Hurensohn, wird schon noch sehen …«

Ricardo übergibt den Sack Germán, der ihn mühsam in den Toyota befördert, dann noch zwei, und noch mal zwei. Ricardo brüllt unterdessen herum, als wäre er völlig allein auf der Welt. Tatsächlich lässt sich nirgendwo ein Mensch blicken.

Úrsula steht da und betastet den Revolver in ihrer Tasche. Ihr Gesicht ist noch stärker angespannt als vor ein paar Minuten. Schließlich wagt sie sich aus ihrem Versteck und geht in Richtung des Geldtransporters.

Antinucci steht inzwischen wieder neben seinem Audi und legt eine neue Granate in den RPG-7 ein, er kann es kaum erwarten, die nächste Salve abzufeuern.

Mittlerweile zeigt sich doch der eine oder andere Anwohner am Fenster oder an der Tür. Als Ricardo eine zahnlose Alte entdeckt, die hinter einem dreckigen Vorhang hervorlinst, legt er auf sie an. »Glotz nicht so dämlich! Willst du, dass es dir so geht wie dem alten Knacker vorhin?«

Die Frau lässt sofort den Vorhang los und verschwindet, man hört noch, wie eine Tür zugezogen und ein Riegel vorgelegt wird.

Germán deponiert weitere zwei Säcke in dem Toyota. Die Zeit rast nur so dahin. »Roto, wir müssen abhauen, wir sind schon viel zu spät dran.«

»Ich hab gesagt, *ich* erteil hier die Befehle«, schreit Ricardo, das Gesicht verzerrt von Wut oder Adrenalin oder Koks. Ein Speichelregen geht auf Germáns Gesicht nieder.

Tobend tastet Ricardo nach seinem Revolver, und Germán spürt, wie erneut der Schwindel und die Übelkeit in ihm aufsteigen – immer im schlechtesten Augenblick. Er wehrt sich, so gut er kann, aber er merkt, dass er nicht dagegen ankommt, und doch weiß er, dass er jetzt nicht nachgeben darf, er ist ein toter Mann, wenn es ihm nicht gelingt, abzuhauen, er muss sofort weg von hier. Er sieht sich verzweifelt um und spürt, dass sein Körper ihm nicht mehr gehorcht. Wo sind die Tabletten? Hektisch nestelt er an seinen Taschen, aber der verfluchte Blister taucht nirgendwo auf.

»Mir reichts mit dir, außerdem brauch ich dich jetzt nicht mehr, die Säcke sind alle im Auto …«

»Roto, nein, ich …«

»Halts Maul, Hosenscheißer.« Ricardo zieht den Revolver aus dem Hosenbund und richtet den Lauf auf eine Stelle zwischen Germáns Augen, die Mündung ist nur wenige Zentimeter entfernt, Germán möchte schreien, aber die Zunge klebt ihm am Gaumen, während er unkontrolliert mit den Armen fuchtelt. Mit einer letzten Anstrengung versucht er, sich aufzurichten, er bekommt kaum noch Luft, und die Welt verschwimmt ihm vor den Augen. Er überlegt krampfhaft, was er gerne noch in seinem Leben gemacht hätte, wartet darauf, die Vergangenheit wie einen Film an sich vorüberziehen zu sehen, aber nichts passiert, außer dass sich die Zeit immer mehr in die Länge zieht.

Antinucci, der damit beschäftigt war, sein Objektiv scharf zu stellen, traut seinen Augen nicht, als er die Szene plötzlich in aller Deutlichkeit vor sich sieht. Aufgeregt dreht er weiter an der Schraube, als könnte er dadurch etwas ändern, und fängt an, hemmungslos zu fluchen. »Verfickte Drecksnutte, ich scheiß auf die Hure, die dich in die Welt gesetzt hat« – dass er damit eine schlimme Sünde begeht, ist ihm egal, von Reue keine Spur, und was Pater Ismael wohl dazu sagen wird, interessiert ihn nicht im Geringsten. Alles, was jetzt wichtig ist, ist die verdammte Frau, die er, als er endlich wieder klare Sicht hat, mit gezückter Waffe auf die beiden Männer zugehen sieht. Als ob nicht auch so schon schiefgegangen wäre, was nur schiefgehen kann.

Germán spürt jetzt das kalte Metall von Ricardos Revolver an der Stirn, er möchte zurückweichen, aber es geht nicht. Er kneift mit aller Kraft die Augen zusammen, in seinem Hirn ist völlige Leere, alles, was er noch tun kann, ist warten. Endlich hört er einen Knall, presst noch fester die Augen zu, knirscht mit den Zähnen, ballt die Fäuste, erwartet, am ganzen Körper zitternd, dass die Kugel in ihn eindringt, und begreift erst nach mehreren Sekunden, dass das Geräusch aus der falschen Richtung kam, geknallt hat es hinter ihm, in seinem Rücken.

Er öffnet die Augen.

09.31 Uhr

Ohne zu begreifen, was passiert, sieht Germán, dass Ricardo taumelt, zurückweicht und die Waffe fallen lässt. Mit weit aufgerissenen Augen starrt er erstaunt in die Ferne. Beim nächsten Schritt zurück stolpert er, richtet den Blick danach wieder auf einen Punkt hinter Germán.

Wie bei einer Sonnenfinsternis verdunkelt sich auf einmal der Himmel.

Ricardo, der jetzt beide Hände auf den Bauch presst, schafft es, den Kopf so weit erhoben zu halten, dass er den Revolver in den Blick nehmen kann, mit dem gerade auf ihn geschossen worden ist. Er sieht die Hand in dem Gummihandschuh, die Frau, zu der die Hand gehört, ihre Augen, und trotz des Schmerzes, der sich in seinem Körper ausbreitet, spannt er kampfbereit die Muskeln an. Von dort, wo seine Erinnerungen aufbewahrt sind, steigen die Bilder eines Hauses, eines Mordes und eines Raubes vor ihm auf. Das Haus gehört Irene, den Mord hat man ihm in die Schuhe geschoben und den Raub des verschwundenen Rings ebenso, obwohl er den niemals zu sehen bekommen hat. Der Anblick der Frau, die die Waffe hält, ruft ihm das Gesicht von Irenes Nichte ins Gedächtnis, er erkennt sie wieder. Und er begreift oder glaubt zu begreifen, dass das damals nicht ihr erstes Verbrechen war. Dann krümmt er sich zusammen und fällt rücklings zu Boden. Er sieht und denkt nichts mehr.

Úrsula, die den Revolver immer noch erhoben hält, betrachtet die reglos auf dem schwarzen Asphalt liegende Gestalt, den Blutfleck, der sich langsam um ihren Bauch herum bildet, und sagt sich, dass sie schnell die Waffe verschwinden lassen muss, nicht dass Germán sie wiedererkennt. Andererseits ist der in seinem Zustand wohl kaum in der Lage, überhaupt etwas zu erkennen. Sie steckt die Pistole zuunterst in die Handtasche. Dann merkt sie, wie durstig sie ist, holt die kleine Wasserflasche hervor und trinkt daraus. Anschließend tupft sie sich mit einem weißen Taschentuch den Mund ab, faltet es wieder zusammen und schiebt es sich in den Ärmel. Die Überlebenschancen nach einem Bauchschuss sind nicht besonders groß, sagt sie sich, höchstwahrscheinlich verblutet er. Ricardos Gesicht gefällt ihr nicht. Der ganze Mann gefällt ihr nicht. Sie tritt näher und dreht ihn um, jetzt liegt er mit dem Gesicht nach unten, besser so. »Germán, stehen Sie da nicht so rum. Schnell, wir müssen hier weg.«

»Ricardo …«

»Der ist tot, bestimmt, oder bestimmt ganz bald. Er wollte Sie erschießen, Germán, haben Sie das nicht gemerkt? Er war ein Verräter, ein Verräter und Mörder. Ich hab ihn ein bisschen gekannt, und ich sage Ihnen, er war ein schlechter Mensch.«

»Tot, sagen Sie?«

»Mausetot, würde ich sagen.«

»Und Sie haben ihn gekannt?«

»Nur ein bisschen, eigentlich so gut wie gar nicht. Er war der Freund der Hausangestellten meiner Tante Irene.«

Germán hat aufgehört zuzuhören. Er sieht sich suchend um. Er braucht etwas, um sich festzuhalten.

In der Ferne grollt Donner. Oder ist es eine Polizeisirene? Germáns Lider werden schwer.

Antinucci hat Schwierigkeiten beim Anvisieren des nächsten Ziels. Ohne auch nur einen Gedanken an Pater Ismael und die nächste Beichte zu verschwenden, verflucht er die Leute, die ihm diesen Granatwerfer angedreht haben. Keuchend vor Wut, fummelt er nach dem Auslöser. Flucht, dass man sich auf das Schweinepack nicht verlassen kann. Und schießt. Schießt.

Daraufhin geschehen gleichzeitig drei Dinge: Germán sinkt ohnmächtig zu Boden, Úrsula bückt sich, um ihm zu helfen, die von Antinucci abgeschossene Granate streicht pfeifend knapp über ihre Köpfe hinweg und schlägt in die mehrere Meter entfernten Überreste des Geldtransporters ein. Wenig später, kurz nachdem Antinucci das nächste Geschoss eingelegt und auf den Weg gebracht hat, wird auch der Nissan getroffen. Beide Fahrzeuge fangen sofort an zu brennen, dazu ist von Weitem jetzt wirklich eine Polizeisirene zu hören. Weitere Geschosse schlagen ringsherum ein.

Úrsula gelingt es, Germán bis zu dem Toyota zu schleifen. Sie öffnet die Beifahrertür und hievt ihn mühsam auf den Sitz, dann rennt sie um das Auto, setzt sich ans Steuer, legt den ersten Gang ein und fährt los. Aus vielen Filmen, die sie gesehen hat, weiß sie, dass es hier früher oder später eine Explosion geben wird. Das Sirenengeheul kommt näher.

Antinucci sieht bloß noch Rauch und Flammen durch sein Teleskop, deponiert den Granatwerfer, weiterhin fluchend, im Kofferraum des Audi, steigt ein und startet den Motor. Seine eiskalten Hände kribbeln, die Gesichtshaut ist fast zum Zerreißen gespannt. Er drückt das Gaspedal durch und rast auf die brennenden Autos zu.

An der Kreuzung angekommen, hört er einen lauten Knall und sieht die von der Explosion emporgeschleuderten Teile des Geldtransporters durch die Luft fliegen. Die Fenster der angrenzenden Häuser gehen splitternd zu Bruch. Alles, was hätte schiefgehen können, ist schiefgegangen.

Úrsula ist in die Calle Moreras eingebogen. Sie hat kaum die ersten hundert Meter zurückgelegt, als sie auch schon das Donnern der Explosion hört. »Ich habs gewusst«, sagt sie. Wie zur Antwort folgt die nächste Explosion. Úrsula nickt bestätigend.

Germán auf dem Beifahrersitz bekommt von alldem nichts mit. Úrsula biegt erneut ab und fährt jetzt den Camino Maldonado entlang in Richtung Curva de Maroñas. Im selben Augenblick treffen Antinucci und Kommissarin Leonilda Lima am Ort des Überfalls ein.

Obwohl Germán noch nicht aus seiner Ohnmacht erwacht ist, fängt er an zu weinen. Úrsula kümmert sich nicht darum, andere Menschen trösten ist nicht ihre Stärke. Das Leben ist wirklich schrecklich, sagt sie sich, und wer deswegen weint, hat völlig recht.

09.35 Uhr

Es fängt an zu regnen. Zuerst sanft und leicht, dann so richtig heftig. Mit lautem Sirenengeheul und quietschenden Reifen finden sich auch die übrigen Polizeiautos ein, der Motorenlärm wird vom Rauschen des Regens nur wenig abgemildert. Alle halten sich in sicherer Entfernung von den brennenden Fahrzeugresten, während der Himmel sich bemüht, das Feuer zu löschen.

Leonilda Lima hat das Gefühl, vom niederprasselnden Regen wie mit eisigen Nadeln durchbohrt zu werden, als sie schließlich als Erste aussteigt und sich mit hochgeklapptem Kragen bis auf zehn Meter dem völlig zerstörten Transporter nähert. Mit gerunzelter Stirn und geballten Fäusten steht sie eine Weile reglos da und kann es immer noch nicht fassen – nur wenige Querstraßen von hier entfernt ist sie zur Welt gekommen und aufgewachsen. Sie sieht sich um. So viele Jahre ist das jetzt her. Aber sie muss sich auf die Gegenwart konzentrieren.

Die übrigen Polizisten tun, was zu tun ist, Befehle werden erteilt, schwere Tritte dröhnen auf dem nassen Asphalt, Stimmen mit typischem Vorstadtakzent erklingen. Doch solange Kommissarin Lima auch in die Runde blickt – von den Beteiligten an der Schlacht, die hier stattgefunden hat, ist keiner zu sehen, weder tot noch lebendig. Dafür ist alles voller Glas- und Metallsplitter, zerbeulter Blechteile, verschmorter Plastik- und Papierreste. Das Papier – sind das Teile von Geldscheinen? Alles zusammengenommen, muss das versengte Geld, das hier herumfliegt, eine stattliche

Summe ergeben. Mittendrin eine riesige Sitzfeder, ein Schaumgummipolster, Stofffetzen, die der Wind fortbläst. Aber nirgendwo eine Menschenseele.

Die Kommissarin schließt die Augen, sie hat das Gefühl, etwas Wichtiges übersehen zu haben, aber was? Sie macht die Augen wieder auf. Vor ihr sind wieder der Rauch, der Schaumgummi, die Blechteile. Sie lässt den Blick noch einmal systematisch über die Szene wandern, arbeitet sich Meter für Meter vorwärts. Auf einmal fährt sie zusammen – sieht das da drüben nicht wie ein Arm aus? Da drüben liegt ein Arm, ein einzelner Arm. Sie schnappt nach Luft. Fährt erneut zusammen. Wut. Wäre sie früher hier gewesen, hätte sie das Gemetzel vielleicht verhindern können.

Ihre Leute haben inzwischen die Straße abgesperrt, die Feuerwehr und die Spurensicherung sind unterwegs, wie Rojas bestätigt. Es müssen hier sehr schwere Waffen zum Einsatz gekommen sein, teures, nur mit besonderen Beziehungen beschaffbares Kriegsgerät, wie hätten die beiden Fahrzeuge sonst dermaßen zerstört werden können? Sie muss so viele Spezialisten zusammentrommeln wie irgend möglich.

Sie geht langsam einmal um die verkohlte Fahrerkabine des Geldtransporters herum, da drin sind Leute, sagt sie sich, nein, Leichen, bemüht, der Versuchung zu widerstehen und vorschriftsmäßig abzuwarten, bis alle erforderlichen Fachleute vor Ort sind, bevor sie irgendetwas anrührt oder verändert.

Gleich hinter den Polizeiautos hat ein Audi A6 angehalten.

Der Mann, den Leonilda aussteigen sieht, nähert sich mit selbstsicheren Schritten, sein Anzug und die eleganten Halbschuhe machen selbst bei dem strömenden Regen Eindruck. Er hat einen kleinen Kopf, eher vorspringende als große Augen, eine breite, leicht gewölbte Stirn und eine Narbe über der rechten Braue, die von einem Faustschlag stammen dürfte, dazu einen riesigen Adamsapfel, der ständig auf und ab wandert. Warum fällt ihr das alles auf? Sie weiß es selbst nicht. Der Mann hat weder einen Mantel noch einen Schirm, um sich vor dem vom Himmel stürzenden Wasser zu schützen. Die Kommissarin gibt ihm durch eine Handbewegung zu verstehen, dass er stehen bleiben soll, und sagt: »Hier kann jetzt niemand durch, bitte gehen Sie wieder.«

Doktor Antinucci scheint sie nicht gehört zu haben, er tritt zu ihr, hält ihr zur Begrüßung die Hand hin. »Wenn Sie erlauben – Doktor Antinucci. Ich war gerade in der Nähe unterwegs, da habe ich plötzlich einen lauten Knall gehört und die Flammen gesehen. Was ist denn hier passiert? Sieht ja aus wie auf einem Schlachtfeld … Offenbar hat jemand den Geldtransporter da überfallen. Falls ich etwas für Sie tun kann, vielleicht als Zeuge …«

Leonilda schüttelt ärgerlich den Kopf und berührt nur ganz flüchtig die Hand, die der Mann ihr hartnäckig entgegenstreckt. Auch so hat sie den Eindruck, ein wirbelloses Tier, eine Qualle anzufassen. Sie ist sich sicher, dass sie den Namen schon einmal gehört hat, aber wann und unter welchen Umständen, weiß sie nicht. Gesehen hat sie ihn allerdings noch nie, das kann nicht sein, an seine geschniegelte Erscheinung und den hüpfenden Adamsapfel würde sie sich erinnern. »Rojas, bitte notieren Sie den Namen und die Adresse des Herrn, für den Fall, dass der Ermittlungsrichter sich mit ihm unterhalten möchte. Und jetzt bitte raus aus dem abgesperrten Bereich, und zwar schnell!«

Sie kann sich selbst nicht erklären, warum sie so irritiert und ungeduldig ist, was sie nur noch mehr verunsichert. Der Mann mit den blank polierten Schuhen rührt sich jedoch nicht vom Fleck.

Heftig gestikulierend verkündet er: »Nicht zu fassen, was? Das reinste Gemetzel! Da werden wir eine Menge Gerichtsmediziner brauchen. Haben Sie schon welche angefordert?«

»Ja«, lügt die Kommissarin und fragt sich gleich darauf, warum sie das tut.

»Wie gesagt, falls ich Ihnen behilflich sein kann … Hier, meine Karte, bitte schön.«

Leonilda steckt die Karte ein, ohne sie eines Blickes zu würdigen. Dann sieht sie zu dem Audi A6 hinüber, dem Antinucci kurz zuvor entstiegen ist. Offensichtlich bezieht der Mann eine Menge Selbstbewusstsein aus seinem Auto. Als sie ihm danach wieder ins Gesicht blickt, trifft sie auf zwei Augen, die sich zu schmalen Schlitzen zusammengezogen haben, die ihr nicht ganz zu einem menschlichen Antlitz zu passen scheinen. Trotz ihrer Ausbildung an der Polizeischule und ihrer langjährigen praktischen Erfahrung hat sie auf einmal das Gefühl, es ziehe ihr den Boden unter den Füßen weg. Sie darf sich auf keinen Fall die Kontrolle entreißen lassen. »Gehen Sie jetzt. Zwingen Sie mich nicht, zu anderen Mitteln zu greifen.«

»Ich möchte doch bloß behilflich sein …«

»Rojas!«

Rojas packt den Mann an der Schulter und drängt ihn zurück. Der Mann gibt durch ein Nicken zu verstehen, dass er der Aufforderung Folge leisten wird, lässt den Blick aber noch einmal aufmerksam über die vor ihnen ausgebreitete Szene gleiten, als wollte er sich alles ganz genau einprägen. An einem bestimmten Punkt angekommen, scheint seinem inneren Scanner etwas aufzufallen. Er tritt einen Schritt zur Seite und sagt: »Da liegt jemand.«

Leonildas Augen folgen der von seinem Zeigefinger angedeuteten Richtung – der Finger ist lang und bleich, der Nagel sorgfältig gepflegt –, und auf einmal glaubt sie tatsächlich, mehrere Meter von dem Geldtransporter entfernt einen Körper zu entdecken, der zum Teil von Stoff- oder Plastikfetzen verborgen wird. Es überläuft sie eiskalt, und als sie erneut das Gesicht Antinuccis ansieht, stellt sie fest, dass die zwei Schlitze sich ein wenig geöffnet haben und den am Boden Liegenden neugierig mustern. Nach einem leisen Aufblitzen wandert Antinuccis Blick weiter. So kalt es der Kommissarin gerade noch war, hat sie plötzlich das Gefühl, ein Schweißausbruch stehe bevor. Manchen Menschen sollte man um nichts auf der Welt in die Augen sehen, sie nutzen es aus und machen mit einem, was sie wollen, sagt sie sich und zwingt sich trotzdem, ihr Gegenüber mit dem Blick zu fixieren. »Wenn Sie nicht sofort das Gelände verlassen, muss ich Sie festnehmen lassen. Rojas, bringen Sie den Mann zu seinem Wagen.«

»Ich gehe ja schon, keine Sorge, Kommissarin Lima.«

Ihren Namen spricht er mit einem leise drohenden Unterton aus. Erneut überläuft es sie eiskalt, und gleich darauf erscheinen dort, wo sie als Mann einen Schnurrbart hätte, Schweißperlen. Warum weiß er, wie sie heißt? Woher kennt er ihren Namen? »Verschwinden Sie«, ruft sie, außer sich vor Wut, »aber schnell!«

»Kommissarin Lima, vielleicht ist der Mann da noch am Leben …«

»Sie sollen verschwinden, hab ich gesagt.«

»Ich habe selbst jede Menge zu tun, Leonilda, das können Sie mir glauben. Meine Karte haben Sie ja – wir sehen uns. Schöne Grüße an Inspektor Clemen.«

Antinucci dreht sich um und marschiert stramm aufrecht zu seinem Auto zurück. Der Regen scheint ihn nicht im Geringsten zu stören.

Kommissarin Lima wendet sich ihrem Untergebenen zu: »Rojas, sorgen Sie dafür, dass jemand dem Mann in einem Zivilauto hinterherfährt. Wir dürfen ihn auf keinen Fall aus den Augen verlieren.« Dann blickt sie wieder zu Antinucci, der gerade das gelbe Absperrband hinter sich gelassen hat und jetzt sein luxuriöses Auto besteigt. Wenig später verschwindet er damit hinter dem prasselnden Wasservorhang.

Da fällt ihr wieder ein, wer dieser Antinucci ist. Der Anwalt von Ricardo Prieto, und Prieto, wie Roña ihr verraten hat, sollte der Anführer der Gruppe sein, die den Geldtransporter überfallen wollte. Doktor Antinucci, ja, in dem Ordner zu Ricardo Prieto ist ihr der Name mehrmals begegnet.

Sie blickt zum liegenden Mann. Schreit, bittet um Hilfe, fragt, wo der Rettungswagen bleibt. Und was ist eigentlich mit den Gerichtsmedizinern, warum sind die immer noch nicht da? Sie streicht sich das nasse Haar aus dem Gesicht und versucht, sich die Augen zu trocknen.

Verzweiflung ist vielleicht das Wort, das ihren Zustand in diesem Augenblick am besten ausdrückt.

09.40 Uhr

Úrsula versucht, den Ort, wo der Überfall stattgefunden hat, so schnell wie möglich hinter sich zu lassen. Überfall nennt sie es, genau wie ihr Vater. So schnell wie möglich muss sie außerdem eine Stelle finden, wo sie das Geld abladen kann. Und so schnell wie möglich den Toyota loswerden. Und sich um Germán kümmern, der unfähig scheint, sich aus seiner Schockstarre zu befreien. Zuallererst muss sie jedoch etwas über die Geldsäcke legen, schon allein, weil auf allen das Logo der Transportfirma zu sehen ist. Sie hat also jede Menge zu tun, trotzdem wirkt sie ruhig und gelassen und lenkt den Wagen sicher und geradezu routiniert zwischen den Autos, Bussen, Motorrädern und Fußgängern hindurch, die an diesem Morgen offenbar alle gleichzeitig das Stadtzentrum erreichen wollen. Dorthin, genauer gesagt, in die Altstadt, will sie auch. Warum sie ausgerechnet die Höhle des Löwen ansteuert, warum sie nicht in die Gegenrichtung fährt, um die Stadt hinter sich zu lassen?

Geschickt steuert sie durch das chaotische Gewirr, mit aufmerksamem Blick für alles, was vor, hinter und seitlich von ihr passiert, beide Hände fest am Lenkrad, wenn nicht die eine den Schaltknüppel bewegt, das Fenster ein Stück hinunterlässt, sich das Haar in der Stirn zurechtstreicht oder sich eine Fussel vom Kragen zupft. »Wenn du mich jetzt sehen könntest, Papa, mit so viel Geld! So viel Geld auf einmal hast du bestimmt noch nie vor dir gehabt, das reicht für mehr als eine Villa in Carrasco, damit kann ich mir gleich einen ganzen Wagenpark zulegen, und ein Dutzend

Swimmingpools noch dazu.« – »Du bist eine Räuberin, Úrsula, eine ganz gewöhnliche Kriminelle!« – »Nein, Papa, ich habe nichts geraubt, das war Ricardo.« – »Du hast mitgemacht, und der Verrückte neben dir auch.« – »Red nicht von Verrückten, Papa, das verbiete ich dir!« – »Eine ganz gewöhnliche Kriminelle, jawohl, die mit anderen Kriminellen einen Überfall durchgeführt hat.« – »Ich hab niemandem etwas weggenommen, alter Kacker, ich hab das Geld nur an mich genommen, bevor jemand anders das macht. Und jetzt sieh zu, dass du wieder in deinem Grab verschwindest, ich hab jede Menge zu tun. Außerdem muss ich mich aufs Fahren konzentrieren, der Wagen ist total überladen.«

Sie atmet tief durch und wirft einen Blick auf Germán, der weiterhin in tiefe Träume versunken scheint. Entschlossen sucht sie sich einen Weg zwischen Taxis, Fahrradfahrern und Fußgängern hindurch. Links von ihr befindet sich auf einmal ein Streifenwagen, in dem zwei Polizisten sitzen. Sehen sie sie an, oder bildet sie sich das nur ein? Schwer zu sagen, beide tragen Sonnenbrillen. Jedenfalls halten sie sie nicht an. Jetzt bloß keine Paranoia! Sie seufzt. Fängt an, wie wild zu blinzeln. Hat das Gefühl, dass sich die Ideen in ihr überstürzen. Aber spätestens als sie die Kreuzung Avenida 8 de Octubre und Camino Propios erreicht hat, hat sie die Herrschaft über ihre Gedanken zurückgewonnen.

»Wem gehört dieses Auto eigentlich, Germán?« Ihre Stimme hat auf einmal einen harten, metallischen Klang, aber der Mann neben ihr reagiert nicht, oder kaum, er öffnet bloß die Augen und blinzelt, ganz in die Wirklichkeit zurückkehren kann oder will er offenbar nicht. »Hören Sie mir zu, Germán?«

»Ja.«

Ja – ist das alles, was jemandem einfällt, der gerade einen Geldtransport überfallen und zig Millionen Pesos erbeutet hat? Úrsula schüttelt ärgerlich den Kopf. »Ich habe eine ganz einfache Frage gestellt, Germán, ich verlange nicht, dass Sie die Rätsel der Menschheit lösen, antworten genügt.«

Schweigen.

So sind die Menschen, man kann nicht das Geringste von ihnen erwarten, kein Wunder, dass sie das alles manchmal kaum mehr erträgt. Sie möchte jetzt bloß noch irgendwo ankommen, wo sie sich sicher fühlen kann, je weiter von all diesen Straßen und Autos und dämlichen Zeitgenossen entfernt, desto besser.

Allmählich wird ihr klar, wie sie aus dieser schwierigen Lage herausfinden können, ganz egal, ob Germán weiterhin vor sich hindämmert oder ohnmächtig ist. Wie spät ist es überhaupt? Sie sieht auf die Uhr. Großartig, es ist viel früher, als sie gedacht hat, sie sind noch gut in der Zeit.

Da sieht sie aus der nächsten Querstraße links einen Bus näher kommen, offensichtlich will er noch vor ihr die Kreuzung überqueren, aber das wird eng. Sie hupt, um den Fahrer auf die Gefahr hinzuweisen, doch der stellt sich taub und setzt sein Manöver fort. Úrsula bleibt nichts anderes übrig, als ein Stück nach rechts auszuweichen. Dabei rammt sie beinahe einen neben ihr fahrenden Chevrolet. Sie tritt voll auf die Bremse und bleibt mit heftig klopfendem Herzen stehen. Als Nächstes hört sie links von sich einen Knall – der Bus ist mit einem anderen Wagen zusammengestoßen. Der Fahrer lässt das Fenster herunter und schimpft lautstark, während sich hinter ihm eine Schlange bildet. Úrsula umkurvt ihn, gibt Gas und macht sich davon, nicht, dass sie noch in die Sache hineingezogen werden.

Sie versucht, sich zu beruhigen, es ist ja gerade noch gut gegangen. Schön wäre es, einen Augenblick halten und tief durchatmen zu können, aber das geht nicht, gegenüber ist schon wieder ein Polizeiauto zu sehen, es hält am Straßenrand, warum auch immer.

09.42 Uhr

Nachdem Doktor Antinucci das gelbe Absperrband hinter sich gelassen und sich ein Stück von den dort stehenden Polizisten entfernt hat, ist von dem selbstgewissen Lächeln auf seinen Lippen nichts mehr zu sehen. Er wählt eine Nummer auf seinem Mobiltelefon, geht bis zu dem Audi, zündet sich eine Zigarette an, raucht hastig, an den Wagen gelehnt. »Habt ihr den Toyota entdeckt? Und fahrt ihr ihm hinterher? Wenn er hält, macht ihr es so: Du gehst hin und sprichst die Leute an, irgendwas wird dir schon einfallen, Hauptsache, du kannst feststellen, wer sich das Geld geschnappt hat. Nein, wie es passiert ist, habe ich nicht mitgekriegt, das habe ich doch gesagt, der Rauch hat alles verdeckt. Ich habe nur die Frau gesehen, die ich dir schon beschrieben habe, danach nichts mehr. Halt mich auf dem Laufenden und lass sie erst mal fahren, wohin sie wollen, wir müssen den Ball immer schön flach halten, es ist eine Menge Geld im Spiel, und das braucht niemand mitzubekommen. Aber verlier sie auf keinen Fall aus den Augen! Ich fahre jetzt auch los. Ach so, noch was. Irgendwer muss sich um Ricardo kümmern. Der hat einen Schuss abgekriegt, und ich glaube, es sieht nicht gut für ihn aus. Aber er ist noch am Leben, und sie bringen ihn bestimmt bald ins Krankenhaus. Einer muss ihm helfen, den Styx zu überqueren … Ihr sollt ihn umlegen, meine ich, Schwachkopf!«

Er steckt das Telefon in die Jackentasche.

Aus der Ferne scheint Antinucci, in den feuchten Nebel und den Rauch seiner Zigarette gehüllt, geradezu geheimnisvoll. Aus der Nähe dagegen wirkt die Art, wie er mit raumgreifender Geste die Zigarette zum Mund führt, nur noch gestellt, um nicht zu sagen, lächerlich.

Zum tausendsten Mal läuft die Szene vor ihm ab, die er zuletzt durch das Teleskop des Granatwerfers verfolgt hat, mit der Frau, die auf Ricardo geschossen hat, und Germán, der kurz danach auf dem Boden lag. Der Toyota, den Ricardo und Germán mit den Geldsäcken beladen hatten, war später, soweit er es überblicken konnte, nirgendwo zu sehen. Das heißt, die beiden müssen damit abgehauen sein – deshalb hat die Frau auf Ricardo geschossen. Oder hat sie sich auch Germáns entledigt, ihn vielleicht sogar ebenfalls erschossen? Antinucci weiß es nicht, er kann sich das Ganze auch nicht erklären, und er mag es überhaupt nicht, wenn Dinge unklar sind. Und seine Leute können ihm immer noch nicht sagen, ob eine oder zwei Personen in dem Toyota sitzen. Aber was solls, Hauptsache, sie bleiben dem Wagen mit seinem Geld drin auf der Spur, bis es so weit ist und sie sich alles zurückholen können. Dass er den Nissan zerstört hat, ärgert ihn, aber diese Granatwerfer treffen einfach nicht besonders genau, er war gewarnt worden, hatte jedoch nicht hören wollen.

Bei dem Gedanken an das Geld gehen seine Mundwinkel wieder ein bisschen nach oben, man könnte glatt meinen, er lächelt. Anschließend zieht er noch mehrere Male an der Zigarette und wirft den Stummel dann wie gewohnt exakt in den Winkel von Straße und Bordstein. Mit dem Regen dürfte es bald vorbei sein, der Himmel hellt sich bereits unübersehbar auf. Antinucci steigt in seinen Audi, stellt Vivaldis *Miserere* an, lässt den Motor einen Moment warm laufen und fährt los.

Wieder denkt er an Ricardo, der inzwischen vielleicht schon tot ist, und an den Toyota, der irgendwo in der Stadt unterwegs ist. Aber jetzt bloß nicht nervös werden, spätestens am Mittag hat er sein Geld wieder. Er spannt die Lippen an und macht die Musik lauter.

Die nächsten Gedanken gelten seinem Gewissen, ja, er wird Pater Ismael seine Sünden beichten müssen, und der wird ihm, wie immer, die Absolution erteilen, wenn er auf Knien vor dem Beichtstuhl darum bittet.

Es ist nun einmal nicht einfach, unbefleckt zu bleiben, aber Er versteht das und verzeiht ihm, immer.

Das Mobiltelefon läutet, und er schaltet die Freisprechanlage ein. »Der Toyota fährt auf der Avenida 8 de Octubre Richtung Zentrum? Und du weißt nicht, wie viele Personen drin sitzen? Ach so, ihr habt es noch nicht feststellen können, nur dass am Steuer eine Frau sitzt. Na gut, verliert sie auf jeden Fall nicht aus den Augen. Natürlich wird das Geld anschließend geteilt, was denkst du denn, Alter? Wie bitte? Ich hab mich unprofessionell verhalten? Was kann ich dafür, dass da plötzlich so eine Verrückte auftaucht und ... Schon gut, immer mit der Ruhe, ich bin unterwegs, und ich kümmere mich um das Geld, natürlich. Keine Sorge, egal, wohin die fahren, wir haben sie auf dem Schirm, die können uns gar nicht entwischen. Ja, heute Abend bekommst du dein Geld, darauf kannst du dich verlassen.«

Zum ersten Mal kann er das sanfte Schnurren des Motors und die Art, wie der Wagen seidenweich dahingleitet, nicht einfach nur genießen. Vorläufig ist er bloß froh, dieses elende Viertel mit seinen mickrigen baufälligen Häusern hinter sich zu lassen, nichts wie weg von diesem deprimierenden Schauspiel der Armut. Er versucht, sich auf das *Miserere* zu konzentrieren, der Anruf hat ihn nervös gemacht. Eine Frage drängt sich ihm hartnäckig immer wieder auf: Wer ist diese Frau? Woher kommt sie? Von ihrem Gesicht hat er bis jetzt nur einen verschwommenen Eindruck gewinnen können, mehr hat das Teleskop des Granatwerfers nicht zugelassen. Sie ist blond, ein wenig füllig, so um die vierzig –

nichts Besonderes. Im Augenblick hat es aber sowieso keinen Sinn, irgendwelche Spekulationen anzustellen, erst einmal heißt es handeln.

Zum Glück hat er wenigstens in weiser Voraussicht heimlich einen Peilsender am Chassis des Toyota angebracht.

09.43 Uhr

Sie erwischt mehrere grüne Ampeln hintereinander und schafft es, trotz des dichten Verkehrs eine halbwegs gleichmäßige Geschwindigkeit beizubehalten. Einmal sieht sie am Straßenrand einen Wagen der Stadtverwaltung, die Männer daneben gleichen offenbar die Kennzeichen der vorbeifahrenden Autos mit einer Liste ab, auf der wohl säumige Zahler verzeichnet sind. Úrsula geht davon aus, dass jemand, der ein Fahrzeug für einen Überfall auf einen Geldtransport benutzen will, dafür sorgt, dass es mit einer gültigen Steuerplakette ausgestattet ist. Und da hat sie offensichtlich recht, jedenfalls wird sie nicht zum Anhalten aufgefordert. Erst an der nächsten Ampel muss sie stoppen. Aus der Gegenrichtung sieht sie derweil langsam gleich drei Polizeiautos sich nähern. Die Polizisten scheinen auf der Suche nach etwas zu sein. Was auch immer es ist, Úrsula reißt entschlossen das Steuer herum und biegt rasch nach rechts ab. Sie ist sich sicher, dass ihr Manöver unbemerkt geblieben ist. Auf dem holprigen Pflaster der Seitenstraße gerät der überladene Wagen ins Schlingern. Sie steuert die nächste Parklücke an.

»Germán.«

Keine Antwort. Sie muss jetzt unbedingt etwas über die Geldsäcke legen, die Gefahr ist viel zu groß, dass jemandem das Logo der Transportfirma auffällt. Sie steigt aus und deckt die Säcke notdürftig mit einem gelben Tuch zu, das sie nach längerem Suchen unter der Rückbank entdeckt.

Sie fährt weiter, biegt an der nächsten Kreuzung links ab und setzt die Fahrt parallel zur Avenida 8 de Octubre fort. Irgendwann biegt sie erneut ab und kehrt auf die Avenida zurück. Dort gerät sie kurz vor der Unterführung in einen Stau, der Verkehr verläuft in jeder Richtung nur mehr einspurig. Ab sofort geht es bloß noch langsam und stockend voran. Dafür scheint Germán allmählich zu sich zu kommen.

»Warum halten wir an?«

»Hier ist alles dicht. Wir sind kurz vor der Unterführung. Weiter vorn ist wohl eine Baustelle.«

Úrsula träumt davon, dass die Nacht anbricht, sie sehnt sich nach dem Schutz der Dunkelheit, aber nicht, weil sie Angst hat, oh nein, sie möchte bloß ein wenig in wohlverdienter Ruhe ihren hart erarbeiteten Schatz genießen können. Bei dem Gedanken an das viele Geld lächelt sie. Doch das Lächeln verschwindet augenblicklich von ihrem Gesicht, als sie das Polizeiauto entdeckt, das kurz vor der Tunneleinfahrt am Straßenrand steht. Das kann kein Zufall sein. Ohne lange zu überlegen, fährt sie rechts auf den breiten Bürgersteig hinauf, dann ein Stück in Gegenrichtung und bei der ersten sich bietenden Möglichkeit mit quietschenden Reifen nach links in eine Seitenstraße. Nach mehrmaligem weiterem Abbiegen erreicht sie schließlich den Bulevar Artigas und fährt dort Richtung Küstenstraße, um auf diesem Weg in die Altstadt zu gelangen. »Entschieden zu viele Streifenwagen unterwegs heute«, sagt sie sich.

Es hat aufgeklart, und das Sonnenlicht lockt die Menschen aus ihren Höhlen, auf einmal sind überall Spaziergänger zu sehen, Jogger, Leute, die ihre Hunde ausführen. Úrsula träumt wieder von ihren erbeuteten Millionen, einer Villa, Luxusautos, Ferien am Strand, bis sie plötzlich das Gefühl überkommt, dass jemand sie verfolgt. Besonders ein grünes Auto hinter ihr scheint ihr verdächtig, im Rückspiegel macht sie am Steuer eine Frau mit einer riesigen Sonnenbrille aus, sie ist mit mehreren Kindern in Schuluniform unterwegs –

eine gute Tarnung. Úrsula fährt schneller, versucht, das grüne Auto abzuhängen, aber schon an der nächsten roten Ampel steht es wieder neben ihnen. Úrsula starrt durchdringend zur Fahrerin hinüber, aber die scheint es nicht zu bemerken und blickt ungerührt geradeaus. »Miststück, du bist bestimmt hinter mir her.« Als es grün wird, drückt Úrsula das Gaspedal durch und hupt laut. Der davonrasende Toyota hinterlässt einen Geruch nach verschmortem Gummi und eine überlistete Spionin. Úrsula vermindert den Druck aufs Pedal kein bisschen und lacht aus vollem Hals. Die ist sie erst mal los, aber sie muss weiterhin sehr vorsichtig sein.

Úrsula lässt das Seitenfenster ein Stück hinunter und genießt die laue Luft, die hereindringt. Germán döst wieder in sich zusammengesackt auf dem Beifahrersitz vor sich hin und scheint von alldem nichts mitzubekommen. Wenigstens weint er nicht mehr.

Das an der nächsten Ecke hinter einem Müllcontainer versteckte Polizeiauto bemerkt Úrsula erst, als es zu spät ist. Sofort nimmt sie den Fuß vom Gaspedal, der Motor stöhnt auf und säuft fast ab. Ein Polizist fordert sie mit einer Handbewegung zum Halten auf.

Úrsula sieht zu Germán hinüber.

»Aufwachen, los …«

Germán taucht aus den Tiefen weiß Gott welcher Träume auf. Er öffnet die Augen, sieht sie aber nicht an. Sein Gesichtsausdruck verrät, dass er sich gerade im schönsten Selbstmitleid gesuhlt hat, Úrsula kennt das nur zu gut und es tut ihr leid, ihn so gewaltsam in die Wirklichkeit zurückbefördern zu müssen. »Germán, Sie müssen jetzt unbedingt aufwachen.«

»Was?«

»Aufwachen, jetzt sofort.«

Úrsula hält umsichtig am Straßenrand. Von hinten nähert sich der Polizist. Blaue Uniform, Sonnenbrille, Schirmmütze.

»Guten Tag.«

»Guten Tag.«

»Führerschein, Fahrzeugpapiere, Versicherungsnachweis.«

Úrsula holt ihren Führerschein aus der Tasche und sucht nach den übrigen Papieren, wo sie normalerweise aufbewahrt werden – hinter der Sichtschutzklappe. Und da sind sie auch. Bevor sie sie weiterreicht, wirft sie einen flüchtigen Blick darauf: Der Eigentümer des Fahrzeugs ist ein landwirtschaftliches Unternehmen.

Der Polizist sieht sich alles gründlich an und wirft danach einen Blick ins Wageninnere. Die Geldsäcke müssen mindestens so auffällig wirken wie ein Plakat mit einer pornografischen Darstellung mitten in Disneyland. Lächelnd gibt der Polizist Úrsula die Papiere zurück. »Geht es Ihrem Begleiter nicht gut?«

»Nein, Kopfschmerzen, das heißt, eigentlich Migräne.«

»Verstehe.«

Úrsula steckt die Papiere ein und macht sich daran, den Motor zu starten.

»Was haben Sie in den Säcken da?«

Vom Hafen weht ein feuchter Benzingeruch heran.

»Kleidung, Decken. Wir ziehen gerade um. Das kommt alles in unsere neue Wohnung.«

»Oh ja, Umzug, den Stress kenne ich …« Der Polizist lächelt erneut.

»Genau, und deswegen hat mein Mann auch Kopfschmerzen.«

»Hoffentlich haben Sie alles bald überstanden.«

»Vielen Dank.«

Der Polizist wendet sich ab, geht ein Stück zurück und hält das nächste Auto an.

Úrsula sieht Germán an, der jetzt ein wenig weniger tot wirkt. Er streicht sich das Hemd glatt und wirft verstohlen einen Blick nach hinten.

»Also, wir müssen das jetzt zu Ende bringen.«

»Ich fühl mich miserabel, und mir ist immer noch schwindlig.«

Úrsula schüttelt den Kopf. »Jeder Mensch hat irgendwelche geheimen Kraftreserven, Germán, für den Notfall. Los, nehmen Sie sich zusammen, und werden Sie endlich richtig wach!«

Germán sieht sie an, schaltet dann das Radio an, konzentriert sich auf die Musik. »Wo sollen wir mit dem ganzen Zeug hin, Úrsula?«

»In meine Garage.«

»Ist die bei Ihnen im Haus?«

»Nein, das Haus, in dem ich wohne, ist viel zu alt, da kann man nirgendwo Autos abstellen. Ich hab eine Garage in der Calle Treinta y Tres gemietet, die ist billig und ganz in der Nähe. Keine Sorge, der Vermieter ist um die Uhrzeit nicht da, er arbeitet in einer Buchhandlung im selben Block.«

»Aber können wir da die Säcke lassen? Ist das sicher?«

»Ja, völlig sicher. Dem Typ kann ich vertrauen, außerdem schuldet er mir mehr als einen Gefallen. Aber wenn Sie eine bessere Idee haben, bitte schön!«

»Nein, Úrsula, ich hab keine bessere Idee.«

Úrsula spürt trotz allem, wie ihre Anspannung nachlässt, bald haben sie es geschafft, sagt sie sich. Vom Meer her weht der Wind und hinterlässt einen salzigen Geschmack auf den Lippen. Úrsula fährt genüsslich mit der Zunge darüber. Das letzte Stück legt sie in flottem Tempo zurück, sie hat das Seitenfenster ganz hinuntergelassen und lässt den Wind mit ihrem Haar spielen.

10.15 Uhr

Bei jedem Toten muss sich die Polizei fragen, wer er ist, woher er kommt und was geschehen ist. Doch die vielen Toten, oder besser die vielen Leichenteile machen Kommissarin Lima das Leben schwer. Immerhin scheint der Mann, den dieser Antinucci entdeckt hat, noch intakt, oder zumindest sind seine Gliedmaßen in etwa dort, wo sie sein sollten. Da er keine Uniform trägt, war er wohl einer der Angreifer, während die anderen zum Geldtransporter gehört haben müssen.

Inzwischen ist der erste Krankenwagen eingetroffen, und ein Arzt untersucht den reglos daliegenden Ricardo. Irgendwann dreht er sich zu der wartend neben ihm stehenden Kommissarin um und sagt: »Der Mann hier lebt noch, er ist schwer verletzt, aber am Leben. Er hat einen Bauchschuss abbekommen. Wir müssen versuchen, ihn umzudrehen, ganz vorsichtig.«

Zwei Sanitäter breiten eine Decke aus und wenden den Verletzten mit einem geübten Griff auf den Rücken. Leonilda erkennt das Gesicht sofort. Sie hat es in dem Ordner mit den Akten zur Ermordung des Caramelero und auch in dem zur Ermordung von Úrsula López gesehen. Das ist dieser Ricardo Prieto, auch bekannt als el Roto. Sie wusste ohnehin, dass er mit von der Partie sein würde – Roñas Informationen haben sich als richtig erwiesen.

»Er muss so schnell wie möglich ins Krankenhaus«, sagt der Arzt.

Leonilda überlegt, ob sie noch einmal Inspektor Clemen

anrufen soll, er hat bereits vor einer halben Stunde angekündigt, er werde »gleich« eintreffen. Sie beschließt jedoch, weiter zu warten und ihm die Neuigkeiten persönlich mitzuteilen.

Roña hat jetzt natürlich Anspruch auf die vereinbarte Belohnung, er hat schließlich nicht aus reiner Menschenliebe gehandelt. Sie wird ihm das Geld und das Motorrad über seinen Bruder zukommen lassen, so haben sie es besprochen. Er selbst werde anschließend erst einmal eine Zeit lang untertauchen, hatte er angekündigt.

Die Sanitäter legen Ricardo auf eine Trage und bringen ihn zum Krankenwagen. Als sie ihn hineingehoben haben, legen sie ihm eine Infusion an und geben ihm eine Spritze.

»Kann ich mit ihm sprechen?«

»In dem Zustand – wo denken Sie hin?«

Es heißt Geduld haben, das ist Leonilda klar. Da fällt ihr Antinucci wieder ein. Mit gerunzelter Stirn fragt sie sich, was der hier zu suchen hatte. Und wie hat er so mühelos den mitten im Chaos liegenden Ricardo Prieto erkennen können? Vor allem aber: Woher kannte er ihren Namen und Dienstgrad? Sie trägt heute kein Namensschild, sie hat es am Morgen im Büro vergessen.

Da erscheint zu ihrer Freude endlich Inspektor Clemen. Doch gleich nach ihm steigt auch Leonardo Borda aus dem Wagen. Sofort ist es mit der Freude wieder vorbei.

10.25 Uhr

Das Haus macht einen verlassenen Eindruck.

Als Úrsula vor der Garageneinfahrt hält, werden sie von einem Lieferwagen überholt. Darauf steht in violetten und gelben Leuchtbuchstaben: »SEGURITRACK – Satellitengestützte Fahrzeugüberwachung.« Bei dem Anblick hat Úrsula das Gefühl, dass sich schlagartig ihr Mageninhalt verflüssigt. Wie aus weiter Ferne hört sie Germáns Stimme: »Hier? Ist das Ihre Garage?«

Während der Lieferwagen samt seiner fluoreszierenden Aufschrift im zäh fließenden Mittagsverkehr der Altstadt verschwindet, verstärkt sich Úrsulas ungutes Gefühl. »Ja, wir sind da.«

»Und, fahren wir rein?«

Nachdenklich sieht Úrsula ihren Mitfahrer an, ohne ihn richtig wahrzunehmen. Sie ist unsicher, hat Angst – etwas, was bei ihr sonst nie vorkommt. Irgendwann entschließt sie sich, in die Gegenwart zurückzukehren, und sagt: »Noch nicht, Germán, ich muss noch mal überlegen …«

»Was gibt es da zu überlegen?«

Úrsula seufzt. »Ich glaube, wir werden überwacht – könnte sein, dass irgendwo in dem Auto hier ein Sender eingebaut ist. Kennen Sie sich mit Satellitenüberwachung aus?«

Germán denkt eine Weile nach und nickt dann mehrmals langsam. »Ja, ein bisschen zumindest. Und das mit dem Sender könnte wirklich sein. Es würde mich jedenfalls nicht wundern, wenn der, der das hier geplant hat, auch so ein Ding in den Wagen eingebaut hat.«

»Wissen Sie denn, wer der eigentliche Anführer von der ganzen Sache ist?«

»Nein, das hat man mir nicht gesagt ...«

»Wirklich nicht?«

»Nein, das heißt, doch, aber ich glaube, ich tue Ihnen keinen Gefallen, wenn ich es Ihnen verrate.«

»Ich bitte Sie, Germán, wenn wir schon zusammenarbeiten, dann richtig. Alles, was Sie wissen, muss ich auch wissen.«

Germán zögert, nennt ihr schließlich den Namen.

Úrsula seufzt erneut. »Kommt mir bekannt vor, ich weiß bloß im Augenblick nicht, woher. Aber darüber muss ich später nachdenken, jetzt müssen wir erst mal rausfinden, wo dieser Sender sitzen könnte, haben Sie eine Idee?«

»Überall, wo man so ein Teil anschrauben kann, und die können ziemlich klein sein ...«

»Anders gesagt: Da müssten wir ganz schön lange suchen.«

»Allerdings.«

»Und so viel Zeit haben wir jetzt nicht.«

»Genau. Was machen wir also?«

»Erst mal weiterfahren. Hier dürfen wir jedenfalls nicht stehen bleiben, sonst wissen die gleich, was wir vorhaben.«

Úrsula legt den ersten Gang ein und fährt los. Germán beißt sich auf die Unterlippe und grübelt vor sich hin. Nachdem sie eine Weile planlos umhergekurvt sind, fragt Úrsula: »Und, immer noch keine Idee?«

»Hm ... Soweit ich weiß, kommt so ein Sender durch Beton nicht durch, zumindest nicht, wenn der Beton dick genug ist.«

»Und wo nehmen wir ein Haus mit solchen Mauern her?«

»Gute Frage ...«

»Da fällt mir was ein – wie wäre es mit einem Parkhaus?«

»Und was nützt uns ein Parkhaus?«

»Ganz einfach: Sie steigen an der nächsten Ecke aus und

gehen zu Fuß zurück zu meiner Garage, nehmen mein Auto und fahren zu dem Parkhaus an der Ecke Calle Cerrito und Calle Juan Carlos Gómez. Ich warte dort auf Sie, sagen wir, im zweiten Stock, und wir laden das Geld in mein Auto um. Dann stellt einer von uns den Toyota irgendwo ab, vielleicht am Hafen, um unsere Verfolger zu verwirren, und der andere fährt mit meinem Auto und dem Geld in meine Garage und bleibt dort, bis der andere nachkommt. Wie finden Sie das?«

»Aber wie sollen wir ausgerechnet in einem Parkhaus das ganze Geld umladen? Da sind doch viel zu viele Leute unterwegs.«

»Das ist gerade gut für uns, die Leute schützen uns vor unseren Verfolgern.«

»Das verstehe ich nicht.«

»Ich glaube, die wollen vor allem möglichst keinen Staub aufwirbeln, sonst hätten sie sich uns längst geschnappt.«

»Na gut, wie Sie meinen. Uns bleibt so oder so nicht viel Zeit. In Ihrer Garage sind wir dann aber wirklich sicher?«

»Wie in einer Schweizer Bank.«

»Und in dem Haus dazu, wohnt da niemand?«

»Doch, der junge Mann, der in der Buchhandlung arbeitet. Von dem hab ich Ihnen ja schon erzählt, er geht immer morgens um acht aus dem Haus und kommt erst abends um acht wieder, eine echte Sklavenarbeit – so nutzen sie die jungen Leute heute aus. Zu ihm habe ich jedenfalls volles Vertrauen.«

»Gibt es eine Verbindung zwischen der Garage und dem Haus?«

»Ja, eine kleine Stahltür. Vom Haus aus kann man die auch verriegeln, Sebastián macht das aber nie. Und noch was: Es gibt auch eine geheime Verbindung von dem Haus zu der Buchhandlung, Sebastián hat mir den Weg mal gezeigt – das ist einer von diesen unterirdischen Gängen aus der Kolonialzeit. Den hat er selbst irgendwann entdeckt, nicht mal die Besitzer von der Buchhandlung wissen etwas davon.«

Nach längerem Schweigen räuspert sich Germán und sagt: »Úrsula, Sie haben mir das Leben gerettet …«

Úrsula hält an, sieht Germán nachdenklich an, greift in ihre Tasche und erwidert: »Hier, die Schlüssel. Wir treffen uns im Parkhaus. Ich warte dort auf Sie.« Und als Germán gerade aussteigen will, fügt sie hinzu: »Wer weiß, Germán, vielleicht haben Sie mir auch das Leben gerettet.«

10.35 Uhr

Leonilda Lima hört, was ihr Vorgesetzter sagt, und hat das Gefühl, ein Abgrund tue sich vor ihr auf. Zugleich hat das Ganze etwas von einer sich selbst erfüllenden Prophezeiung, muss sie doch feststellen, dass die Konstellation für diesen Fall, den man ihr soeben erneut ohne jede Begründung abgenommen hat, sich als noch schlechter erweist als vorausgeahnt.

»Ab sofort ist in dieser Angelegenheit Kommissar Borda zuständig«, hat Inspektor Clemen gerade mit eisiger Stimme verkündet.

Leonilda stellt die Anordnung nicht infrage, das hat sie noch nie getan, sie steht bloß schweigend da und ringt nach Luft. Es ist nicht so, dass es sie wie eine plötzliche Erleuchtung überkäme, im Gegenteil. Schon seit Langem war da der Eindruck, dass etwas nicht stimmt, er hat nur so langsam Gestalt angenommen, dass sie es bis gerade eben kaum wahrgenommen hat. Jetzt ist es allerdings, als würde es sie gleich zerreißen. Um sich von dem Druck zu befreien, macht sie den Mund auf und fragt:

»Wie lautet meine nächste Aufgabe, Inspektor?«

Sie sieht Clemen unverwandt an und kämpft gegen den Zwang an, zu blinzeln, sie möchte nicht, dass ihr Tränen übers Gesicht laufen.

»Für heute haben Sie schon mehr als genug geleistet, Leonilda, fahren Sie ins Kommissariat zurück, und bleiben Sie bis Dienstschluss dort. Wir sehen uns morgen, so Gott will.«

Anschließend übernehmen die beiden Männer das Kommando. Kommissar Borda schreit: »Bloß keine Journalisten! Ich will keinen von denen hier sehen! Sofort die Absperrung erweitern!«

Leonilda macht sich auf den Weg zu ihrem Auto, als stieße sie jemand vor sich her, dann fängt sie an zu rennen, schlägt sich wütend mit der Faust in die geöffnete Hand. Den Blick hat sie gesenkt, niemand soll ihre feuchten brennenden Augen sehen. Sie schnorrt eine Zigarette, zündet sie an, die Glut leuchtet hell auf, als sie gierig daran zieht. Der aufsteigende Rauch kommt ihr vor wie ein Wesen aus dem Jenseits, das zu ihr sprechen, ihr etwas offenbaren möchte, doch als sie sich seinen Mitteilungen gerade öffnen will, hat es sich buchstäblich schon wieder in Luft aufgelöst. Als sie die Zigarette mit wenigen Zügen aufgeraucht hat, wirft sie den Stummel auf den Boden und zerquetscht ihn unter dem Stiefelabsatz. Dabei presst sie so fest die Zähne aufeinander, dass ihr die Kiefer wehtun.

Sie macht sich auf den Weg zurück ins Kommissariat. So schnell, wie ihre Wut hochgekocht ist, verfliegt sie jetzt wieder, Leonildas Gesichtszüge und die verkrampften Schultern entspannen sich. Wie das Leben so spielt: Ausgerechnet hier, wo sie ihre Kindheit verbracht hat, in diesem Arme-Leute-Viertel, ist der schwer bewachte Transporter überfallen worden, und all das Geld ist nun unterwegs an einen »sicheren Ort«, ja, wer weiß, vielleicht ist es längst am Ziel eingetroffen.

Noch in der Calle Rosaleda, kurz nach der Kreuzung mit der Calle Río Colorado, hält Leonilda an, um an einem Kiosk Zigaretten zu kaufen. Als sie die Packung geöffnet und sich die erste Zigarette angezündet hat, spricht sie jemand an.

»Bist du nicht die Leo?«

Die Frau steht in einem torlosen Durchgang, der sich gleich neben dem Kiosk auftut, er führt offensichtlich auf einen dieser schäbigen Hinterhöfe, wo die Ärmsten der Armen hausen, in Wohnungen, die kaum mehr sind als winzige

Verschläge. Die Alte hat eine schmuddelige Schürze umgebunden, an der sie sich immer wieder die fettigen Hände abwischt, ihre Fingernägel sind breit, schartig, schmutzig. In ihren ausgetretenen grauen Pantoffeln schlurft sie auf Leonilda zu, die sich überwinden muss, um vor dem Geruch nach abgestandenem Essen, Urin und uraltem Dreck, der sie anweht, nicht zurückzuweichen.

»Kennen wir uns?«

»Ich war mit deiner Mutter befreundet, du warst noch ein Kind. Später seid ihr umgezogen, ins Zentrum.«

»Ja, das ist richtig, als Kind hab ich hier gewohnt. Wie heißen Sie?«

»Ob ich dir das sagen soll? Ich weiß nicht, du gehörst schließlich zu den Bullen, stimmts? Ihr seid wegen dem Überfall hier, oder?«

»Ich hab mit dem Fall nichts zu tun.«

Die Frau sieht sie misstrauisch an, man merkt aber, dass sie Lust hat, weiterzusprechen.

»Ich heiße Mara, erinnerst du dich nicht? Ich hatte hier einen Laden und einen Friseursalon. Deine Mutter hat dir immer bei mir die Haare schneiden lassen, da warst du noch ganz klein. Früher waren hier lauter Wiesen und Felder, außer der kleinen Siedlung, wo ihr gewohnt habt.«

Vor Leonildas innerem Auge steigt das Bild eines kleinen Zimmers mit zwei Friseursesseln auf, samt Haarwaschbecken, Trockenhaube, Kämmen und Bürsten, Lockenwicklern, Kitteln, Handtüchern und einem Kabelgewirr. Um in das Zimmer zu gelangen, musste man zunächst den Ladenraum durchqueren. An ein Gesicht kann sie sich jedoch nicht erinnern, und auch an keine Mara. »Natürlich erinnere ich mich«, sagt sie.

Die Frau saugt laut schmatzend an ihrer Oberlippe. Leonilda versucht, sich den Ekel nicht anmerken zu lassen, während sie wie gebannt auf den zahnlosen Mund starrt.

»Ich hab den Mann gesehen, der die Bomben abgeschossen hat, von denen der Laster mit der Kohle explodiert ist.«

»Bomben?«

»Ich weiß nicht, wie das heißt, jedenfalls hats laut geknallt. Der Kerl stand da drüben, er hat so ein Ding im Arm gehalten, und mit dem hat er geschossen, und dann hats Bum! gemacht, und der Laster ist in Stücke geflogen. Ich habs genau gesehen, ich kann nämlich noch sehr gut sehen, auch wenn ich so alt bin.«

»Wie sah das Ding denn aus?«

Maras Beschreibung nach könnte es durchaus ein Granatwerfer gewesen sein, sagt sich Leonilda, das würde auch erklären, warum es am Ort des Überfalls so aussah, wie es aussah. »Und der Mann, der geschossen hat? Können Sie den auch beschreiben, Mara?«

Die Alte lacht und präsentiert das schwarze Loch ihres zahnlosen Mundes. »Kommt drauf an …«

»Worauf denn?«

Die alte Frau sieht sich misstrauisch um und flüstert: »Ob du mir was zahlst. Gestern haben sie uns ganz schön Druck gemacht, sie haben gesagt, dass es hier morgen Ärger gibt, dass was explodiert, und dass alle, die hier wohnen, schön zu Hause bleiben und mit niemandem sprechen sollen. Allen Nachbarn haben sie fünfhundert Pesos gegeben, bloß mir nicht. Die glauben, ich bin alt und hör nichts mehr, die Mistkerle. Kannst du mir fünfhundert Pesos geben?«

»Ich denke, ja. Und jetzt erzählen Sie mal von dem Mann mit dem Granatwerfer – mit diesem komischen Bombenwerfer, meine ich.«

»Groß, dünn, Augen wie harte Eier. Blauer Anzug. Und ein dunkles Riesenauto. Er hat so getan, als gehört die Straße ihm. Bekomm ich jetzt die Kohle? Scheißkerle, nicht einen Peso haben sie mir gegeben. Aber allen anderen schon.«

Leonilda gibt ihr einen Geldschein und kehrt nachdenklich zum Auto zurück. Sie lässt sich auf den Fahrersitz fallen und zieht Antinuccis Visitenkarte aus der Tasche. Was hat Roña noch mal gesagt, wie sollte der Anführer von dem Ganzen heißen? Ihr wird bewusst, dass sie der Sache nicht nachgegangen ist, sie weiß immer noch bloß, dass der Mann Anwalt sein soll und Antiruchi oder Anticruchi heißt. Sie wählt eine Nummer auf ihrem Mobiltelefon. »Und, seid ihr dem Typen hinterhergefahren, wie ich gesagt habe? Wo ist er jetzt? Gut, lasst ihn nicht aus den Augen, ich komme dorthin.«

10.40 Uhr

Vor wenigen Minuten ist Úrsula in das Parkhaus an der Ecke Calle Cerrito und Calle Juan Carlos Gómez gefahren, hat im zweiten Stock auf Germán gewartet und dann mit ihm das Geld von dem Toyota in ihren VW umgeladen. Bis jetzt ging alles mehr oder weniger problemlos, obwohl es gar nicht so einfach war, all die Säcke in dem sehr viel kleineren Kofferraum ihres Autos unterzubringen. Außerdem waren sie dabei den Blicken der um sie herum Parkenden ausgesetzt, das heißt, eigentlich gab es nur eine Person, die ein wenig neugierig, um nicht zu sagen, aufdringlich geguckt hat. Ein Mann, der wenige Meter entfernt seinen Lieferwagen parkte. Germán erstarrte, als er sich ihnen näherte, entspannte sich jedoch wieder ein bisschen, als der Mann bloß um Feuer bat und anschließend die Rampe hinabstieg und verschwand, ohne sich noch einmal umzusehen. Úrsula dagegen hat sich beim Anblick von so viel Geld auf einem Haufen zunächst der Magen zusammengezogen, dann hat sie sich aber wieder in den Griff bekommen.

»Wer bringt jetzt den Toyota weg? Und wer fährt den VW in die Garage?«

»Entscheiden Sie, Úrsula«, flüstert Germán so leise, dass es kaum zu verstehen ist.

Nach kurzem Überlegen sagt Úrsula: »Sie sind stärker als ich, und die Säcke müssen ja abgeladen und versteckt werden. Ganz hinten in der Garage ist ein großer Schrank, haben Sie den vorhin gesehen, als Sie mein Auto geholt haben? Da tun Sie die Säcke rein, und danach schließen Sie den

Schrank ab. Allzu viel bringt das nicht, aber es ist besser als nichts. Und dann warten Sie auf mich.« Sie betrachtet den vor ihr stehenden Germán. Ein erbarmungswürdiger Anblick, er klappert mit den Zähnen, seine Hände zittern, das schweißnasse Haar klebt ihm am Kopf. »Also los, Germán. In ein paar Minuten bin ich auch dort. Den Garagenschlüssel haben Sie, der vom Schrank steckt.«

»Ich weiß nicht, ob ich das schaffe, mir ist schlecht. Mir dreht sich alles vor den Augen …«

»Reißen Sie sich zusammen, die Sache ist doch gleich erledigt. Sobald ich da bin, übernehme ich den Rest. Fahren Sie wenigstens mit dem Auto bis in die Garage und warten dann. Das mit dem Umladen kann auch ich machen.«

Germán kann nicht mehr klar sehen, die Welt verschwimmt ihm vor den Augen, ganz bald wird das Kribbeln in den Armen und Beinen anfangen, er kennt das genau, und dann kommt wieder dieses Gefühl, dass er gleich ohnmächtig wird. Er wagt jedoch nicht, Úrsula zu sagen, dass er sich nicht sicher ist, ob er die Strecke bis zur Garage übersteht, auch wenn es bloß vier oder fünf Querstraßen sind. Zum x-ten Mal durchwühlt er auf der Suche nach den Tabletten seine Taschen, wieder vergeblich.

»Auf gehts, Germán, die Welt ist nichts für Angsthasen. Den Lauen aber wird Gott ausspeien, wie es in der Bibel heißt.«

Germán bekommt immer schlechter Luft, die Welt zieht sich zurück, und er hat das Gefühl, in einer Fruchtwasserblase zu treiben. Gleichzeitig kann er sich kaum bewegen.

»Denken Sie an unser Geld, Germán! Wollen Sie, dass sie uns finden und uns alles wieder wegnehmen?«

Mühsam schüttelt Germán den Kopf. Er blickt zu Boden und fragt sich, ob es ihm tatsächlich so viel ausmachen würde, das Geld zu verlieren.

»Eben. Also beeilen Sie sich!«

Germán steigt in Úrsulas VW. Beim Anschnallen spürt er ein Stechen in der Brust. Wie soll er in diesem Zustand den Wagen in Gang bringen? Irgendwie gelingt es ihm trotzdem, und er fährt los, die Hände ans Lenkrad geklammert. Langsam, fast im Schritttempo, geht es die Rampe hinunter, er hat Angst, die Kontrolle über seine Hände zu verlieren, gegen die Wand oder ein anderes Auto zu stoßen. Er spürt das Hämmern seines Pulsschlags, in der Brust, im Magen, in der Kehle. Als er vor der Schranke steht und das Seitenfenster hinuntergelassen hat, schafft er es nicht, auf den grünen Knopf zu drücken. Irgendwann kommt jemand aus dem Aufsichtshäuschen und öffnet die Schranke von Hand. Germán wartet mit geschlossenen Augen, bis die Durchfahrt frei ist, und hört den röchelnden Klagelaut, der aus der Tiefe seiner Brust steigt. Auf der Straße angekommen, merkt er, dass das Seitenfenster immer noch unten ist, die kalte salzhaltige Luft, die hereindringt, streicht ihm übers Gesicht, er muss blinzeln. Als er den Blinkerhebel betätigen will, rutscht die schweißnasse Hand daran ab. Beim Fahren ist er ganz damit beschäftigt, bloß nicht mit anderen Autos zusammenzustoßen, er will aber auch keinesfalls stehen bleiben. Darüber verliert er die Orientierung und biegt mehrfach falsch ab. Er darf Úrsula jetzt nicht enttäuschen und kämpft mit aller Kraft gegen den Wunsch an, das Auto einfach irgendwo stehen zu lassen und abzuhauen, wohin auch immer, Hauptsache, weit weg von alldem und von seiner verfluchten Angst. Verzweifelt ringt er nach Luft, er weiß genau, was jetzt passiert – gleich wird ein Stahlkorsett ihm unerbittlich die Brust abschnüren. Keuchend hält er an einer Ecke an, klammert sich weiterhin fest ans Lenkrad und hört ein grässliches Geräusch, das aus seiner Lunge dringt. Angst, Panik.

Wie immer in solchen Augenblicken möchte er bloß noch sterben. Aber das kann er Úrsula nicht antun, sie haben so viel für dieses Geld aufs Spiel gesetzt. »Den Lauen aber wird Gott ausspeien«, hat Úrsula gesagt. Er versucht, sich zusammenzureißen, saugt mit aller Kraft Luft ein. Ein winziges bisschen dringt in seine Lunge, und er verspürt, wenigstens vorläufig, Erleichterung, zumindest wird er nicht jetzt gleich ohnmächtig werden. Er fährt weiter, über die nächsten zwei Kreuzungen. Er hört die Turmuhr der Kathedrale, nach dem sechsten Schlag ist er nicht mehr in der Lage, mitzuzählen. Es muss bereits Mittag sein, viele Leute sind unterwegs, die Restaurants stellen trotz der Kälte und der aufziehenden Wolken Tische auf den Bürgersteig. Wieder befällt ihn das Gefühl, im Inneren des Autos wie in einer zähen Flüssigkeit dahinzutreiben. Um ihn herum hupen die Autofahrer. Wieder muss er all seine Kraft zusammennehmen, um nicht einfach anzuhalten, aus dem Auto zu stürzen und es samt all dem Geld hinter sich zu lassen, ohne auch nur die Tür zuzumachen, an der nächsten Ecke ein Taxi zu nehmen und auf die ganze Unternehmung zu scheißen. Wieder gelingt es ihm, seine Lungen halbwegs mit Luft zu füllen. Er wirft einen Blick auf die Rückbank, wo die Säcke liegen, die nicht mehr in den Kofferraum gepasst haben. Er muss sich zusammenreißen, die Zähne aufeinanderbeißen, seine verfluchte Angst überwinden, das ist er Úrsula schuldig. Aber wie soll er es schaffen, heil in ihre superenge Garage hineinzukommen? Bevor ihn erneut die Panik übermannt, sagt er sich, dass er es ja auch aus der Garage herausgeschafft hat. Also Schluss mit dem ängstlichen Grübeln! An der nächsten Kreuzung hält er kurz an, atmet mehrmals tief durch und biegt dann in die Calle Buenos Aires. Immer wieder tritt er statt auf die Kupplung auf die Bremse, entsprechend holprig geht es voran. Trotzdem sind es irgendwann bloß noch drei oder vier Querstraßen bis zum Ziel. Er biegt nach links in die Calle Treinta y Tres, bleibt an der nächsten Kreuzung erneut stehen, beobachtet die vorbeigehenden Leute, sie machen einen völlig normalen Eindruck, irgendwelche Ängste scheinen sie nicht zu verspüren. Wie schaffen die das bloß, ihr Scheitern so wegzustecken? Der feuchte Wind vom Meer her streicht ihm über die Wangen, und mit Tränen in den Augen entdeckt er das Grün der Uferpromenade am Ende der Straße. Seine Übelkeit ist auf einmal wie verflogen.

Bei der nächsten Kreuzung hält er wieder und lässt einen Jungen passieren, der einen Hund spazieren führt, und danach einen Mann, der eine riesige Kiste schleppt. Er kann jetzt wieder ganz normal atmen. Er beißt sich auf die Lippe, wirft einen Blick zurück und legt den ersten Gang ein.

10.44 Uhr

Wenige Minuten nachdem Úrsula mit dem Toyota das Parkhaus verlassen hat, hält sie an der Hafenpromenade und wischt mit einem Feuchttuch über das Lenkrad, die Ablage, den Schaltknüppel, den Fahrer- und den Beifahrersitz, die Türgriffe und die Sichtschutzklappe. Auf der Fahrt bis hierher hat es keine besonderen Zwischenfälle gegeben. Eigentlich hatte sie vor, einfach auszusteigen und sich sofort aus dem Staub zu machen, um nicht doch noch ihren höchstwahrscheinlich durch den Zwischenstopp im Parkhaus alarmierten Verfolgern in die Hände zu fallen. Die vielen Autos und Fußgänger, die um diese Uhrzeit unterwegs sind, vermitteln ihr jedoch das Gefühl von Sicherheit, und da sie außerdem nirgendwo jemanden gesehen hat, der ihr verdächtig vorkam, hat sie schließlich dem Drang nachgegeben, die Sache korrekt zu Ende zu bringen, so wie es sich gehört – so wie Papa es gemacht hätte.

Nachdem sie also alle Fingerabdrücke im Inneren des Autos beseitigt hat, knüllt sie das Tuch zusammen und steckt es in eine kleine Plastiktüte, die sie später irgendwo in einen Papierkorb werfen wird.

Dann steigt sie aus, schließt die Tür ab und geht davon. Den Autoschlüssel lässt sie in einen Gully fallen, so wie sie es einmal im Kino gesehen hat. Vor ihr liegt der Hafen, riesige Ladekräne, übereinandergestapelte Container, Bürotürme. Der Südwind trägt kalte salpetrige Luft heran. Sie öffnet ihre Handtasche und sucht nach der Tüte mit dem gebrauchten Feuchttuch, sie muss lange wühlen und sagt sich, dass sie viel zu viel Zeug mit sich herumschleppt, höchste Zeit, endlich einmal gründlich auszumisten. Aber nicht jetzt. Schon bald wird sie bei der Garage und bei Germán ankommen, vor allem aber bei dem Geld, das für sie weniger Geld als vielmehr die Verheißung einer Villa in Carrasco darstellt, mit Park, Swimmingpool und einer eleganten Limousine, nicht so einer elenden Schrottmühle wie ihrem VW Golf. Bei dem Gedanken an die äußerst widerstandsfähigen und reißfesten Kunststoffsäcke, in denen sich das Geld befindet, fragt sie sich, ob sie ein Spezialmesser brauchen wird, um sie zu öffnen. Eigentlich müsste Papas alter Cutter genügen, den sie in einer Schublade des Garagenschranks mit dem übrigen Werkzeug aufbewahrt, vorausgesetzt, die Klinge ist noch scharf genug. »Glaub bloß nicht, ich erlaube dir, für deine Verbrechen meine Sachen zu benutzen, Úrsula!« – »Pst, liebster Papi, ich kann gerade nicht sprechen, ich hab zu tun. Später gern, aber jetzt stör mich bitte nicht, ja? Also, schnell zurück ins Grab!« In der Zwischenzeit haben sich Wolken am Himmel zusammengezogen, man könnte fast denken, die Nacht bricht an, so dunkel ist es geworden. Úrsula schlägt den Mantelkragen aus weicher Wolle hoch und geht weiter an der Hafenpromenade entlang.

Auf einmal tauchen wie aus dem Nichts zwei Männer auf, der eine stellt sich ihr in den Weg, der andere packt sie am Arm und sagt: »Kommen Sie mit, jemand möchte etwas mit Ihnen besprechen.« Anschließend führt er sie zu einem Auto, das ebenso plötzlich am Straßenrand angehalten hat. Als er sie durch die geöffnete Seitentür hineinstoßen will, wehrt Úrsula sich, indem sie mit aller Kraft die Hände gegen den Türrahmen stemmt. Eine im Auto sitzende Person spricht säuselnd in ein Mobiltelefon: »Keine Sorge, wir haben sie.«

Da erblickt Úrsula ein langsam näher kommendes Polizeiauto. Sie befreit sich aus dem Klammergriff des Mannes, fuchtelt mit den Armen und ruft: »Hilfe, Hilfe, man will mich ausrauben!«

Doch die Polizisten scheinen sie weder zu sehen noch zu hören – durchaus möglich, dass der kräftige Wind ihre Worte verweht – und fahren einfach vorbei.

»Los jetzt, rein mit ihr!«, befiehlt die Stimme aus dem Wageninneren. Und fährt fort: »Lassen Sie es gut sein, Señora, Sie würden sowieso nicht weit kommen. Das Geld gehört mir, und ich hole es mir jetzt zurück, bilden Sie sich bloß nicht ein, Sie können etwas dagegen unternehmen.«

Úrsula stößt seufzend ihren Bewacher zur Seite und steigt von allein ins Auto, wo sie ein Geruch nach frischem Leder, Kaschmir und Vetiverseife empfängt. Sie macht es sich bequem, schiebt sich nachlässig eine Haarsträhne hinters Ohr und mustert den Mann auf dem Platz neben ihr: blauer Anzug, schwarze, auf Hochglanz polierte Schuhe, gegeltes Haar. Sie fahren los, und Úrsula merkt erst jetzt, wie dunkel es geworden ist, vielleicht stammt der Eindruck aber auch von den getönten Scheiben dieses superluxuriösen Audi.

»Also, machen wir es kurz: In dem Toyota ist mein Geld nicht mehr. Wohin haben Sie es gebracht?«

Der Wagen gleitet, von einem der Schlägertypen chauffiert, majestätisch und nahezu geräuschlos dahin und erreicht irgendwann die Rambla Baltasar Brum. Das große Zollgebäude und der Hafenmarkt ziehen an ihnen vorbei. Am Horizont, weit draußen auf dem Río de la Plata, reiht sich Containerschiff an Containerschiff. Úrsula antwortet, ohne ihrem Gesprächspartner ins Gesicht zu sehen. »Ihr Geld? Ich würde sagen, das Geld gehört mir, Señor. Ich hab es mir verdient.« Sie stellt fest, dass der Adamsapfel des Mannes neben ihr in ständiger Bewegung ist, in rasendem Tempo steigt er auf und ab.

»Wollen Sie mich verarschen? Ich hab die ganze Sache organi…«

»Von Organisieren kann keine Rede sein, Sie haben nicht mal eingeplant, dass der Transporter auch früher kommen könnte. So war es aber. Und Sie haben nicht genug Leute zusammengetrommelt. Einer von Ihrem mickrigen Trio hat sich mittendrin abgesetzt, der andere hat sich als durchgedrehte Killertype erwiesen und fast die halbe Nachbarschaft umgelegt, und der Dritte ist vor Panik in Ohnmacht gefallen. So was nennen Sie organisieren?«

Antinucci dreht den Kopf zur Seite, als wäre er gerade geohrfeigt worden. Seine Stimme klingt jetzt nicht mehr ganz so hochtrabend: »Soll ich mich etwa dafür bedanken, dass Sie die Sache an sich gerissen haben und einfach aufgekreuzt sind, einen meiner Männer umgelegt und den anderen entführt haben und anschließend mit dem gesamten Geld abgehauen sind?«

»Wenn Sie nicht zugeben wollen, dass Sie unfähig sind, irgendwas vernünftig zu planen und sich die richtigen Leute dafür zu suchen, ist das Ihr Problem ...«

Ein rötlicher Schimmer überzieht Antinuccis für gewöhnlich aschfahle Wangen, und seine stramm martialische Erscheinung verliert ein wenig die übliche Härte, schuld daran ist möglicherweise das leise Zittern seiner Unterlippe. Das Mobiltelefon klingelt, er zieht es aus der Tasche, wirft einen Blick auf das Display, nimmt den Anruf aber nicht entgegen.

»Ich habe dieses Unternehmen gerettet. Wenn ich nicht gerade noch rechtzeitig eingegriffen hätte, hätte Ihr mit Drogen vollgepumpter Brutalo den Depressivling umgebracht und weiter gewütet, bis die Polizei gekommen wäre und das ganze schöne Geld wieder aus dem Toyota geholt hätte. Das habe dafür ich übernommen, abgesehen davon, dass ich den Wagen von sämtlichen Fingerabdrücken gereinigt und vernünftigerweise an einer weit entfernten Stelle habe stehen lassen.«

Antinucci fährt sich über die schweißnasse Stirn und knöpft seine Jacke auf. Sein Gesicht glüht, im Kopf dreht sich ihm alles. Er fühlt sich von Sekunde zu Sekunde schlechter. Immer wieder sieht er auf das Display seines Mobiltelefons. »Wo ist das Geld?«, fragt er mit brüchiger Stimme.

»Das sage ich Ihnen nicht. Halten Sie mich etwa für blöd? Wenn Sie wollen, können Sie mich ja umbringen und in Stücke schneiden – sagen werde ich es Ihnen trotzdem nicht.«

»Ich glaube, Sie haben keine Ahnung, wozu ich imstande bin …«

Úrsula lächelt, allerdings sozusagen nur mit der einen Gesichtshälfte – mit der anderen sieht sie Antinucci ernst, finster, um nicht zu sagen, angewidert an.

»Wollen Sie mich etwa in ein dunkles Zimmer einsperren?«

Wovon redet die, fragt sich Antinucci, wieso dunkles Zimmer? Er muss blinzeln, sein Kopf schmerzt, und er spürt einen seltsamen Geschmack im Mund. Dann hört er sich auf einmal etwas sagen, womit er unmöglich einverstanden sein kann, aber ihm bleibt wohl keine andere Wahl: »Ist ja gut, verhandeln wir. Ich brauche das Geld jetzt sofort.«

»Schön, allmählich scheinen Sie zu verstehen.«

»Wie viel?«

»Was heißt, wie viel?«

»Wie viel wollen Sie?«

Langes Schweigen.

»*Ich* habe das Geld, wenn jemand sagen muss, wie viel er davon will, sind Sie das. Ich werde dann darüber nachdenken.«

Antinucci blickt wieder auf das Display seines Mobiltelefons. Dann sieht er erneut Úrsula an. Er lockert seinen Krawattenknoten, knöpft den obersten Hemdknopf auf. »Seien wir realistisch, und die Grundrechenarten beherrschen Sie sicherlich so gut wie ich – soweit ich weiß, sind vier Millionen im Spiel. Behalten Sie eine, und geben Sie mir den Rest zurück.«

Úrsula wendet sich ihrem Gesprächspartner jetzt direkt zu. »Ich werde Ihnen etwas sagen: An diesem Unternehmen waren vier Personen beteiligt. Sie, der Typ, der abgehauen ist, der Brutalo und der Depressivling. Aufgrund verschiedener Umstände, die ich nicht erneut aufzählen möchte, um Sie nicht noch mehr zu quälen, sind jetzt bloß noch Sie, der Depressivling und ich übrig. Das Geld muss also zwischen uns dreien aufgeteilt werden – eins Komma drei, drei, drei Millionen für jeden.«

»Sie haben etwas übersehen, einen weiteren Geschäftspartner, meine ich.«

»Und wer ist das?«

»Die Polizei, Señora.«

»Aha. Das wundert mich nicht. Was für eine beschissene Welt, nicht mal den Ordnungshütern kann man trauen. Also gut, dann teilen wir durch vier.«

»Einverstanden. Und jetzt bringen Sie mich endlich dorthin, wo Sie das Geld aufbewahren, höchste Zeit, dass wir die Sache zu Ende führen.«

»Dann lassen Sie erst mal Ihre Killer aussteigen. Da, wo ich hinwill, brauche ich keine weiteren Zeugen.«

Antinuccis Antwort hört sich kein bisschen martialisch an: »Sind Sie nicht ganz richtig im Kopf? Ohne meine Leute fahre ich nirgendwohin.«

»Ich sage Ihnen doch: Ich brauche keine Zeugen. Also tun Sie, was ich gesagt habe.«

»Auf keinen Fall. Bis hierher und nicht weiter, Sie haben die Wahl. Und jetzt sagen Sie, wo wir hinfahren sollen, ich will endlich mein verdammtes Geld wiederhaben.«

»Calle Treinta y Tres dreihundertdreiunddreißig.«

»Sie sind mir vielleicht eine Type …«, flüstert Antinucci.

Weder er noch Úrsula haben die Frau bemerkt, die sie aus einem anderen Auto heraus beobachtet. Es handelt sich um Leonilda Lima, gerade mustert sie neugierig Úrsulas Profil.

Besonders gut sehen kann sie sie nicht, die getönten Scheiben lassen nicht allzu viel erkennen, und dennoch überzieht auf einmal ein Lächeln das Gesicht der Kommissarin. Das ist doch tatsächlich dieselbe Frau wie die auf dem Foto, das neben ihr auf dem Beifahrersitz liegt. Es stammt aus dem Melderegister, und die Personendaten dazu hat sie auch, ihr Wohnsitz befindet sich in der Calle Sarandí, Ecke Calle Treinta y Tres.

Unauffällig setzt sie die Verfolgung von Antinuccis Audi fort.

10.44 Uhr

Germán wischt sich abrupt die Tränen aus dem Gesicht. Er muss sich konzentrieren, sein Ziel erreichen, er darf sich nicht gehen lassen, jetzt, wo er nur noch wenige Meter von der Garage entfernt ist. Bei dem Gedanken, wie schmal die Einfahrt ist, gehts wieder los mit Schlottern, Schwitzen, Herzklopfen und Kloß im Hals.

Als er vor dem Haus ankommt, biegt er nach rechts ab und fährt auf den Bürgersteig. Beim Anblick des Garagentors befällt ihn ein Zittern. Er stellt erst einmal den Motor aus und versucht abzuschätzen, wie viel Platz wohl beim Durchfahren zu beiden Seiten frei bleibt. Er will endlich die verfluchten Säcke loswerden, sie ausladen, verstauen, seinen Teil der Abmachung erfüllen, und dann bloß noch dasitzen und warten, bis Úrsula eintrifft. Oder davonrennen, fliehen. Aber er ist weder zum einen noch zum anderen imstande. Stattdessen hat er das Gefühl, gleich vor Angst zu sterben, die Luft bleibt ihm wieder weg, sein Rücken ist klatschnass, das Hemd klebt ihm am Körper, während der Schweiß aus Achseln, Armen, Hals rinnt. Er tastet vergeblich nach dem Türgriff, klammert sich schließlich mit den Händen an den Sitz. Bloß weg hier, verschwinden, sterben. Er schließt die Augen und versucht einzuatmen, ein rasselndes Geräusch dringt aus seiner Brust. Rotz, Schleim, Tränen.

Die Zeit verstreicht, aber Germán bekommt nichts davon mit, er weiß, er müsste jetzt handeln, aber er kann nicht. Wie lange steht er hier schon? Zehn Minuten, eine halbe Stunde, länger? Er braucht Luft, muss sich beruhigen. Die

Panik geht wieder vorbei, das ist immer so, und er weiß das, aber er hat Angst, dass er es diesmal nicht übersteht.

Allmählich, kaum wahrnehmbar, dringt wieder Luft in seine Lungen, die Atmung wird regelmäßiger, die Angst ist noch da, aber jetzt hat er sie im Griff.

Endlich schafft er es, den Türgriff zu betätigen, er steigt aus und lehnt sich mit dem Rücken an den Wagen, versucht, seine Gedanken zu ordnen. Er muss sich in aller Ruhe ansehen, wie breit diese Durchfahrt tatsächlich ist, und dann endlich in die Garage fahren, sagt er sich immer wieder, rührt sich aber nicht vom Fleck.

Unerwartet findet er doch noch eine Tablette in einer seiner Taschen, legt den Kopf in den Nacken und steckt sie sich in den Mund.

Sein Herzschlag und die Atmung werden wieder gleichmäßig.

Er richtet sich auf, streckt die Arme aus, macht sich bereit zum Losgehen, Úrsula kann jeden Augenblick eintreffen, und er hat seine Aufgabe noch nicht erledigt. Erneut durchwühlt er seine Taschen, findet schließlich den Garagenschlüssel, legt ihn sich auf die ausgebreitete Handfläche und betrachtet ihn, sieht dann auf und blickt in die Ferne. Weit, weit weg. Die Panikattacke ist inzwischen fast vorbei. Ihm kommt es vor, als hätte er die Explosion einer Atombombe überlebt. Dafür spürt er jetzt die ganze Last der Verantwortung auf seinen Schultern – ein Obelisk aus Granit dürfte kaum schwerer sein.

»Den Lauen aber wird Gott ausspeien«, sagt er sich. Dann geht er zum Garagentor, sieht sich noch einmal um, versucht, ein unschuldiges Gesicht zu machen, einfältig, ja, schwachsinnig zu lächeln. Er dreht den Schlüssel im Schloss, stößt das Tor auf, ein düsterer Muff schlägt ihm entgegen, er tritt einen Schritt zurück, aber der Friedhofsgeruch nach feuchten, fleckigen, rissigen Mauern verfolgt ihn. Seine bebenden Nasenflügel saugen ihn ein, und das Bild einer toten Ratte steigt in ihm auf. Er kann den Tod nicht sehen, aber seine Nase sagt ihm, dass er dort drin auf ihn wartet.

Er drückt die Tür wieder zu, dreht sich um und gibt die Reste des vor mehr als drei Stunden eingenommenen Frühstücks von sich. Dann steigt er ins Auto, startet den Motor und setzt zurück. Während sein Körper noch irgendwie fähig ist, die nötigen Bewegungen auszuführen, erstarrt sein Geist zu völliger Reglosigkeit.

Er fährt schnell bis zur Uferpromenade, biegt dort ab. Wieder fühlt er sich am Ende seiner Kräfte, will bloß noch fliehen. Weiter geht es auf der breiten Straße, mit all den Millionen im Gepäck, wohin auch immer.

DRITTER TEIL

Papa

Bis zum Hals in Schwierigkeiten, wie immer, anders kenne ich dich nicht.

Vor Misstrauen, Angst und Gier bricht dir der Schweiß aus, dir, mit deiner hemmungslosen Fresssucht. Du Dickwanst, egal, was um dich herum passiert, du denkst bloß daran, dich vollzustopfen, selbst jetzt, wo dir diese Kerle im Nacken sitzen.

Wann hat das angefangen, Úrsula? Das möchte ich gerne mal wissen. Seit wann ist da dieser ordinäre unterschwellige diabolische Trieb in dir, sag es mir! Und halt dir nicht die Ohren zu, sag nicht, ich soll still sein – das hilft alles nichts. Und erzähl vor allem nicht, das kommt vom Eingeschlossensein, davon, dass ich dich gezwungen habe, allein in deinem dunklen Zimmer zu bleiben. Ich weiß nämlich genau, dass das alles schon viel früher angefangen hat. Es hat angefangen, als dir auf einen Schlag klar geworden ist, dass deine Schwester Luz schöner und schlanker war, oder vielmehr ist, als du, als du begriffen hast, dass sie außerdem ein viel besserer Mensch war als du, oder vielmehr ist.

Ich sehe, wie du aus diesem finsteren schwarzen Auto steigst und von zwei Kriminellen und dem Mafioso Antinucci begleitet die Straße überquerst, und ich frage mich, in was für eine Geschichte du da wieder geraten bist, Úrsula, was hattest du bei diesem Überfall zu suchen, der so viele Menschen das Leben gekostet hat? Was hast du mit diesem Gesindel zu tun, das dir das Geld abjagen will, an das du unrechtmäßig gekommen bist? Ich möchte dir zurufen:

Lauf weg! Weg von diesem Haus und der Tür, in die du gerade mit entschlossener Bewegung einen Schlüssel steckst, gefasst, obwohl du insgeheim immer größeres Misstrauen empfindest. Fliehe, aus dieser Straße und diesem Viertel, solange es noch geht! Aber du hältst dir die Ohren zu und beschimpfst mich flüsternd, konzentrierst dich dabei ganz auf das, was du vorhast, und presst die Arme an den Körper, damit man deinen Achselschweiß nicht riecht, du Dickwanst. Und jetzt machst du die Tür auf.

Ich sehe, Úrsula, wie du die nach feuchtem Grab riechende Garage betrittst und unsicher nach dem Lichtschalter tastest, während dich das ungute Gefühl beschleicht, dass die Dinge nicht wie geplant verlaufen sind, dass etwas schiefgegangen ist. Mit deiner Ruhe ist es vorbei, nicht so jedoch mit dem Hunger. Mit der einen Hand tastest du nach dem Lichtschalter, und mit der anderen, die genauso verkrampft und dick ist, umklammerst du den Revolvergriff in der Tasche, und trotz der Angst und der bösen Vorahnungen kommst du dir vor wie in einem Kriminalroman, der deinem Leben Sinn verleiht.

Ich sehe, dass du deine Unsicherheit überwindest und dir schnell einen Plan zurechtlegst. Du verscheuchst deine Ängste, und der Schweiß unter den Achseln versiegt. Ein geradezu schelmisches Lächeln blitzt in deinen Augen auf, du schaltest die kleine Birne an, die von der Decke baumelt, gehst hinein, siehst dich um, wendest dich Antinucci und seinen zwei Killertypen zu und spielst die Überraschte. Erklärst – als ob das nötig wäre –, dass niemand da ist, dass Germán es also vielleicht noch nicht bis hierher geschafft hat, oder aber – überlegst du laut –, was natürlich viel schlimmer wäre, er ist mit dem Geld durchgebrannt. Da erbleicht Antinucci, tritt schreiend und fluchend und mit den Armen fuchtelnd auf dich zu, dir verschwimmt die Sicht, weil der Schweiß dir wieder von der Stirn in die Augen rinnt.

Antinucci brüllt fragt fordert keift schimpft und seine aufgebrachten aggressiven Worte rufen einen immer größeren Hass in dir hervor, der jeden Augenblick explodieren kann. Die Tür, die bloß angelehnt war, öffnet sich ein wenig, was am Wind oder am Luftzug liegen muss. In der Garage, in der es nach Urin, Dreck und Verwesung riecht, sind vier Personen, Antinucci, seine Killer und du, Úrsula. Viel Platz ist hier nicht, der Raum ist ziemlich schmal, du müsstest eine wahre Meisterin in der Kunst des Entkommens sein, um die etwa drei Meter entfernte kleine Eisentür zu erreichen, sie zu öffnen, hindurchzuschlüpfen und hinter dir mit dem Riegel zu verschließen, den Sebastián, wie du weißt, niemals vorlegt, und all das in weniger Zeit, als ein Lidschlag dauert.

Warum wächst du jedes Mal an Schwierigkeiten, Úrsula, wie schaffst du es, zu solcher Form aufzulaufen, wenn die Lage sich so zuspitzt?

Deine wundersame Verwandlung hat eingesetzt, dein Selbstbewusstsein fast wieder Höchstmaß erreicht. Dabei greifst du auf deine schärfste Munition zurück, deinen Hass.

Du spürst, dass sich draußen vor der Tür etwas regt, ein Schatten treibt sich dort herum, du riechst etwas, den ordinären Duft einer fünften Person – einer Frau? –, die bis jetzt im Drehbuch nicht vorgesehen war. Die Polizei?, fragst du dich. Wer außer einer Polizistin könnte ein dermaßen ordinäres Parfüm verwenden – Grapefruit und Kokosöl? Du rümpfst die Nase, arbeitest an deinem Plan weiter, analysierst die Lage – allzu hell ist es hier drin nicht, die 25-Watt-Birne sorgt gerade einmal für ein mattes Zwielicht.

Jetzt gehst du auf Antinuccis Fragen und Vorwürfe ein, hältst dagegen, sagst, er soll Geduld haben, und dabei näherst du dich vorsichtig, verstohlen, der rettenden Eisentür.

Eine unheilbar dicke Frau versucht abzuschätzen, wie groß die Entfernung zu ihrem Ausweg ist, wie viel Schwung sie brauchen wird, um ihn rechtzeitig zu erreichen.

Die Garage gleicht jetzt einem Schiff auf hoher See, kurz vor dem Sturm.

Noch ein Schritt in Richtung Tür, und noch einer, wieder spürst du die Gegenwart der anderen Person, riechst die Mischung aus Grapefruit und Kokos, nimmst jetzt auch eine Spur Edelholz darin wahr, merkst – deine Nase verrät es dir –, dass sie näher kommt. Auch Antinucci und seine Killer müssen etwas gemerkt haben, oder dein Blick hat es ihnen verraten, denn sie drehen sich schlagartig zur Eingangstür um.

Du, Úrsula, machst dir ihre kurze Unaufmerksamkeit zunutze und erreichst in zwei großen Sätzen die Eisentür, reißt sie auf, schiebst dich hindurch, stößt sie hinter dir zu, legst den rostigen Riegel vor und rennst durch den Flur von Sebastiáns Haus, hörst die Schüsse hinter dir, auf der anderen Seite der Eisentür, die Schreie, die Polizeisirenen, die Aufforderungen, stehen zu bleiben. All das bleibt hinter dir zurück, wird immer leiser.

Und ich kenne dich. Ich weiß, dass du schließlich in das Zimmer am hinteren Ende gelangen wirst, wo du Sebastiáns Katze sehen und ihr kurz über den Rücken streichen wirst. Dann wirst du die geheime Falltür aufmachen, die Leiter hinunterklettern und durch den unterirdischen Gang bis zu der Stelle laufen, wo eine andere Leiter zu einer anderen Falltür hinaufführt, durch die du in die Buchhandlung gelangst, in der Sebastián arbeitet. Du wirst aus der Öffnung steigen, dein Haar glatt streichen und, vielleicht mit einem Augenzwinkern, an ihm vorbei und aus dem Geschäft spazieren. Was danach kommt, spielt keine Rolle, denn du wirst in jedem Fall den Sieg davongetragen haben.

Ich sehe dir zu, und ich liebe dich, Úrsula, du bist Fleisch von meinem Fleische, bist mein Werk, das Ergebnis jahrelanger Arbeit, du und ich, wir sind der gleiche Abschaum, wie ich weiß, seit mein Leichnam in diesem Grab vor sich hinmodert, in das du mich befördert hast.

Bericht aus der Tageszeitung *El informante.*

BRUTALER ÜBERFALL AUF GELDTRANSPORT – MINDESTENS FÜNF TOTE

Ein brutaler Raubüberfall auf einen Geldtransport an der Kreuzung Calle Rosaleda und Calle Moreras hat gestern Morgen die Bewohner des sonst so ruhigen Stadtteils La Chapita aufgeschreckt. Eine aus mindestens drei Mitgliedern bestehende Gruppe schwer bewaffneter Krimineller versuchte gegen 09.30 Uhr, einen Geldtransporter der Firma Asegur auszurauben. Die Täter, die in einem Nissan-Lieferwagen unterwegs waren, stoppten das Fahrzeug in dem erwähnten Stadtteil im Westen Montevideos und versuchten, gewaltsam in den Laderaum einzudringen, woran sie von den Wachleuten im Inneren desselben zunächst gehindert wurden. Im Verlauf eines heftigen Schusswechsels, bei dem schwere Waffen unterschiedlichen Kalibers wie auch Granaten eingesetzt wurden, kam es zur Explosion beider Fahrzeuge. Dabei fanden sämtliche Beteiligten mit Ausnahme des Anführers der Kriminellen den Tod. Dieser wurde als der mehrfach vorbestrafte Ricardo Prieto, alias »el Roto«, identifiziert, der erst vor Kurzem bei einem Verhör auf spektakuläre Weise aus dem Gebäude des Strafgerichts entkommen war. Prieto wurde mit einem Bauchschuss ins Krankenhaus eingeliefert und schwebt noch in Lebensgefahr.

Einem Zeugen zufolge dauerte der Schusswechsel bis zur

zweifachen Explosion etwa zehn Minuten. »Sehen konnte ich nichts«, erklärte Pedro Álvarez, Anwohner der Straße, in der sich das schreckliche Ereignis zugetragen hat, »die Kugeln haben überall ringsum Fenster und Türen durchschlagen, deshalb habe ich versucht, mich unter dem Bett in Sicherheit zu bringen.« Gegen 09.40 Uhr war das Schlimmste vorbei.

Der mit dem Fall betraute Kriminalinspektor Clemen trat Gerüchten entgegen, wonach ein bekannter Anwalt an dem Überfall beteiligt gewesen sein soll. Dieser, so Clemen, befand sich zum fraglichen Zeitpunkt wie jeden Tag auf Gefängnisvisite bei inhaftierten Klienten, wie mindestens ein Dutzend Zeugen bestätigen könnten.

Auch das rasche Eingreifen der Feuerwehr konnte nicht verhindern, dass das im Inneren des Transporters befindliche Geld vollständig den Flammen zum Opfer fiel.

Úrsula

Es ist Juni. Auf der südlichen Erdhälfte geht der Herbst zu Ende. Jetzt, um halb sechs Uhr abends, ziehen wie eine Masse ineinander verknäulter Gedärme lange, grauweiße Wolken über den Himmel. Schon bald könnte es anfangen zu regnen, auf die vom eisigen Wind gepeitschte Stadt am Ufer des breiten Flusses, mit ihren Häusern, Autos und Fußgängern, die eilig nach Hause streben, um sich dort vor ihre Fernseher zu setzen. Die Nacht zieht herauf.

In einer Wohnung in einem alten, ein wenig baufälligen Gebäude liegt eine Frau in ihrem Zimmer auf dem Bett. Angespannt, mit verkrampftem Gesicht, streckt sie sich auf einer Chenilledecke aus, die man für typisch retro halten könnte, sie ist aber nicht retro, sondern bloß altmodisch, oder schlichtweg alt. Die Geräusche der Außenwelt dringen nicht bis hierher, es ist, als befände man sich im Inneren eines Wattebauschs, alles Leben scheint weit entfernt.

Die Frau auf dem Bett schläft aber nicht und sieht auch nicht fern, hört nicht Radio und liest auch nicht, noch nimmt sie die Arbeit in Angriff, die sie schon längst hätte beginnen müssen. Sie beobachtet nicht, wie die Dämmerung vor dem Fenster aufsteigt, wie die Dunkelheit das letzte Licht verschluckt, wie Regentropfen an das Fenster schlagen. Nein, sie liegt bloß auf dem Bett und wartet auf einen Anruf. Und sie wartet schon seit mehreren Wochen.

Die Frau, die auf dem Bett liegt und wartet, ist Úrsula.

Úrsula, das bin ich.

Neben dem Bett liegt ein Berg von Texten, die ich eigentlich übersetzen müsste, die Figürchen im Glasschrank habe ich schon seit Ewigkeiten nicht mehr abgestaubt, und im Kühlschrank herrscht nahezu Leere.

Die Telefonnummer, um die es geht, befindet sich auf der Liste der eingegangenen Anrufe, und ich frage mich nicht zum ersten Mal, warum ich nicht einfach zurückrufe und der angstvollen Warterei ein Ende setze, aber nein, ich warte und warte, warum, weiß ich selbst nicht. Das Mobiltelefon neben mir auf dem Kissen kommt mir inzwischen vor wie eine tote Maus, die irgendwer dort abgelegt hat.

Auf einmal klingelt es, endlich. Ich antworte aber nicht sofort. Ich sage mir, dass es nach diesem Anruf mit meiner jahrelangen gepflegten Langeweile und dem Hass, in dem ich mich so gut eingerichtet habe, vorbei sein wird. Und dass ich auch nicht mehr in dem Gefühl einschlafen werde, dass ich kaum etwas zu tun brauche, um das Leben seinen unaufhaltsamen Lauf nehmen zu lassen, bis ich irgendwann sterbe und jemand einen Dreizeiler zu meinem Gedächtnis in der Zeitung veröffentlicht.

Es klingelt und klingelt.

Hallo, ich habe Ihren Anruf schon erwartet. Woher ich wusste, dass Sie anrufen würden? Ich wusste es einfach. Nein, Ihren Namen werde ich hier am Telefon nicht erwähnen, ich weiß sehr wohl, was geht und was nicht. Außerdem hoffe ich, dass Sie mich nicht von sich zu Hause anrufen, es gibt da nämlich jemanden, der wie ein Besessener auf der Suche nach Ihnen ist. Wo haben Sie denn die ganze Zeit gesteckt? Ach so, na klar, das sagen Sie lieber nicht, ja, man weiß nie. Wie bitte? Ich soll auf Sie warten, Sie wollen heute bei mir vorbeischauen? Da bekomme ich aber ganz schön Appetit, mein Freund, da fallen mir nämlich die Villa in Carrasco und der Swimmingpool und das Luxusauto dazu wieder ein, das bringen Sie mal schön alles mit! Das heißt, es muss nicht alles auf einen Schlag sein. Später werde ich sehen, wie ich auch an meinen Strandurlaub am grünen Meer und an meine Schlankheitskur und die Kreuzfahrt auf dem Nil komme. Aber heute Abend gehen wir erst einmal zusammen essen, ins *Rara Avis*, und stoßen mit richtig gutem Champagner an! Was sagen Sie? Dass es nicht gut von Ihnen war, einfach so zu verschwinden? Sie brauchen sich nicht zu entschuldigen, so sehe ich das nicht, Sie haben getan, was Sie konnten, mehr ging damals eben nicht. Wir sind alle keine Helden. Außerdem habe ich das Vertrauen in Sie nie aufgegeben. Ich habe gewusst, dass Sie wiederkommen würden. Unsere Beziehung hängt von solchen Nebensächlichkeiten nicht ab, mein Lieber. Gut, dann sehen wir uns also in zwei Stunden. Bis später. Das heißt, nein, warten Sie, legen Sie nicht auf, ich muss Ihnen noch etwas sagen. Es freut mich, dass Sie angerufen haben, nicht nur wegen dem Geld, und nicht nur wegen unserer Beziehung, es freut mich vor allem für Sie, es freut mich zu sehen, dass Sie so standhaft und entschlossen sind. Wissen Sie, ich bin sehr glücklich, dass Sie mich angerufen haben, Angsthasen kann ich nämlich nicht ausstehen. »Den Lauen aber wird Gott ausspeien«, wie es so schön heißt.

Und damit beende ich das Gespräch.

Eine Weile warte ich, ob das Telefon noch einmal klingelt, dann stehe ich auf, trete ans Fenster, ziehe die Vorhänge zur Seite, die mich von der Welt abschotten, öffne das Fenster und lasse die kalte Abendluft herein. Ich betrachte den Himmel, die Lichter der umliegenden Wohnungen und der Autos, die Leuchtreklamen. Überall in der Stadt gehen nach und nach die Lichter an, während es rings um mich in meinem zerknitterten Nachthemd, das der Wind aufbauscht, immer dunkler wird. Ich atme die kalte Luft ein und schließe die Augen.

Als ich das Fenster wieder zumache, sehe ich mein Spiegelbild auf der Scheibe, erfüllt von den Lichtpunkten der Stadt. Ich summe eine Melodie vor mich hin. Wie schön ist das Leben, auch wenn es nur ein Schauspiel ist. Lächelnd eile ich ins Bad.

Eine Schale bricht auf, ich weiß – endlich werde ich nicht mehr ich selbst sein.

Leonilda

Ort: Polizeipräsidium, drei Kilometer von dem Haus entfernt, in dem Úrsula wohnt.

Uhrzeit: Kurz nach halb sechs.

Wetter: Bedeckt, grauweiße Wolken, regnerisch.

Ich höre das Klicken, mit dem das Gespräch beendet wird.

Ich sitze in meinem Büro am Schreibtisch, habe den Kopfhörer aufgesetzt, in der Hand einen Kugelschreiber. Viele Stunden, viele Tage, habe ich darauf gewartet, dass es klingelt. Ich weiß nicht, wie ich mich bei dem Chef unserer Technikabteilung in angemessener Weise für den Gefallen erkenntlich zeigen soll, den er mir erwiesen hat, indem er, auf das Risiko hin, seinen Posten zu verlieren, die Verbindung zwischen den beiden Anschlüssen eingerichtet hat, durch die ich dieses Gespräch mit anhören konnte.

Vor ein paar Minuten habe ich mir noch gesagt, dass nicht nur Saturn, sondern sämtliche verfluchten Planeten sich gegen mich verschworen haben. Zum einen hatte Inspektor Clemen mir befohlen – diesmal schreiend und mir einen Arrest androhend –, mich endgültig aus der Untersuchung des Überfalls auf den Geldtransport rauszuhalten. Zum anderen war es mir nicht gelungen, eine offizielle Genehmigung zu erhalten, um eine Untersuchung gegen Antinucci einzuleiten, gibt es doch, glaubt man meinen Vorgesetzten, keinerlei Verbindung zwischen diesem Verbrechen und dem Anwalt. Und dabei hätte ich noch Glück, sagte man mir, dass der nicht Anzeige wegen Verletzung der Privatsphäre erstattet. Zum Dritten, was mich dann endgültig enttäuschen sollte, hatte der junge Mann von der Buchhandlung, den ich inoffiziell befragte, behauptet, er vermiete die Garage schon seit Jahren an eine Frau aus dem Viertel, die er kaum kenne, und an dem betreffenden Tag habe er keinerlei verdächtige Geräusche wahrgenommen.

Ich betrachte wieder den Zettel vor mir auf dem Tisch. Die Wörter, die ich mir während des Gesprächs notiert habe, sagen mir, zumindest vorläufig, nicht das Geringste.

Trotz aller Widerstände und Rückschläge hat mir etwas gesagt, dass ich weitermachen soll. Ich habe meine Freizeit also benutzt, um mich in der Umgebung des Tatorts umzusehen, Fotos zu machen, mich mit den Anwohnern zu unterhalten und dann meine Schlüsse zu ziehen. Anders gesagt: Ich habe getan, was die typische Steinbockfrau tut, wenn sie sich, mit all ihren Schwierigkeiten und Unsicherheiten, einer Herausforderung gegenübersieht. Und so weiß ich jetzt, dass die Mieterin der Garage ebendie Frau mit der rosa Handtasche ist, die ich in Antinuccis Auto gesehen habe und die auch mit ihm die Garage betrat. Was sie dort gemacht haben und wie und warum sie spurlos verschwunden ist, bevor ich mit meinen Leuten dazukam, weiß ich allerdings nicht. Ich weiß auch, dass sie in einem Haus an der Ecke Calle Treinta y Tres und Calle Sarandí wohnt, ich sehe sie jeden Morgen vorbeigehen, wenn ich in der Bar gegenüber frühstücke. Und ich bin sicher, dass sie auch die Frau ist, die Úrsula López wenige Tage vor ihrer Ermordung von ihrer Wohnung am Parque Villa Biarritz aus fotografiert hat. Wie ich zu meiner Verwirrung außerdem herausgefunden habe, heißt diese Frau aus der Altstadt ebenfalls Úrsula López. In jedem Fall gibt es noch eine Menge offene Fragen und sehr viel zu tun, aber ich bin eine Steinbockfrau, das heißt, jemand, der, ohne viel Wirbel zu machen, hartnäckig und ausdauernd vor sich hin arbeiten kann und kaum je die Geduld verliert.

Und heute, als ich schon dabei war, die Hoffnung aufzugeben, ist das Wunder eingetreten: Das Telefon, das längst hätte klingeln sollen, hat geklingelt.

Schon vor einer Weile habe ich das Klicken gehört, mit dem das Gespräch zwischen Úrsula und dem mir bis jetzt noch unbekannten Mann beendet worden ist, doch weiterhin lausche ich dem stumpfen und eintönigen Summton des Freizeichens.

Dann streife ich unvermittelt den Kopfhörer ab und lasse ihn auf den Schreibtisch fallen. Ich richte mich auf, lehne mich zurück, lege den Kugelschreiber neben den Zettel und betrachte die hastig hingekritzelten Wörter:

»Rara Avis.«

»Ich habe gewusst, dass Sie wiederkommen würden.«

»Wegen dem Geld.« (Das habe ich dick unterstrichen.)

Ich gehe alles so oft durch, dass ich es irgendwann auswendig kann und mir die Wörter vor den Augen verschwimmen. Da schiebe ich den Zettel entnervt zur Seite.

Unablässig wiederhole ich den letzten Satz der Unterhaltung, das Zitat aus der Apokalypse. Ich erkenne darin unweigerlich ein Zeichen, einen Pfeil, der sich mir in die Brust bohrt. Es tut weh, aber ich versuche trotzdem, mich zu entspannen, stütze die Ellbogen auf dem Schreibtisch auf, lege das Kinn auf die gefalteten Hände und schließe die Augen, konzentriere mich auf mich selbst, mein Berufsleben, mein Privatleben, darauf, wie beides unauflösbar ineinander verflochten ist, und sage mir, Úrsula hat recht, es ist genau, wie sie am Ende zu dem Mann am anderen Ende der Leitung gesagt hat: »Den Lauen aber wird Gott ausspeien.«

Colin Dexter *Zuletzt gesehen in Kidlington*

Vor zwei Jahren ist die junge Valerie Taylor spurlos verschwunden. Inspector Morse soll den Fall neu aufrollen, sieht aber keine Chance, das Mädchen noch lebend zu finden. Bis ein Brief eintrifft, der Valeries Unterschrift trägt und der damalige Ermittler kurz darauf bei einem Verkehrsunfall ums Leben kommt. Morse glaubt nicht an einen Zufall.

Xavier-Marie Bonnot *Im Sumpf der Camargue*

Der Marseiller Polizeikommandant Michel de Palma wird von Ingrid Steinert um Hilfe gebeten: Ihr Ehemann, ein milliardenschwerer Industrieller, ist verschwunden. Kurz darauf wird seine Leiche in den schlammigen Sümpfen der Camargue gefunden. Und es bleibt nicht die einzige Leiche. Ist die Tarasque, das Ungeheuer aus den Sümpfen, mehr als ein Mythos?

Avtar Singh *Nekropolis*

Kommissar Dayal und sein Team müssen die aufsehenerregendsten, rätselhaftesten Kriminalfälle Delhis lösen. Sie arbeiten mit modernster Technik und stoßen auf archaische Bräuche. Ihre Ermittlungen führen uns durch alle Schichten dieser brodelnden, vielgesichtigen und geschichtsträchtigen Stadt, in die Villen der Reichen, in die Hütten der Slums.

Petra Ivanov *Heiße Eisen*

Der engagierte Politiker Moritz Kienast setzt sich in der Debatte um das Ufer des Zürichsees für eine rigorose Lösung ein – bis er plötzlich verschwindet. Kurz darauf wird eine verkohlte und aufgespießte Leiche gefunden. Die Nachforschungen der Staatsanwältin Regina Flint führen sie an Abgründe, die mit »menschlich« nichts mehr zu tun haben.